E FICTION 08

怎麼不去死

京極夏彥◉著
王華懋◉譯

目錄

第一人。

亞佐美死了，眞令人震驚。

我是這麼說的。

那個叫阿健還是健司、對我而言無關緊要的傢伙，用令人極不愉快的態度，把一半的臉埋在鑲滿蓬鬆毛皮的外套衣領中，發出語尾上揚的應答：

「啊嗯？」

聽起來分明是瞧不起人，完全沒把大人放在眼裡。

這傢伙搞什麼？——我心想。

大家都會這麼想吧。我是不想嘮叨什麼應該要畢恭畢敬、尊敬長輩的陳腔濫調，不過當然不覺得受用。

或者說，我的確感覺受到冒犯了。

就是所謂的不爽。

話雖如此，要是埋怨什麼「你這小子讓人很不爽」，就淪爲跟他同樣等級了。所以在這種情況，應該用力嚥下不平，並且表達出通情達理的態度，規勸、責備對方才對，以一個長輩的身分。

所以，我露出詫異的表情。

對方沒有反應。

我很無奈，只好重述「眞令人震驚」。

沒有別的說法了。我只是在回答對方的問題，而對方對我的回答沒有反應，那我也只能再說一次了。

「——就這樣？」

健司——我想應該是叫健司，總之叫這個名字的對方——如此應道。

我一時語塞。

我都擺出這麼詫異的表情了，健司的態度卻絲毫不變。連姿勢也完全一樣。語氣聽起來比剛才更目中無人。簡而言之，就是我的意志表達完全沒有效果。

況且健司根本就沒有看我的眼睛——或者說我的臉——不，他甚至沒有看我。

他在看外面。

「什麼叫……就這樣？」

大概停頓了二十秒左右，我這麼說。口吻變得有些高壓，但這是逼不得已的。

健司總算轉向我。

一臉不服氣，我第一眼就看見他那十分叛逆的眼神。

那是什麼眼神？我朝他大吼，揪住他的衣領——我想像著自己這麼做。

不過只是想像。

我不會這麼做。

我不想表現出那種封建時代教師般的態度，完全不想。

事實上，我以前還是學生的時候，這樣吼人的教師與被吼的學生到處都有，但我想那是沒有效果的。學生不是變得更加叛逆，就是害怕惶恐，否則就是無視教師。這類恫喝的言行，是無法讓人悔改或反省的，至多就是屈服。如今回想，我覺得那與不良學生模仿黑道兄弟，恐嚇說「看什麼看」的台詞，根本上是同質而且同義的。

不是我自誇，但我本身是很循規蹈矩的個性，自幼便不曾有任何反體制的行動，也和俗稱的不良少年之類的人物保持距離；然而對於父母和教師那種高壓的口氣，我還是感到強烈的抗拒。長大以後，雖然立場上已是長輩，但我還是無法苟同那類言行。

所以我保持沉默。

健司倚靠在椅子上，稍微改變姿勢，異常含糊地低吟一聲：「啊啊。」

他的嘴巴埋在衣領當中。

「啊」什麼「啊」。

「喂，你是怎樣?你那種反應，是要叫人怎麼解釋?」

「我態度很差嗎？」

健司問。

我答不上話。

雖然我應該說「對」，因爲他的態度確實很差。

至少那不是對初見面的長輩該有的態度。

可是該說是失望還是期待落空，又或者是失去戰意……結果我只能露出更詫異的表情。健司從毛領子探出臉來，接著問：「怎樣？」

「什麼怎樣……」

「哦，你看起來好像很不服氣啊。」

「不服氣……是什麼意思？」

我說，健司微微噘起嘴唇，停頓了一拍，然後好像嘖了一聲。

太陽穴一帶熱了起來。

我壓抑想拍桌的衝動。

健司看著我的手，彷彿看透我的不耐煩。

「幹……幹嘛？」

「呃……」他欲言又止。

「怎樣啦？」

「就是……」

「就是怎樣啦？」我追問。

「你從剛才就一直『怎樣怎樣』……」

在問問題的人是我耶？——健一說。

我的怒氣消散了。

確實，我淨是「怎樣」個沒完。

「不是啦，就是……你說我看起來不服氣……」

「因爲你分明就一臉不爽嘛。」

我的話被打斷了。

「生什麼氣嘛？說眞的，我看了也很不舒服耶。可是，是我找你來的，或者說是我主動的，所以我才覺得好像有點過意不去？我這人沒什麼家教，也不會講話。我猜你可能是看我不順眼，才不肯回答我的問題。」

「我不是回答了嗎？」

沒錯。

明明沒那個必要。

下班回家的路上，我被這個人抓住了。

我反射性以爲他是剝皮酒店的攬客員。假使是那樣，他的態度又有些古怪。可以借點時間嗎？他這麼說。而且這一帶並沒有那類酒店，離鬧區還有段距離。就算有店鋪，頂多就是飯館。而且以攬客員來說，他的態度十分外行。

那麼，是新興宗教的傳教員嗎？還是老鼠會的？我左猜右想，但似乎也不是。

最重要的是，對方知道我的名字。那雙鬼鬼祟祟、沙丁魚般的眼睛左右游移，卻絕對不會停佇在我的臉上，然後他說：「請問，你是山崎先生，對吧？」

沒錯，我是山崎。

我要是女人，這傢伙百分之百就是跟蹤狂。但可惜的是，我是個其貌不揚、年過四十的歐吉桑。這種情況下，揣測對方是同性戀跟蹤狂也太荒謬了，所以不列入考慮。

你是誰？我問。你怎麼知道我的名字？

首先當然要這麼問吧。這傢伙表明自己叫阿健還是健司，接著說：

「你認識亞佐美吧——？」

亞佐美。

「你是說鹿島小姐？」我問。

如果亞佐美指的是鹿島亞佐美，我的確認識她。

鹿島亞佐美是我們公司的派遣員工，在我的部門工作，是我的屬下。

不過——亞佐美在三個月前過世了。意外？自殺？謀殺？我不知道警方做出什麼樣的結論。她過世的時候，有刑警上門，我也接受了類似偵訊的問話，說了許多事情，但沒有聽說最後怎麼了。沒有特別接到通知，報紙和電視看起來也沒有頻繁報導此案——不，或許只是我沒注意而已——但我模糊地猜想，她八成是自殺吧。

鹿島亞佐美小姐，是嗎？——我再次確認。

健司說：「沒錯，就是鹿島亞佐美。」

那……你是鹿島小姐的家屬嗎？我問。

不是家屬，健司回答。唔，算認識吧——

這樣啊，是朋友啊。

也就是男友之類的吧，我擅自下了判斷。或許不是，但對我無關緊要。

關於亞佐美……我想請教一點事，健司說。

我說我沒有什麼好說的，結果健司說，就算你沒有什麼好說的，我也有事情想問。我強調我什麼都不知道，但健司說至少知道得比他多。

她直到死的前一天，都還在上班吧？就在你面前——

這是事實。

但就算是這樣，那又如何呢？

我——對亞佐美不太了解呢——健司說。

才剛交往她就死掉之類的嗎？我再次擅自判斷。

雖然我都無所謂。

所以，我刻意不追問更多細節。你怎麼樣我不曉得，但我對你完全沒興趣——我覺得必須讓對方了解這一點。

我說過很多次了——我也不了解亞佐美小姐，我冷冷地說。

正確來說，我並不算她的上司。我只是她被派遣前往的單位的員工之一，更不是她的家人、親戚或朋友。

他想從只有這點關係的我這裡問出什麼？問了又能如何？他是想知道她在公司的表現嗎？事到如今，知道這些又能怎麼樣？她人都死了。懷抱哀悼之情我可以理解，但我可沒空奉陪。

我真的沒空搞這些。

我沒時間耽溺在只來了三個月的派遣員工的回憶裡，也沒閒工夫奉陪貌似愚鈍的年輕人的感傷。我很忙，忙得要命，那種戀戀不捨的事……

戀戀不捨——

這時我感覺到好幾道視線。我沒有什麼好內疚的，卻忍不住介意起旁人的眼光。在大馬路上跟這種人站著說話本身就令我排斥。

再見，我說，想要甩開對方，結果手被抓住了。你做什麼？我有些粗聲粗氣地說，結果更加介意起旁人的眼光了。我瞪著男人，粗魯地說：「告訴你她在公司裡的感人小故事，你就滿意了嗎？」並試圖甩開他的手。

那樣就可以了——

什麼都可以——

健司說。

對向的路人在看，從背後走來的路人也看得到我們。

我真的處在眾目睽睽之中。

我不想邊走路邊說話。

而且外頭很冷。結果我落入在前往車站的途中，跟一名陌生小夥子一起進入家庭餐廳的窘境。

所以，我從一開始就非常不愉快。就算我表現出不高興的態度，也是無可厚非。我可是在百忙之中特別抽空聽他說這些事。

不。

話雖這樣沒錯，但我一定是認爲必須先弄清楚這傢伙怎麼會知道我的名字。就算亞佐美被派到我們公司的事可以輕易查到，但外人應該無法輕易得知我的名字跟長相。即使查到我們公司，如果不向公司內部的人打聽，不可能知道我這號人物。

是聽誰說的？

這對我是很重要的事。

視情況而定，這有可能妨礙到我的工作。就算不會影響工作——

——我受夠了。

沒錯，我受夠了，因此想在路上閒晃一陣也是事實。原本下班回家的我就是憂鬱的，不想直接回家，一邊走著、一邊好想繞去哪裡打發時間。從公司到車站之間沒有酒館，如果想要喝一杯，就得專程到其他地區。

沒有伴可以相約。

也提不起勁一個人去。

即使如此，當時的我仍然強烈地不願意就這麼回家。

不，現在也是，我不想回家。

距離末班電車還有很久，我覺得陪陪這小夥子打發一下時間也不錯。

但又不想被對方看出這樣的心情。

我不能對一個初次見面、而且像個小混混的小夥子示弱。無論如何我都必須擺出是在對方懇求下，心不甘、情不願奉陪的姿態。

出於這樣的理由，我的表情應該比平常更僵硬了五成左右。碰到這種狀況，沒有人會熱情地笑臉迎人吧？要是有，那一定是瘋子。

這裡是家庭餐廳，沒有酒類。我覺得至少也該有個啤酒——不，菜單裡面或許有，但就算有，現在身體這麼冷，也不是想喝啤酒的心情。

沒辦法，我點了熱咖啡。

健司對女服務生說要飲料吧。可以單點飲料吧嗎？那不是附屬在什麼套餐裡的服務嗎？客人只點飲料吧，不斷續杯、賴在店裡不走，生意不會做不下去嗎？

還是只是我太無知？

健司連外套也沒脫，大口喝光白開水，默默離席，倒來疑似綠色蘇打水的神祕飲料後，便大搖大擺地深深坐在沙發裡，開口說：

亞佐美死掉了呢——

這時咖啡送來了。

這種店送餐的時機總是不湊巧到家。我開口第一句話，就被拔尖得彷彿穿出腦門的「您的熱咖啡來了」蓋過，我正準備要重新開口的瞬間，又被大舌頭且言不由衷的生意話術給打斷：「請慢用。」

一陣尷尬的氣氛流過。

我無可奈何，啜飲了一口像是熬煮過頭的咖啡，說：

亞佐美死了，真令人震驚——

「我不是回答你的問題了嗎？你說人死了呢——你說了吧？所以我回說：『真令人震驚。』這很平常啊？是很自然的對話啊。然後對話再從這裡開始發展，不是嗎？可是你是怎樣？是你自己擺出打斷對話的態度的耶？」

「你很震驚嗎？」

健司說。

「很震驚啊。雖然打交道的時間不久，可是認識的人過世，還是很讓人震驚啊。不行嗎？」

口氣幹嘛那麼衝啊？年輕人說。

誰叫你態度那麼差？我說。

「我不是道歉了嗎？」

「那是道歉的態度嗎？」

「不好意思啦。」

健司身體前屈。

我往後退。

「我沒有惡意，只是我這人天生就這樣。我不是在怪你啦。我只是想問一點事而已。如果你那麼不願意，那就算了。」

「不，我是……」

「你說你不了解亞佐美，可是應該也不是完全不了解。我想請你告訴我她的事，不管任何事都行。而且，是你說要來這裡的。既然都特地進店裡坐了，一般不是會覺得你應該想告訴我什麼嗎？結果你卻臭著一張臉，一句『很震驚』就沒了，哪有這樣的？亞佐美死掉了，對吧？所以我只是陳述事實啊。」

健司含住吸管，吸起綠色的液體。

「那是怎樣？你要我怎麼說——跟你致哀，說聲『請節哀順變』你就開心了嗎？」我說。

「什麼我就開心了——」

我覺得……

這傢伙似乎有點傻眼。

這個無關緊要的男人，竟然因為我講的話目瞪口呆。

你的口氣太奇怪了吧？健司喃喃地說：

「不好意思，我腦筋不好，不是很懂，一般大人都是你那種態度嗎？你們用那種口氣說話，不會跟人家吵起來嗎？」

「吵起來？我說你啊……」

「要是我們的話，絕對大打出手了。『你搞屁啊！』這樣。而且就算不是自己的女朋友，有人死掉卻擺出那種態度，不是太冷血了嗎？」

「唔……」

他說的沒錯。

實際上亞佐美過世了。撇開我的感受跟這奇妙的狀況不論，或許我發言的口氣，並不適合談論一個人的生死。

——被這種人。

被這種人教訓，像什麼話？可是，唔，我應該也有幾分過錯吧。該道歉的時候還是道歉比較好，我心想。

然後我含了一口難喝的咖啡。

只有苦味。煮過頭了，而且很燙。不是剛煮好的燙，一定是煮好擱在那裡，不斷保溫再保溫，香味全散光了，一點都不濃郁，成了只是又苦又燙的黑色液體。

「如果我的口氣不好——我道歉。」

我說。可是憑什麼我非道歉不可？對這種初次碰面的小混混低頭道歉的我，究竟算什麼？爲什麼不管我做什麼，總會招來這樣的結果？

明明我沒有任何過錯。我這麼一想——

「不，也不是道歉，怎麼說，我完全不曉得你是什麼人啊。好吧，我是認識鹿島沒錯，可是我不認識你。而且劈頭就叫我說她的事，又問我覺得她死了怎麼樣，我也不曉得該怎麼回答啊？我不曉得你們年輕人怎樣，可是大人，是講求步驟的。就算要談，也得先有個相互了解的過程才行啊。」

健司又嘖了一聲。

「就、就說你那種態度——」

我就是態度差啦——健司挑釁地說：

「所以我一開始就聲明了啊，就先跟你說對不起了啊。而且我也不懂敬語，其他還能怎麼問嘛？還是要我吹捧一下『部長大人眞了不起、眞聰明』？」

「你是怎樣——」

又說了「怎樣」。

確實，這樣一點創意都沒有。

「我一點都不了不起，也不聰明。喂，我不曉得你知不知道我這個人，可是我們公司很小，就算是部長，也只有三個部下。因爲沒有課，所以也沒有課長。（註）其他的就是些派遣員工，而那些派遣員工也全部都裁掉了。就算鹿島還活著，也不在我手下工作了。」

「部長不算大咖嗎？」

「什麼大不大咖，世上不是用這種基準在運作的。頭銜簡而言之就是一種職務，而我是管理人員，如此罷了。而且只是個小主管。現在又不是江戶時代，主管不算一種階級。」

哦？健司的反應讓人摸不清是佩服還是輕蔑。

那你呢？我問。

「說說你是什麼來頭啊。你是她的誰？」

就認識的人啊——健司回答：

「而且你問我什麼來頭，我也沒什麼來頭啊。我沒有頭銜，或者說我沒在工作啦。也不是沒在工作，應該是不會工作吧。就算我去超商那些地方打工，也一下子就被開除了。」

「那你靠什麼過活？」

「總有辦法啊。」

「你是學生？」

看起來也像是大學生的年紀。

我討厭學校——健司說：

「我不會念書。雖然參加了大學考試，可是沒去。」

「落榜了？」

「我也沒去看放榜。」

不曉得——健司回答。

「那你幹嘛報考？」

「就不想找工作啊。」

我吐出憋住的氣。

我不太清楚尼特族的定義，所以無法評論，但他就是那類人吧？不工作、不升學，只是過活。

——而我卻對這種人。

低頭賠罪嗎？

「我不想教訓人，可是你也未免過得太不正經了。」

註：日本的公司組織多半呈「部→課→係」的金字塔結構。

我說，但健司反駁說才沒那回事。

「我可不是隨隨便便這麼過的。我也是認眞想過，經過一番考慮才決定的。我這種人就算考上大學，然後明明腦袋也不好卻上什麼大學，淨幹些蠢事鬧到被退學，倒不如把名額讓給其他聰明人。」

那乾脆不要報考嘛，我說，健司說他一直猶豫到最後一刻。

「就是不夠聰明，才沒辦法兩、三下就決定自己的未來啊。我這人很笨，所以做不出決定。然後明明也沒什麼想做的事，就算工作——」

「能做想做的事的人才是少數。告訴你，工作這回事——」

現在講這些話離題了吧？我內心一隅想著。

不是啦——健司說。

「哪裡不是了？每個人都辛苦忍耐……」

「我不是不能做想做的事，」

而是「**沒有**」想做的事——健司說。

「我沒什麼喜歡的事。我不想出名，也不想變有錢，也不會拿自己跟別人比較。」

你就沒有夢想嗎？我問了言不由衷的問題。要怎樣才會有夢想啊？健司應道：

「只有高中畢業，找不到地方要雇用我，根本沒什麼選項嘛。我也不想勉強去工作，然後做太差給別人添麻煩。就算存了錢也沒地方花，所以想說就打打零工過活好了。」

唔，或許就是這樣的。我也沒有什麼夢想。就算有，事到如今也無可奈何了。我的選項比這個小混混更少。今後的展望——更是一片慘澹。

「喂，」

健司的態度還是一樣令人不快。

「沒有學歷還是頭銜，你就不肯跟我談，是嗎？意思是說，無名小卒連信用都沒有嗎？照這樣的話，不管是部長還是次長，有頭銜的人還是比較了不起吧？」

「不——」

總覺得煩透了。

「唔——隨便啦，怎樣都好。」

都無所謂。

眞的無所謂。

「總之我一點都沒有了不起，也不聰明。」

反倒是個傻子，我想。

部下完全不把我放在眼裡，我只能這麼想。而且那夥人根本就瞧不起公司。我工作的公司的確是所謂的中小企業——而且是其中的小企業，員工數目不多，也毫無發展性可言。

就算是這樣——

那夥人明明沒什麼貢獻，卻成天埋怨薪水少、業績差、沒前途、環境爛、工作累。一提醒他們就擺臭臉，罵他們就鬧辭職。可是如果他們辭職，困擾的會是我。

不曉得怎麼搞的，他們的立場居然優於我。如果新人辭職，爛帳會全部落到我頭上來。交派出去的雜務全部回到身爲主管的我這邊，不僅如此，上頭還會質疑我的管理能力。那夥人非常清楚我的處境，所以根本不把公司當個屁，「**順帶**」對緊抱著隨時都可能倒閉的這種弱小企業不放的我嗤之以鼻。

收爛攤子的總是我。

我也是想過的。敝公司沒有未來，以業種來說也是前途無亮。再加上高層沒有經營才幹，能夠撐著沒有倒閉，簡直是奇蹟。也因爲如此，更教人提不起勁設法改善。

社長是個資產家，這是家靠著一點一滴出售老闆的資產而苟延殘喘的三流公司，然而公司高層卻個個是肥貓。比方說動輒宣稱自己是公司元老的常務，明明只會打高爾夫球，卻坐領比我高出幾十倍的高薪。他眞的什麼都不做，倒是很會發牢騷。

部長以下的薪資都很微薄。一般員工還有加班費可領，主管卻連一毛都沒有。我總是義務性加班，如果不加班，事情就做不完。部下只會吵著寧可不要加班費，只想早點回家。

我受夠了。

部下跟這傢伙都一樣。

說什麼不想賺錢。

沒錢是要怎麼生活？

當然活得下去，健司說。我有父母，也有積蓄，錢花得也不多，他說。我不會把錢用在去銀座喝花酒、打高爾夫球應酬那種蠢事上面——

沒錯，那眞的很蠢，我知道，但明知道還是要做。

我——

沒辦法那樣。沒辦法表現得像你們那樣。就算受夠了，還是非幹活不可。

我有家人。

因爲有家人，怎麼樣都得賺取最起碼的生活費。不，光賺生活費是不夠的。完全不夠。要維持家庭這個機構，需要超出必要的經費。最低限度是不夠的，完全不夠。丈夫或父親這個地位的代價一點都不便宜。不，是沒有上限的。

所以我才會像這樣埋頭苦幹啊。

心不甘、情不願地埋頭苦幹啊。

再三隱忍，爲公司做牛做馬啊。

那夥人說什麼不要加班費，卻埋怨薪水少。說什麼自己沒有得到應有的器重。那是怎樣？難道我就得到了應有的肯定嗎？

看看薪水條吧。我的上班時數多你們一位數，領的薪水卻跟你們沒兩樣。多窩囊。可是說這種話，只會更加自取其辱。

我的視線落到手邊的咖啡杯。

我望著黑色液體的表面，終於還是忍不住發出嘆息。原以爲要嘆息，聲音卻成了嗚咽一般。

怎麼啦？健司問。

「她——唔，是個好孩子。不，或許不該這樣說，不過……」

「什麼？」

「不能用『那孩子』來稱呼女員工，這是性騷擾。有人跟我說，員工並不是小孩，那樣叫等於是否定他們身爲社會人士的人格。」

「亞佐美說的？」

「亞佐美——鹿島沒有說那種話。而且她呢，她會爲我倒咖啡。」

「啥？」

健司睜圓了眼睛。總算有點像人的反應了。

「咖啡我也會倒啊。只要你吩咐，誰都會倒給你吧？」

才不呢——我故意用一種卑屈的語氣回答。

「沒人倒給你？」

「告訴你，一般員工都會說『我進公司不是來倒茶的』。如果硬要他們倒茶，就是利用權勢要脅。是啊，那當然是了，理所當然嘛。」

「可是——倒茶水這點事，誰都做得來吧？這不算份內工作之一嗎？」

「不算，所以沒有人要做。」

「沒半個人？」

「沒半個人。基本上要喝茶就自己倒，可是這樣也很沒有效率，不是嗎？如果咖啡壺持續保溫，咖啡會煮過頭；茶也是，總不會一次只泡一杯吧？所以……」

是我——

都是我在倒。

身爲部長的我，倒茶水給大家。

「嗳，我也認爲強迫女員工倒茶是不對的。這種差事沒有男女之分，所以排班輪流比較好——不巧的是，不是每個人喝茶時間都在辦公室裡，有時候會外出或是開會，所以……」

我說，那就彈性處理吧。

自己要泡茶的時候，也順便幫其他人泡一下好了，我這麼提議。幫所有的人泡茶，也花不了多少工夫。不，一點都不麻煩。考慮到效率，這樣是最好的。

結果——自從我這麼宣布以後，就再也沒有人願意泡茶了，也不能再叫別人幫忙倒茶了。結果我甚至得幫部下倒茶。

部長——

做那種茶水小姐的事，你的自尊心不會受創嗎？

有人這麼說。

眞想一拳揍下去。

可是還沒來得及揍，那傢伙就辭職了。

是個連打招呼也不會的男人。對我就罷了，至少跟其他主管要好好打招呼吧？當我這麼提醒他，他居然說「我幹不出那種軍人般的行徑」、「強迫員工遵守那種雞毛蒜皮的規定是不正當的」。我說你那樣沒辦法出人頭地，我沒辦法把責任重大的工作交給你這種人，結果——

他說我利用權勢要脅。

我吼他，他就不來了。

上頭接到抗議信件，指控我利用權勢恐嚇下屬。我不只吃了記警告，還被減薪。後來我也繼續倒茶，常務還滿臉堆笑地揶揄我：「了不起，眞是員工的楷模啊，倒茶部長。」

而亞佐美，

「我什麼都沒說，她卻主動幫我倒茶，還泡咖啡給我。不，也不是因爲這樣就怎麼樣，不過……」

我很開心。

話雖如此，我卻連句「妳眞貼心」也說不出來。因爲稱讚她這種行爲，就等於是在暗批其他傢伙不機靈。

再說——

「派遣的職務內容不包括倒茶，所以其實這是不應該的。雖然我也沒有強迫她啦……」

眞是無聊——健司說。

「茶水這點小事，是社長倒的還是派遣員工倒的，不都沒差嗎？」

「是啊。」

是啊，沒錯，雖然是這樣，就算無聊……

「就算無聊也沒辦法吧？不管再怎麼無聊，世上就是這麼回事啊。」

我——

忍不住提高了聲量。

「你生什麼氣啊？又要怪我態度差嘍？」

「不是、不是，可是……」

有什麼辦法？

你連句謝謝也沒對她說嗎？健司說。

我當然知道要道謝，我還是個人啊。

「而且我很開心。」

「這樣啊。」

「她來上班的這三個月之間，我總算不再是倒茶部長了。」

「所以——她死了你才會震驚嗎？」

「喂，那種說法太過分了吧？」

「是啦，我只是在激你而已。」

「什麼激我——」

工作很辛苦嗎？健司把矛頭轉開。

「辛苦啊。工作哪有不辛苦的？」

「應該是吧。可是怎麼說呢，你好像很著急，感覺不是很妙。我也不太清楚啦。」

公司經營岌岌可危。

然而上頭卻怎麼樣都不肯承認自己的過錯。

他們認爲一切都是基層人員的處理能力太差所致。要是這樣也就罷了，算了，可是，如果要我負責，至少也該把權力下放給我。

山崎先生是不是太認眞啦？——健司說。

「認眞？唔，算認眞吧。不認眞幹就活不下去啊。」

「那不就好了嗎？跟我這種人不一樣。」

「這樣……就好了嗎？」

如果成功，是上司的功勞。如果失敗，錯全在我。

底下人捅出來的簍子，全要我收拾。然而成功的時候若不予以肯定，就說我有功不賞。明明若不是我無微不至的指導，他們什麼也辦不到。不，沒有我一一指示，他們連垃圾也不會丟。

「那些部下沒有我開口，眞的什麼都不做。叫他們影印，他們是會去，可是印完了也不拿過來。不只不會分開裝訂，甚至就這樣扔在影印機不收。一般……會這樣嗎？」

我不曉得欸——健司聳聳肩說：

「可是，如果叫他們影印好要分開裝訂，他們就會照做嗎？」

「唔，如果這樣交代……應該是會吧。可是……這需要一一指示嗎？」

我不曉得——健司再聳了一下肩膀。面無表情的臉孔，有一半沒入衣領中。

「既然交代就會做，交代一下不就好了？」

「是這樣說沒錯……可是……」

「笨蛋就算下指令也不會做。總比交代出去，卻挨揍還被罵『少指揮老子』來得好吧？」

「那種情況不在討論範圍內。那種人不可能找得到工作。」

那種人出乎意料地多唷——健司說。

「你也是嗎？」

「我不打人的。打人手會痛。或者說，我對別人沒那麼大的興趣，值得我動手。」

唔，或許吧。

——這傢伙。

或許沒有剛見面時印象那麼差——我開始這麼想。當然也不代表印象扭轉了。

或許只是習慣了？

「噯，或許你不了解，不過工作有很多辛酸的部分。」

「很辛酸嗎？」

嗯，很辛酸。辛酸難過到教人受不了。

因此亞佐美那種普通——我認爲普通——的應對讓我開心。

原本這不是什麼值得高興的事。我覺得這應該是理所當然的，但亞佐美來上班的三個月之間，我——

「鹿島她呢，明白什麼叫做工作。她理解事情是爲了什麼而做。」

「我聽不懂。」

「就是剛才提到的例子啊。我交代屬下把文件拿去影印，被交代的人會去影印。可是影印本身是作業，不是工作。因爲開會需要人數份的資料，所以才需要影印，影印本身並沒有任何意義。」

「沒意義？」

「也不是沒意義，可是，把紙放到台子上，蓋上蓋子按按鈕，嗳，這連猴子也會做。公司錄取員工，不是要他們去做這種事的。」

健司沒有反應。

「你是想說，那就叫猴子去做嗎？」我問道。

「也不是啦。喏，像我，水準跟猴子差不多。」

「準備好參加人數份的資料，讓會議能夠順利進行……這樣才有意義啊。不，更進一步說，參加會議也不算工作。」

「不算嗎？」

「會議是工作的準備程序啊。會議本身沒有任何生產性。會議是爲了讓工作確實進行才召開的，它本身並不是工作。員工湊在一塊兒閒聊，也領不到半毛錢吧？雖然也有些傻子誤以爲開會就是工作，可是那種傢伙，只是想要玩辦公家家酒的傻子。可以不用開會是最好的，省得浪費時間。」

「浪費時間啊？」

「浪費時間。只是爲一些早就有結論的事情不停地後悔或誇耀，這種會議是垃圾。」

亞佐美確實察覺了我的意圖。

她不只是淡淡地處理事務，還會提供有益的意見。她毫無疑問做出了超出派遣職務的貢獻。我這麼告訴健司，然而，他卻對旁枝末節的部分有了反應：「你說垃圾？」

「垃圾就是垃圾啊。」

「唔，說的也是。」

「總之，她算是很能幹的——我認爲。倒是你，你是怎麼知道我的？」

「嗄？」

「嗄什麼嗄，你知道我的名字，還認得我，你怎麼會知道我是她的上司山崎？」

「你不就是山崎先生嗎？」

「對，我是山崎沒錯，可是……」

你向誰打聽到的？

是詢問瞧不起我的部下嗎？

還是輕蔑我的上司？

不管怎麼樣，這個叫健司的人接觸了某個認識我的人。若非如此，他不可能得到有關我的資訊。

我不喜歡這樣。

這種人——

沒有工作，連敬語都不會用的小混混——

——見了誰？

我回想起公司那些人的嘴臉。部下、同僚、上司，我一一回想著他們的容貌和聲音。

不好的回憶浮上心頭。

更重要的是——

「你對誰說了什麼嗎？」

「什麼是指什麼？」

「哦，就是亞——鹿島的事。你該不會說了什麼招人誤解的話吧？喂！」

你好凶唷——健司說著，身體再次後仰。

「怎麼了？有什麼不妙的地方嗎？」

「當、當然不妙了。要、要是被人誤會我跟派遣員工私底下有來往，那當然不好了。況且我……」

被討厭。

被鄙視。

被疏遠。

「而、而且對方都死了。」

「既然死了，那不就沒關係了嗎？」

什麼意思？我厲聲說。

「什麼意思唷？——甭擔心啦。我沒去你家，也沒跟你太太說什麼。」

「這——」

他是什麼意思？

「什、什麼我家——爲什麼今天第一次見面的你，會知道我家在哪裡？是公司的人告訴你的嗎？你、你聽仔細了，鹿島不是只跟我有交情，我們部門的員工全都跟她共事，大家都認識她，我的上司、人事部也都認識她，可是你爲什麼偏要找我？是公司裡有誰跟你說了什麼嗎？說我……」

曝光了，嗎？

太陽穴陣陣鼓動。

「是、是誰？是誰指定我的？你怎麼能這樣直接挑上我？喂，回答我啊。有人說鹿島跟我很要好嗎？難、難道……」

不。

難不成。

「我問是誰告訴你的！」

「亞佐美啦。」

健司說。

「少、少胡扯了。你少胡鬧了。她……」

她不是死了嗎？

我伸手拿咖啡杯，輕微發出陶器碰撞的聲響。

我在發抖。

含了一口。

已經……涼掉了。更苦了。好難喝。冷靜、冷靜下來啊。

「健司——你叫健司，對吧？」

「唔。」

「告訴你，過著你這種生活的人或許不懂，可是一般來說，不，也不是一般，嗳，在這種，呃，社會上呢……」

我在說些什麼？

我想起亞佐美，現在不是想她的時候。

「總之，負面的流言呢，有時也是會要人命的。是不是有人在亂猜我跟她之間有什麼？或是……想要陷害我？沒錯，有人想要剝奪我的社會地位……」

「啥？」

「不、不只是公司職位的問題。我的生活、我的人生也有可能因此一敗塗地。」

不是可能。

我的人生不是早就一敗塗地了嗎？

「萬一傳出莫名其妙的流言，甚、甚至讓我的家庭因此破碎怎麼辦？這可不是出人頭地還是升遷加薪的問題，是更敏感的問題。所以，對你胡說八道的傢伙……」

「就跟你說，」

健司蹙起眉頭。

「是亞佐美本人跟我說的啦。」

「你適可而止一點！」

「那是我要說的話，大叔。」

你不是跟亞佐美上床了嗎？

眼前，這個如同社會邊緣人、沒有地位和頭銜、對我而言無關緊要的年輕人這麼說。

「你——你胡說些什麼？」

「可是，亞佐美不是傳手機簡訊給你嗎？傳了好幾次。」

「才沒有。那、那是談工作的簡訊。」

「工作的簡訊不是都傳到派遣公司給的手機嗎？而且你不是指示亞佐美全部刪掉嗎？」

「這、呃……」

額頭倏地一片冰冷。

血氣……全失。

「哦，就像你剛才說的，只要交代給亞佐美工作，她都會做到比交代的更完美，所以她確實是刪掉了，內容沒有曝光啦。可是……亞佐美還是做得比交代的更完美。她把簡訊傳到電腦存起來了。」

「你說什麼？」

那……

就跟你說不用擔心了，健司說：

「條子也沒有看到啦。我覺得好像不太妙，所以幫你刪掉了。唔，把硬碟復原的話，或許可以搶救回來，可是警方也不會做到那種地步啦。你好像有不在場證明嘛，至少沒被當成嫌犯。」

「喂，等一下，什麼叫不在場證明？什麼嫌犯——」

「殺害亞佐美的嫌犯。」

原來——她是被人殺死的？

「我想說你又不是兇手，要是被問東問西一定很煩，所以體貼地幫你刪掉資料了。要是這樣會給你添麻煩，不好意思唷。」

「不——那……」

「你們在亞佐美死前睡了五次吧？還是更多次？」

「呃，喂，你——」

這小子。

「你想勒索我？」

「嗄？」

「你、你想要勒索我，是嗎？一、一定是吧？你想開價多少？我可沒錢。更重要的是，你、你怎麼會知道我——」

爲什麼只有我。

老是我。

偏偏就這麼倒楣？

「你是不是腦袋有病啊？」

「哪、哪裡有病了？認眞工作就那麼俗嗎！」

你果然有病——健司說：

「我們都不太說什麼俗不俗的了，好嗎？你幹嘛緊張成那樣啊？我剛不是說過對錢沒興趣了嗎？你是沒在聽唷？你們不是老愛教訓年輕人都不聽人講話嗎？那你們自己怎麼不好好聽人家說話咧？」

「那——」

那是怎樣？是要怎樣？

「你的目的是什麼！」

「所～以～說～」

我只是想要知道亞佐美的事情啦——健司態度懶散地說：

「要我說幾次你才懂？你是沒長耳朵嗎？」

「你說什麼！」

你說什麼、你說什麼、你說什麼！

「你、你那是什麼口氣？你算老幾啊你！」

也不是老幾啊——健司口氣平板地說：

「我是個沒頭銜也沒學歷的傻蛋啦，沒什麼可以拿來炫耀的，不要讓我講那麼多遍，好嗎？而且有什麼好生氣的啊？眞不懂你在不爽什麼。你才是在搞什麼啊？」

「什麼——」

「我從一開始就沒有說過半句假話，也沒有隱瞞任何事，更沒做什麼對你不利的事，我反而是幫了你耶。我都幫你把資料刪了，告訴我一些事有那麼難嗎？」

要是我做錯了什麼，糾正我就是啦——健司說：

「喏，我這人很笨嘛，有些微妙的細節實在不懂。我讓你覺得不舒服了嗎？」

不舒服，不爽透了，不爽到家。

「可是，我覺得你也犯不著氣成那樣啊。你不是嚐到了甜頭，卻又裝作什麼事也沒有嗎？跟亞佐美親熱過那麼多次，然後亞佐美死掉，你覺得這下就不會曝光了，死得正好，是嗎？就算是那樣，你的態度算什麼？就算我知道你們的關係，也犯不著吼人吧？」

我說錯了嗎？

沒錯——我回答。

「簡訊裡說了那麼多我喜歡妳、妳眞可愛、眞想永遠跟妳在一起，還像小毛頭似地拍了一堆自拍照，結果人死了，就只有一句『令人震驚』嗎？沒有這樣的吧？不過要是冒犯到你，我還是道歉啦。」

「不——」

他不用道歉，應該不用。

「你眞的……」

沒有別的企圖吧？我說。

「我沒聰明到能有什麼企圖啦，也不擅長耍什麼陰謀的。都解釋這麼久了，拜託你也該懂了，好嗎？我跟猴子差不多水準啦。」

「我可以相信你嗎？」

你說呢？——健司攤開雙手。

「這就不是我能判斷的了。」

會不會是有人派他來的？

——沒這個可能性嗎？

我的職位沒有什麼大不了，並不值得這樣處心積慮謀取。我只有遭人鄙視的份，絕不是人人稱羨的立場，其實正好相反。如果有人想要讓我像這樣吃癟，好侮辱、取笑我的話——

我掃視周圍。

沒什麼客人。

鄰近的雅座全是空的。頗遠的地方有兩名中年婦女，入口附近有三個貌似高中生的年輕人，就這些客人而已。窗外——

只是一片陰暗。

偌大的玻璃倒映出我。

只是個其貌不揚的中年男子，而且表情就像死人一樣，甚至冒著冷汗。無可救藥。

滑稽……至極。

倒映在玻璃上的健司，跟直接看到的健司並無二致。

傲慢、令人不快、無所謂。

——不。

絕不是無所謂。

他已經不是個無所謂的對象了。

我把視線轉向健司。他大剌剌地仰身坐著，眼神空洞地看著桌上的蘇打水。

「啊——」

出聲的瞬間，右後方傳來刺耳的聲音：「咖啡要續杯嗎？」沒看到難喝的咖啡還剩三分之一嗎？她卻問我要不要加滿？她怎麼就這麼會挑時間？

我轉頭瞪了女服務生一眼，把那張面無表情的白臉上的五官瞟了一遍，結果還是說了句「麻煩」。

難喝、灼燙的漆黑液體被注入杯中。

「我不是玩玩的。」

我等待女服務生走到遠處的中年婦人的桌位後說。

「玩玩跟不是玩玩有什麼不一樣？」

「不……呃，就是……」

「做的事情都一樣吧？還是說……差別在有沒有付錢？」

那不就是賣春了嗎？我小聲說。

「不是，你說不是玩玩，所以我想說難道是工作嗎？喏，不是有那種收費幫人服務、類似男公關的打工嗎？」

「你、你是說我收她錢嗎？少、少胡說八道了。不是那樣的——是啊，嗯，是心情的問題。」

「心情……？」

「就是，唔，某種程度上是真心的。」

「什麼叫某種程度？」

「唔，就是，所以，這就類似不倫，對吧？」

「類似？」

不對，這不折不扣就是不倫。

「我對這個『不倫』不是很懂耶，跟外遇還有腳踏兩條船不一樣嗎？」

「咦？」

不倫是——

「唔，是啊。所謂外遇呢，是明明已經有配偶了，卻跟別的異性在一起——唔，不限於性方面的關係，彼此交往。腳踏兩條船呢，是同時跟兩個異性交往。」

「那不倫呢？」

「不倫……意思是類似違背人倫吧。」

「違背人倫唷？可是卻有眞不眞心的分別？意思是認眞地違背人倫嗎？」

「不是——」

那不就是畜牲了嗎？健司說。

「什麼畜牲？」

「如果一個人認眞地違背人倫，那不就是畜牲了嗎？」

「才——」

才不是那樣，我喜歡亞佐美。

我愛她，我說。

健司幾乎是第一次笑了。不，還是嘲笑？或許是啞然失笑。

「原來你也會說這種話。」

「要、要不然還能怎麼說？」

「或者說，那只是外遇罷了吧？山崎先生不是有老婆嗎？老婆就是配偶，對吧？然後你跟其他女人上床了，所以是外遇。我是覺得啦，除了外遇以外，還能是什麼？」

——外遇嗎？

我不想用這種詞彙去形容。

我是眞心的——我再說一次。

「我喜歡亞佐美。如果我單身的話——」

早就向她求婚了嗎？

哦？健司哼了一聲。

「那麼，當時對山崎先生來說，你太太才是外遇的對象嘍？」

「什麼？」

「因爲如果你付出眞心的對象是亞佐美，不就是那個意思嗎？」

「你在說什麼，妻子——」

就是妻子啊。

我說。

「啥？我是不想探聽你家狀況還是什麼複雜的問題啦，可是坦白說，我不懂欸。」

「不懂嗎——？」

他這方面的觀念出乎意料地正常嗎？他認為有婦之夫不應該跟妻子以外的女性發生肉體關係嗎？

——這個人？

擁有那麼崇高的道德思維嗎？

儘管我這麼想，就意味著我自認道德低落。

「你認為我不道德嗎？」

「我不懂什麼道德，可是怎麼說，你……討厭你太太？」

「也不是討厭……」

不討厭嗎？

我們不是已經完全形同陌路了嗎？

「我已經不是國中生或高中生了，這不是一句喜歡還是討厭就可以解決的問題。所謂夫妻，是……」

「你們不是相愛才結婚的嗎？」

「當然是了。」

妻子對我，已經……

「怎麼，你太太也外遇唷？所以你為了報復，才跟亞佐美上床，是這樣嗎？」

「少亂猜了，我太太才沒有外遇。」

如果是的話，如果她外遇的話，我心理上就會輕鬆太多了。

妻子——沒有過錯。

沒有就是沒有。

一丁點兒都沒有，就算有也是沒有。

她總是對的。

即使錯了，也是對的。她在家裡，總是正確無誤。

她不管說什麼都是對的，都會實現。只有在我們家裡。

如果提出異議，就會遭到反駁；指出錯誤，就會被嫌惡。

就算提出相同的意見，我的意見就會被說成是錯的。只是語意不同，就會被否定「才不是那樣」。就算我討好迎合，結果還是會被責怪。

不是啦，不是那樣啦。

就跟你說不是了。

你在說什麼啊？

我在說什麼？說話啊，很普通地說話啊。我到底算什麼？老婆居然在孩子面前大剌剌地否定我。我也是要面子的。明明我又沒說錯，居然問我在說什麼？說什麼我是白痴嗎？說什麼我就是沒出息？說什麼我一點都不懂？

妳全憑自己的心情好壞判斷一切嗎？

明明小孩子不在的時候，也不做家事，只知道躺著發懶。

我可是在外頭流血流汗拚命掙錢。

爸爸都不會幫忙家裡的事呢。反正爸爸對這個家一點都不了解，也沒興趣，對吧——？

什麼叫「**反正**」？

我拚命爲家裡著想，也努力挪出時間。我也想陪孩子玩，也想照顧孩子，全心爲孩子打算，不是也提出建議了嗎？可是我分身乏術啊。

她說：

我的人生就無所謂，是吧。

你一點都不試著理解呢。

你把別人都當成什麼了？

囉嗦！憑什麼老子累得像條狗似地回到家，還得笑瞇瞇地聽妳談妳的嗜好？就是因爲包容，所以妳說要學才藝，我不都讓妳去了嗎？學費也不是筆小開銷啊。爲了讓妳盡情去做想做的事，我才在這裡拚死拚活，不是嗎？

而妳自己呢？

妳聽過我傾訴工作上的辛苦嗎？結縭十八年，妳有哪次主動關心過我的工作內容嗎？就算我談工作上的事，妳不也都心不在焉嗎？妳什麼都不記得吧？出差也是，明明好幾天前就再三提醒妳了，到了前天居然說什麼臨時才講、沒有準備，那你要去哪裡出差？——聽妳放屁！襯衫跟內衣褲，不都是我自個兒在出差的地方買的嗎？就算抱怨也只會讓自己更累，所以我才一再隱忍，不是嗎？而妳居然得寸進尺。

妳連我在做什麼工作都不曉得吧？

即使如此，我——

我還是說妻子沒有錯。

「是我——不好。一定是的。」

哦？健司又發出瞧不起人的回應聲。

「我真的不懂欸。你太太沒有錯，然後你對亞佐美又是真心的，然後你們搞不倫，又說不是外遇，我真是無法理解。是我真的太笨了嗎？」

「不──我跟妻子處不好是事實。正好爲了兒子的升學問題，唔，起了爭執。」

「你兒子念高中？」

「嗯，明年要考大學。我說就讓兒子上他想上的學校吧，我沒有其他意思。都已經是高三生了，對未來應該也有一些想法了，也有自己的期待吧。當時我覺得，這不是什麼父母親可以獨斷決定的事。不，我現在還是這麼認爲。唔，也不是說我放任不管兒子，隨便他愛怎麼樣。我並不是覺得兒子考哪裡都無所謂，不過還是得尊重本人的意志，嗯，我是懷著這樣的心情說的。」

開什麼玩笑！

不負責任也該有個限度。

你知道那孩子的學校成績，還講那種話？

「我錯了。」

「哪裡錯了？」

「不曉得，頂多是不該那樣說吧。我不覺得自己說了多過分的話，可是妻子開始鬧彆扭，我們大吵一架。從此以後，她就不再跟我說話了。」

「太太不跟你說話了？」

「甚至連看都不看我的臉。」

「那飯呢？也不做了嗎？她是全職主婦吧？」

「飯是會做啦，還有我兒子在嘛。噯，等一下我就要回家……一個人吃涼掉的剩飯剩菜。」

「他們已經睡了嗎？」

「沒睡。妻子跟兒子都醒著，不是看電視就是打電動——還是上網？不曉得。我也不能過問他們在幹嘛。沒有『你回來了』，也沒有『路上小心』。」

我到底做錯了什麼？爲什麼——

「就算這樣你還是不生氣啊？山崎先生。」

「生氣——我也動怒過，可是就算生氣也於事無補，只會累到自己。」

喂。

你們。

到底以爲是靠誰才能像這樣生活——？

我說了一直告誡自己絕不能說的話。我早在內心決定，無論如何，就只有這句話絕不能說出口。我認爲再也沒有比這更陳腐又毫無意義的自我主張了。

確實，賺錢的人是我，可是我的生活是靠家人支持的。如果把全職主婦的工作換算成薪水，妻子的貢獻不言而喻。

靠誰才能生活——並不是這樣的。

生活原本就是依靠生活中每一個人的行爲所成立的。

我絲毫沒有是我獨自在工作扶養妻子和家人的念頭，打從一開始就沒有。我天經地義地認爲夫妻就是平等的，我一直篤信家庭是由夫妻兩個人，由所有的家族成員共同打造的。

然而，

我卻說出口了。妻子說。

差勁透頂！妻子說。

確實，結果差勁到了極點。妻子對我又吼又叫，拿咖啡潑我。就連總是無視我的兒子，都說

「老爸太瞧得起自己了」。

少在那裡說大話了。

不過就是個三流企業的小主管。

在那裡囂張個什麼勁？看了就礙眼。

家裡的氣氛都被你搞砸了。

你不要回來了啦。

「兒子說，如果你是回家來吵架的，會妨礙我念書，不要回來了。是啦，我的確是很礙事吧。被忽視、被冷落，要彆扭、鬧脾氣，結果被討厭——簡直像傻子。」

沒有人喜歡看到父母親吵架啊，健司說。

「也是吧。可是呢，我們家的情況，就只是我一個人被鄙視——不，被討厭而已。」

我再次看向玻璃窗。

一個卑微、骯髒的中年男子，蜷著背倒映在上面。

我覺得很窩囊。不知爲何，這個我看不順眼的囂張年輕人健司，看起來要更儀表堂堂。

「那，怎麼說，呃……」

太太不讓你**碰**？健司說了非常粗俗的事。

瞬間，我腦中浮現妻子的臉，接著回想起妻子的肢體。

那已經是好遙遠的記憶了。

「你——眞沒品吶。」

「我怎麼會有什麼品嘛？」

「噯，罷了。裝腔作勢也沒用。從好幾年前開始，我們就是所謂的無性夫妻狀態了。不是現在才開始的，很久沒做了。」

「這樣唷。」

「其他家庭怎麼樣我不曉得。可是在一起久了，性情不合了，就很困難了。該說是話不投機半句多還是……不過，這也不是該跟外人說的事啦。」

沒錯。

不是該對這種陌生小夥子說的事。

「所以你才會想要上亞佐美嗎？」

「不是那樣。」

「不是嗎？」

不是，才不是。

「喂，人類不是全憑性欲在過活的吧？雖然也有不少無恥之徒，動不動就說什麼多情才叫男子漢、食色性也，可是如果你以爲每個人都是那樣，就大錯特錯了。我不是那種人。」

「眞的不是？」

「絕對不是。我說過很多次了，我……」

「是眞心的？」

「對，沒錯，我是真心的。」

「亞佐美也是嗎？」

「咦？」

亞佐美。

「應——應該是吧。」

「你怎麼知道？」

「呃，因為……」

是亞佐美主動引誘我的。

「她也——」

「問題就在這裡。比方說，你沒想過亞佐美可能是個把男人玩弄於股掌之間的惡女嗎？」

「才不是。你想想看啊，我又不是什麼有錢人，只是個其貌不揚、猥瑣的中年歐吉桑，就算色誘我也沒有任何好處吧？我雖然跟亞佐美交往，可是沒有送過她任何東西，頂多請她吃過拉麵而已。」

我倒覺得跟那個沒有關係耶——健司說。

「跟什麼沒有關係？」

「就是，你剛才不是才說，人不是只憑性欲過活的嗎？我也這麼想。可是，也不是每一個人都愛錢，那物欲不也一樣嗎？」

「呃——或許是吧。」

「亞佐美或許只是在尋你開心啃？」

「尋開心？你是說——她在捉弄我？」

「也不是捉弄，就是她覺得那種關係很好玩。」

「怎麼會……」

她不是那種女人。

「亞佐美對我也是眞心的。」

「是嗎？那你爲什麼不離婚？跟那麼討厭你的太太分了，然後跟眞心喜歡的亞佐美結婚不就好了？」

「事情哪有那麼簡單？」

「傻子也知道不簡單。」

這種小毛頭懂什麼。

我懂啊——健司再說了一次。

「贍養費、打官司、撫養權什麼的，會有一堆麻煩事，對吧？那些瑣碎的規定，想到就讓人頭大嘛。而且大人還得顧到什麼面子、名聲吧？嗳，我也不是小毛頭了，這點事情還能想像得到。我爸媽也離婚了，所以我很清楚這種情況，一點都不容易呢。」

「那——」

「那什麼那？確實或許很麻煩，可是既然你滿口眞心誠意，至少也該提過吧？」

「提過——你說離婚嗎？」

「不，就算你沒有提，對方也會要求吧？如果你說亞佐美也對你那麼眞心的話，她起碼也會要求你跟太太離婚吧？」

「亞佐美——」

是個很認分的女人，我說，健司忽然用力拍打自己的膝頭：

「什麼？」

「意思就是，她很知足……」

少開玩笑了你——健司說：

「那是你一廂情願的解釋吧？很知足，就活該當小三嗎？要是你說你覺得亞佐美是個潑婦、懷疑她的眞心，我還可以了解。如果你懷疑自己可能被騙了，不管再怎麼討厭太太，當然不會爲了她離婚。然而你卻說什麼眞心愛著亞佐美？明明想用一句『令人震驚』混過去，還敢說什麼愛她？」

「我、我當然震驚啦。而且跟一個素昧平生的人，何必……」

「知道我握有你的把柄前，你不是還裝傻嗎？裝傻也要裝得像話點，好嗎？」

「怎、怎樣啦？」

「又是怎樣。你啊，嘴上說著什麼『跟你無關』、『你不知道』，卻又對素昧平生的我說亞佐美死了你很震驚。」

「這又怎麼樣？」

「一般人會對一個派遣到公司工作三個月的異性直呼名字嗎？要是你說鹿島小姐過世，我好震驚，我也會覺得：『噢，這樣啊，這個人想要隱瞞。』然而你卻說**亞佐美死掉**令人震驚。」

亞佐美是你的東西嗎？健司說：

「說得一副像是寵物死掉的樣子。最近就算是寵物死掉，也會有一堆飼主哭到呼天搶地呢。

既然那樣滿口眞心誠意，至少也該參加葬禮吧？就算不能去，也應該表現得更悲痛，不是嗎？」

「我、我很悲痛啊，我很傷心的。」

「眞的假的？」

「你——」

你懂什麼！我吼道。

聲音在店內迴響。

中年婦人看向我們，學生回過頭來。

我——不管了。

「我也想大哭啊。我好想丟下工作趕去亞佐美身邊，可是我無可奈何啊。你說我還能怎麼辦？」

「什麼叫無可奈何？」

「就是……因爲……」

爲什麼？

爲什麼無可奈何？

「你啊，打從一開始根本就不想改變吧？比方說離婚，跟亞佐美結婚，你壓根兒就沒想過吧？」

「這——」

才不是。

我想過。

我想過，可是——

想歸想。

「你說想，可是頂多也就是希望太太能剛好死掉就好了，對吧？要是太太碰上事故，一命嗚呼，事情就簡單了，頂多就是做做這樣的白日夢罷了吧？這叫做妄想。還是這也算你所謂眞心的一種？」

沒錯。

我也想過這種事。想了無數次。

我不該這麼想嗎？光是想——也算是卑鄙的行徑嗎？

「我啊，不管聽你說破嘴，我都無法了解亞佐美。你們每天碰面，還睡過好幾次，可是你卻對亞佐美一無所知嗎？滿口什麼眞心愛她，淨說些肉麻話，可是說的全是你自己的感覺嘛。」

健司對我努了努下巴。

「從你的話裡，我完全聽不出亞佐美在想什麼、用什麼心情過日子、想要做什麼，完全感受不到。只聽得出亞佐美跟你睡過而已。那亞佐美跟充氣娃娃有什麼兩樣？既然如此，說你們上床的時候她睡起來怎麼樣、身材怎麼樣、喜歡你怎麼做、發出什麼聲音，告訴我那些色色的內容還比較好，那樣我還比較懂。」

健司撐起身體。

「所以怎樣？你了解她什麼？啊？告訴你，你對亞佐美一無所知。聽來聽去——就只聽出你是個在公司被瞧不起、在家被瞧不起、難過傷心無處可去、唉聲嘆氣又自憐自艾的傢伙。」

連，

連這種傢伙，

連這種傢伙都要瞧我不起嗎？

既不工作，也沒有學識，更不努力。

「我、我到底做錯什麼了？我呢，我啊，可沒有做錯什麼事。你說我哪裡錯了？你這種人憑什麼教訓我？你才沒資格對我說三道四！你這種——」

你這種……

「因爲我沒有頭銜也沒有學歷？因爲我不懂禮貌？因爲我不會用敬語？你剛才還說什麼頭銜只是一種職務，結果根本不是嘛。說來說去，你還不是在那裡對上卑躬屈膝，對下頤指氣使。是啦，沒有人想被我這種人嘲弄吧？可是那是怎樣，頭銜比你了不起的人，就有資格把你當笨蛋嗎？如果是學歷高的人，嘲笑你也無所謂嗎？」

「才——」

才沒那種事。

上司全是一群無能之輩，是一群蠢貨。部下沒一個能用，就算學歷再高，那夥人全都是空心草包。

「那你幹嘛那麼賤骨頭？」

「賤、賤骨頭？」

「明明就是嘛。你又沒做壞事，不是嗎？」

「我沒有。」

我沒有做壞事。

也沒有做錯事。

不值得讚賞，也沒道理受貶損。

不值得感謝，也沒道理受責罵，不好也不壞。

「那就是你身邊的人不對嘍？」

「沒錯，就像你說的，全是他們不好……」

「那麼，那種像垃圾一樣的公司，辭掉不就得了？那種爛到家的老婆，跟她分了豈不痛快？為什麼你不這麼做？嫌麻煩？」

「所以說——」

所以說怎樣？所以、所以。

「所以說，做為社會的一份子——不是那麼容易的。很難的，要考慮到很多事。如果你以為只要冠冕堂皇，什麼事情都行得通，那就大錯特錯了。」

「我又沒說什麼冠冕堂皇的大道理。你比較了不起，比較聰明，所以你說的話才是對的，不是嗎？」

「我——」

我的意思是，

是什麼？

「你、你這種人才不懂。你才不懂我的苦。就算厭惡，也沒辦法辭職。就算難受，也沒辦法說分手就分手。我痛苦到快撐不下去了，已經瀕臨極限了，可是還是沒法拋下一切啊，混帳！」

「為什麼？」

「就說你不可能懂了！」

「既然如此，」

——**你怎麼不去死了算了**？

健司這麼說。

「什麼死——」

「難道不是嗎？喏，既然這一切都讓你那麼難受、傷心、厭惡、受不了，然後你又無可奈何，眞的無可奈何的話，活在世上也沒有意思了吧？」

「這——」

所以乾脆死死算啦，健司說。

「你不想死嗎？」

「我——」

不想死，大概。

「爲什麼不想死？就算活著也只是難過，可是又無可奈何的話，乾脆死了不是更痛快嗎？」

「你、你以爲那麼容易就能死嗎？」

「我說山崎先生啊，你說的理由我也不是不懂，可是我還是不覺得有什麼無可奈何耶。世上才沒有眞的無可奈何的事。不辭掉工作，是因爲你不想辭職；不離婚，也是因爲你不想離婚。絕對是這樣的。」

「爲、爲什麼這麼說？你又知道什麼了？」
「白痴也看得出來。你好歹也是個部長，也算受到公司器重，不是嗎？」
「我、我才——」
沒有受到器重。
「那是因爲你還想往上爬，所以才會這麼覺得吧？那……會不會是因爲你想要得到更多器重，卻沒有受到更大的肯定，所以才會覺得難受？太太也是，你就是希望太太愛你，所以她對你冷淡，你才會傷心，不是嗎？就是這麼回事吧？」
「這——」
「比方說，你今天回家，太太對你說你回來了、辛苦了，你會怎樣？如果她道歉說一直以來眞對不起你，你當場就會原諒她了，對吧？曖，或許你還是會記恨，嘮嘮叨叨，但總而言之，就是你想要占上風罷了嘛。公司也是，如果你明天進公司，發現自己升遷了，一定會開心死了吧？心情立刻就會好轉了吧？只要大家對你哈腰奉承，所有的氣都會消了吧？你就是想要別人對你獻殷勤，所以才不辭掉工作，也不離婚。除此之外還有什麼原因？」
不管再怎麼苦。
「不管再怎麼苦，再怎麼難受，吃飯還是一樣香，睡女人還是一樣爽，就是因爲這麼覺得，所以你才活著吧？要是再也沒有這些了，什麼都沒了，你會怎麼樣？」
「我、我才不是只爲了那些享受才活著——」
「或許是吧。可是如果要這麼說，那你不應該會覺得活得很辛苦啊。讓你覺得難受的事，前提都是跟那類享受有關嘛。」

「咦？」

「欸，我覺得你說的壞的事情呢，全都只是因爲沒有伴隨好事發生罷了。那根本不算壞事，好嗎？人生路上，大抵來說什麼都是零啦。沒有好也沒有壞，這才是普通的。就算有，終歸也是正負相抵等於零。說什麼沒有好事所以很不幸，不是很奇怪嗎？」

因爲你根本就沒碰上什麼壞事嘛——健司說：

「就算沒受肯定、沒被稱讚，只要好好做完該做的事不就得了嗎？這樣不就好了嗎？既然都完成份內工作了，別人要怎麼說，又有什麼好在意的？對外野的奚落聲反應過度，緊張兮兮，你是有多沒自信？如果你是爲了被尊敬、被稱讚才工作的，那跟追求享受有什麼不一樣？太太的事不也一樣嗎？不管太太怎麼對你，你都好好地賺錢養家，還賺了比足夠養家更多的錢，供孩子上學，這樣哪裡不對了？你只是因爲老婆對你冷淡，不讓你上，才在那裡鬧脾氣罷了嘛。」

亞佐美呢——健司說：

「只是你發洩欲望的道具，不是嗎？少在那裡說什麼眞心愛她，自欺欺人。虧你有臉說得出那種話。你只是把不如意的欲求不滿，發洩在亞佐美的胯下罷了，少在那裡說得那麼好聽了。你敢滿不在乎地說什麼你是眞心的，就殉情、追隨她去啊，可是你根本不會嘛。你就坦白承認怎麼樣？『死人不會說話，這下子外遇的事就不會曝光了，謝天謝地』。」

「我——」

是不是應該去死算了？

誰曉得，健司說：

「如果不想死，活著就是了。」

「嗯。」

「至少你比我聰明，比我有地位，又有錢，很幸福啊。」

健司說完站了起來。等一下，我挽留他。

「亞、亞佐美對我是什麼想法？」

「所以說——」

我不是說過我不了解亞佐美嗎？健司冷冷地說，抓起桌上的帳單。

「你才是，跟她睡了那麼多次，卻不了解她的心嗎？」

沒錯。

我不了解。

「嗯，我不了解。不管是亞佐美，還是老婆、兒子，還是部下、上司，我對他們都完全不了解。」

他們是別人，不了解是當然的吧？健司說。

「人們連自己的事情都不了解了，那就少不懂裝懂吧。我很笨，所以想至少了解一下死人的事，可是還真難懂吶。」

健司制止我站起來，說「這點錢我還請得起」又接著說：

「還有，我不叫健司，我叫健也。」

他離開了。

留下我，還有倒映在玻璃上的山崎。

第二人。

你是亞佐美的男朋友吧？我問。

男人用一種百無聊賴的語氣回答：「我不是她男朋友。」

原來不是。

可能——不是。我只看過這個人兩、三次，緊接著鹿島亞佐美就死掉了。

還是該說遇害了？

也沒什麼該不該的，亞佐美就是被殺死的。

不是男朋友的話，那是什麼關係？兄弟還是親戚嗎？不，沒道理非相信這個人的說詞不可。

就算本人這麼說，也沒必要照單全收。

什麼關係都無所謂。

我又問，你是做什麼的？結果他反問，妳是篠宮小姐吧？

他知道我的名字。

「啊。」

男人露出疼痛般的表情說：

「如果不是的話我道歉，對不起。」

沒錯。

雖然沒錯，但是正因爲沒錯……

「抱歉，我是看門牌知道的。」

男人似乎察覺我的戒心，辯解似地接著說，做出了烏龜縮頭般的動作。那是行禮的意思嗎？

他接著朝我的住處探了探頭。

門牌就在男人的臉旁。

而我現在正要打開那塊門牌旁邊的門。我伸長的手上握著鑰匙，正準備插進鎖孔。

這種情況下，也沒辦法裝傻說不是了。

何況，就像我看過這傢伙的臉，他應該也看過我好幾次。

我就是篠宮，我說。

只能承認了。

「我是篠宮——所以你有什麼事？你到底在這裡做什麼？」

「啊，哦……」

沒有拉起黃色膠帶呢——男人說。

「膠帶？」

「喏，不是有嗎？用黑字印了英文什麼的。」

「哦。」

他是說維持犯罪現場的禁止進入膠帶嗎？

「我沒看到電視上那種膠帶，不過蓋上了施工用的藍色塑膠布。」

「這樣啊。」

男人喃喃自語之後，瞥了一眼鄰室——亞佐美住的房間。

「鬧得很大嗎？」

「這個嗎——」

確實受到不少波及。我的房間是三〇二號室，亞佐美的房間是三〇三號最邊間，離樓梯最遠，所以我的房間前的走廊勉強可以通行，但如果我們的房間相反，就連進出都得大費周章吧。

而且公寓大門停了警車，到處都是巡警和刑警，大馬路上也有一堆看熱鬧的民眾，所以連外出買東西都提不起勁。雖然只持續了四、五天。

刑警也來了啊？男人說。

刑警追問不休。同樣的事情，我想我至少說了三十遍。他們問了我好幾次亞佐美的異性關係，害我得挖出根本不願回想的記憶，不厭其煩地回答。最後我實在是膩了，把無中生有的臆測都說了出來。

這傢伙的事，我應該也說了。

他是亞佐美臨死前的男人。

「來了……又怎樣？刑警應該也去找過你吧？」

你是她男朋友嘛。最後一任。

男人噘起嘴唇，發出類似「呃」的應聲。

「沒有耶。」

「警察沒去嗎？」

「沒有啊，我們又沒有那麼深的關係。」

「是嗎？」

那麼你是她的誰？

「話說回來，我問了好幾次了，你在這裡做什麼？這裡是女性專用公寓，我要叫管理員——不，我要叫警察了。」

雖然我不會真的叫，太麻煩了。

可是，用這句話來恐嚇很有效果。

男人搔搔頭。

「我……造成困擾了呢。呃，我……」

我叫渡來健也——男人報上姓名。

「渡來——先生？」

「遠渡而來的渡來。」

「渡來先生，所以我是在問你在這裡做什麼？那個房間現在沒有人住，再過去就沒有房間了。也就是說，除非有事找我，否則是不會跑到這裡來的。警察已經不會來了，會來的頂多就是管理員，要不然就是房仲。還是說，你想租那個房間？」

雖然男性並不能入住。

再說，房間還沒有重新裝潢。

或者說，就算重新裝潢，有沒有人要租也是個疑問。有人死在裡面，而且是被謀殺的。

也就是成了凶宅。

事實上，樓下的住戶已經搬走了。我左鄰的住戶也說想要搬家。與其說是害怕，理由大半是出於安全考量。

我覺得真的很不安全。

儘管標榜女性專用公寓，卻也只是女性才能租賃，並沒有什麼特別的保全措施，大門甚至沒有自動鎖，管理員也不是一天二十四小時坐鎮在大廳。

不，就算整天都在，這裡的管理員也很沒用。萬一出事，我實在不認爲他能派上什麼用場。管理員是個如同朽株枯木的老頭。

事實上，就連這種莫名其妙的訪客都讓他登堂入室了，管理有多鬆散就不言而喻。除非跟那個老頭說話，否則他吭也不吭一聲，只是坐在那裡。他的作用最多就類似保全公司的簽約貼紙，或是假的監視攝影鏡頭。不，比那些還沒用。他連唬人的作用都沒有。

看一眼就知道了。

就算看不出來，只要造訪過一次，第二次開始就直接對他視若無睹了。

不管是宅配員還是推銷員，都會略過老人，直接上門。

就我觀察到的範圍內，造訪這棟公寓的每一個人，沒有任何人在乎那個老頭。甚至很多人根本沒有注意到他的存在。就算是熟門熟路的訪客，也不會向管理員打招呼，完全視他爲無物。

甚至可以說這老頭受到忽視應該也比較開心。

畢竟我每次跟他說話，他都擺出一副厭惡的表情，一定是懶得應付我吧。

身爲住戶的我跟他說話也是這副德性。走廊的日光燈壞了，請趕快換新；垃圾場很髒，請打掃一下——就連提出這種住戶天經地義的要求，他都用麻煩至極的態度應對。

他會露出很惹人厭的眼神。

日光燈壞掉又不是我害的，是壽命到了自己熄了吧？清掃叫垃圾值日生去做，垃圾是妳們自己丟的吧——他會露出這種表情。

不是你害的，可是也不是我害的。

而且我又沒有怪你。

只是叫你做好份內工作而已。

可是，那個老頭一定認爲自己受到了責怪。都是你害電燈泡熄滅的、都是你害建築物污損的——他肯定把我的話聽成這樣了。你們爲什麼就是要欺負老人家——他露出這樣的表情。

我又不是那個意思。只要換一下燈泡就行了，打掃一下就行了，只是這樣而已，那不就是你的工作嗎？你的工作可不是乾坐在那裡。然而他卻擺出那種態度，好像提出要求的我是壞人一樣。

被害妄想。自我意識過剩。放棄職務。

我這麼委婉地指出後，老頭甚至不向我點頭致意了。我覺得太過分了。

明明什麼事也不做。

這個男人也是。

——老頭一定是隨便就放他進來了。

他完全沒有考慮到住戶的安全。

我沒辦法租吧——渡來說。

「什麼？」

「管理員也跟我說了，這棟公寓只租給女生，對吧？」

「你……跟那個管理員說話了？」

說啦，渡來理所當然地回答。

「說了什麼？」

「呃，就是，他不就像是櫃台人員一樣嗎？我覺得進來的時候不打聲招呼不好意思，而且我也想先跟管理員聊一聊。」
他跟管理員說話了。
「想跟他聊？聊……什麼？」
「聊什麼？就是——」
我問了管理員亞佐美的事，渡來說。
爲什麼？爲什麼要問那種人？
那個人哪會知道住戶的事？
那個人——
「爲什麼去問管理員？」
「我覺得那類人應該對住戶很了解才對。」
「那個人才不了解。他連知不知道我的名字都很難說。唔，亞佐美的話——是啊，他也被偵訊轟炸，電視也有報導，應該至少知道亞佐美的名字吧。」
等人都不在了，再來記住也太晚了。重要的是——
「所以你——怎麼會想要打聽亞佐美的事？」
「啊，我對亞佐美不太了解，所以想來了解一下。不過，那個管理員……」
好像也不是很清楚，渡來一臉無趣地說。
「所以我就說他不會知道嘛。」
「是這樣嗎？簽約的時候，不是會交出類似個人資料的東西嗎？」
「租約是跟管理公司簽的，那個人只是管理公司雇來的，就像看門狗一樣。不，狗還知道要叫——倒是……」

怎麼？

這傢伙是什麼人？

淨看著腳下說話的我抬起頭來，渡來突然說：「這樣啊，原來如此。」

「是給人請的啊。說的也是呢。那個人好像被警察逼問得滿慘的，所以防備心很強。他說他也挨公司主管罵了，沮喪得很，還說只差一點就要被開除了。」

那是——當然的吧。

——因爲鹿島亞佐美。

是被人殺害的。

有住戶被殺了。

不是有推銷員上門還是遭小偷這種等級的事。那個管理員讓殺人犯大搖大擺地進了公寓，讓保全形同虛設。太誇張了，只能說是怠忽職守。

聽說完全沒有從陽台或窗戶侵入的痕跡。

換句話說，兇手是堂而皇之地經過那個老頭面前走進來的——應該。

然而，那個人別說是兇手的身材、外貌，連有人來過都不記得。他說，他甚至不記得有可疑的訪客。

結果在警方的初步偵查中，首先被懷疑的就是這棟建築物的住戶——也就是我們。

不曉得蒙受了多少麻煩。

可是，後來查明案發時間前後有醬菜販賣員、公園墓地的推銷員、以及兩家宅配公司的送貨員相繼來訪，案情急轉直下。警方發現管理員的證詞完全**不可信**。

宅配員和推銷員也就罷了，醬菜鋪的販賣員似乎穿著花俏的日式短上衣，相當引人注目。如果對這都毫無印象，那麼有沒有管理員也沒差了。

那個老糊塗管理員連控制進出人員的基本業務都沒辦法做好，他至今沒被開除，我甚至覺得不可思議。

他應該要被開除才對。

渡來再次搔頭。

「他說開除，我還在想是什麼意思，原來是怕管理公司把他開除啊。終於懂了。啊，我這人眞是孤陋寡聞。我很笨啦。那個歐吉桑不可能是公寓的屋主嘛。」

看來他似乎不是在說笑。

他不是什麼危險人物嗎？

雖然來路不明。

「所以是怎樣？」

「哦——我也不太想聽那個老爺爺發牢騷，其實是我一點都不想聽。就算套他話、丟出話題，他也一點都不肯告訴我亞佐美的事，所以我放棄了。我最後問他：那有沒有人認識亞佐美？結果他就說鄰居認識。」

「咦？」

是那個人指名了我？

「等一下，那是怎樣？你是聽那個管理員說的，所以才跑來這裡等我？」

我這樣做不好嗎?渡來問：

「呃，是妳男朋友會過來還是怎樣?」

「少開玩笑了，不是那樣——」

為什麼指名我?

「那個人怎麼說?」

「沒什麼啊，就說妳是她鄰居，應該認識她。」

「他說篠宮應該知道?」

他沒說妳的名字——渡來說：

「妳是亞佐美的鄰居，對吧?」

渡來用食指比著我的房間門牌。原來如此，所以渡來才會看門牌嗎?為了打聽消息，先確定一下鄰居的名字——應該是這麼回事。

鄰居。

這樣啊。

只是這樣罷了。

不是特別指名我。

對那個管理員來說，我不是篠宮佳織。我不是任何人，是誰都可以。根本沒有名字，不需要名字。我只是住在發生凶案的房間隔壁的人罷了，不需要非是我不可。

就連那種廢物老頭——

明明連看門狗都不如。

我火冒三丈。

——鄰居？

我是亞佐美的鄰居？

才不是，是我的鄰居被殺了。什麼亞佐美，人不都死了嗎？被勒斷脖子還是折斷脖子死掉了，不是嗎？

根本沒理由拿死人當基準。不管有沒有亞佐美，我都是篠宮佳織，過去是，今後也是，然而……

我才不是什麼鄰居。

血液衝上太陽穴。

對不起——聲音響起。

渡來縮著脖子。

「呃，我是不是來的時機不對，感覺有點糟糕？我好像惹妳生氣了，我是不是離開比較好？」

他的視線搖擺不定。

不，不是搖擺，是不想和我對望吧。

——說話的時候要正視對方的眼睛。

以前新進員工的指導人員這麼說，我聽了心想「眞是胡扯」。再也沒有被人從正面盯著眼睛看更不舒服的事了。再說，盯著別人眼睛說話的對象，絕對不能相信，因爲會這樣做的人是白痴。

看起來像個白痴。

就像宗教狂熱分子。

如果想要一邊觀察對方的反應、一邊進行對話，就算盯著眼睛看也沒用。反應是顯現在全身的。表情、動作、呼吸，從指頭到腳尖，人類會以各種形式表現感情。所以除非努力留心每一個細節，不然就無法推測出對方的狀態。大部分只能照著指導手冊去判斷事物、只知道照著指導手冊應對進退的傻子，都會凝視著對方的眼睛說話。

被人像傻子似地盯著眼睛看，只會教人覺得不舒服。

況且，眞正看著對方眼睛的人的視線，是無法讓人感覺在看眼睛的。人有兩顆眼睛，而人一次能捕捉到的視覺範圍非常狹窄。以攝影機來說，一次的焦點只能集中在約拇指指甲大小的範圍。然後將它連繫在一起，構成視覺影像。看對方的眼睛這回事，簡而言之，就是連續地交互看左右兩眼。

簡直像傻子。

對於被看的人而言，對方完全像個朝自己不斷微微顫動瞳孔的傻子。

如果不願意被這麼想，就不該看對方的眼睛。如果要讓對方以爲自己在看眼睛，就應該看著對方的眉間或鼻頭，實際上指導人員就是這麼教導我的。如此一來，就好像在看眼睛——乍看之下。所以這麼做的人也不少吧。

可是，我覺得這個做法也値得非議。

爲何非要這麼做不可？

盯著別人的鼻頭看，究竟有什麼意義？面對那種傢伙，無異於就像面對一個焦點渙散地盯著自己看的傻子。

那種眼神很像跟蹤狂或變態，噁心至極。就和目不轉睛盯著心儀異性的黏膩視線是一樣的，要不然就是新興宗教的傳教士眼神。愈是被嚴肅地注視，感覺就愈像。

看起來就像那樣。

總而言之，只有不懂得懷疑、深信自己是對的，或是連判斷是非的能力都放棄的傢伙——才會盯著別人的眼睛說話。

我這麼認爲。

不論理由爲何，我覺得都是愚者的證據。

應該也有很多人這麼感覺吧。即使如此，仍執意盯著對方的眼睛看。

因爲——他們是被這麼教導的。因爲——他們覺得不這麼做就輸了。

看或不看，也是一種單純的勝負問題。

就是所謂的瞪眼遊戲。不只是小混混才會瞪人。洽商的時候凝視對方，跟小混混的瞪人完全相同。這種情況與其說是注視雙眼，更應該說是相互窺視。

若要說這是一種勾心鬥角，確實也是，不過我認爲這種行爲一點都不文明，跟野獸的威嚇行爲沒有兩樣。

談生意應該要依條件來決定，這才符合道理。判斷有沒有幹勁不是靠這類外顯的事物，如果要用外觀來判斷，就應該更縝密地觀察才對。

有些人雖然膽小卻很認眞，也有些人雖然冷漠卻無微不至。威嚇對方、逼迫對方服從，不是豈有此理嗎？

比方說，詐騙分子的眼神也是一樣的。

那些人就像催眠師一樣，會盯著對方的眼睛說話。是爲了主張自己是正當的、自己的話千眞萬確，如果你懷疑那就是你不對、你錯了。這種情況也一樣，如果別開視線就輸了，會被吞噬進去。

不是要唬人就是要騙人，要不然就是變態或傻子。

看著別人的眼睛說話的，全是這類貨色。

我痛恨死了。

可是，

這個人——想要轉開視線。

「欸，跟人說話的時候把視線轉開，像是在撒謊……會被這麼說唷。」

我這麼告訴他。

「這樣嗎？呃，可是我沒有撒謊啊。」

「你在心虛什麼嗎？」

「沒有，可是……」

世上有人是不心虛的嗎？渡來說：

「我連自己的事情都不太了解了，所以不管任何事，都沒辦法自信滿滿地大發議論。因爲或許只是我沒有注意到，但其實我做了某些不好的事。再說——」

妳又在生氣。

我——並不是生氣。

「我沒有生氣，只是覺得你很可疑。你很可疑，對吧？」

「我是很可疑，可是我這個人明明白白啊。會覺得可疑，是因爲不曉得對方究竟是好還是壞吧？用那種標準的話，我算是不行的那邊唷。論好壞，我是壞的那邊；論上中下，是底下那邊。我沒辦法證明自己是正當清白的，也就是說，我這人既不正當也不清白。」

渡來靦腆地笑了笑。

「那麼，你怎麼會想知道那女人……不，亞佐美的事？你到底想知道什麼？」

「哦……什麼都可以啦，其實，只要是亞佐美的事情都可以。或者說，已經沒辦法知道了吧？人都死了的話。」

「唔——」

人都死了嘛。

我插進鑰匙。

「喂，就算外頭再怎麼不冷，我也沒理由跟你這種可疑的人站在這種尷尬的地方說話。」

「我知道，可是——」

「進來吧。」

我打開門。

「進去？」

「要是被人看見……」

不曉得會被傳成什麼樣子。

已經是鄰居回來的時間了。

隔壁的女人回家的時間跟我差不多。

因爲電車路線不一樣，從來沒有在車廂裡遇過她，但有時會在車站不期而遇。

鄰居的年紀比我大，手頭比我闊綽，在販賣教材的公司當電話推銷員——好像是，不太清楚。是我推測的。

鄰居塙恭子似乎認爲自己知道的事，每個人都應該知道，所以她從來不會向別人說明。她認爲自己的常識就是世間的常識，自己的水準才是世界的標準，所以對於對她而言理所當然的事，她絕對不會加以說明。

只能從她的話中去推敲。

據我推敲，她的生活圈子非常狹隘。

而她就在那狹隘的圈子中一喜一憂地生活著。以這個角度來看，她是個人畜無害的好人。但若是碰上超越她狹窄圈子的狀況，就另當別論了。一旦如此，她便會做出完全無法預測的反應。

那樣就麻煩了。

現在的狀況有可能發展出那類的麻煩。

剛才經過鄰室房間前面的時候，窗戶還沒有燈光。她應該是去買東西了。

那樣的話。

我不想讓她看到這種場面，不曉得會被她曲解成什麼樣子。而且萬一被她誤會，事情就難搞了。與其說是難，倒不如說麻煩。

非常、非常麻煩。

把這傢伙帶出去也很危險吧。萬一跟鄰居在樓梯擦身而過，狀況會更棘手。只是站在門口說話，或許還可以敷衍過去，但要是被目擊到兩個人走在一起，那可是跳進黃河也洗不清。鄰居很麻煩。

「進來吧。」

我抓住渡來的袖子。

「不，可是，妳是一個人住吧？」

「就是一個人住，所以才叫你進來啊。」

我半推擠地讓他進了玄關，確定樓梯沒有人影，再關上門。

脫鞋處很狹窄。鞋子跟拖鞋都擺在地上沒收，所以我跟男人緊貼在一起。

「這樣不太好吧？」

「不好啊。可是，站在外頭說話也好不到哪去。那可是走廊呢。」

呃——渡來蹙起眉頭，搔了搔頭。

這是他的習慣嗎？

我稍微推開他的身體，脫下包鞋。

男人的體味掠過鼻腔。

「我還是離開比較好嗎？」

「你現在離開我會很爲難。也不是爲難，是會給我惹麻煩。」

至少得等到鄰居進房間坐定——

「你不是想打聽嗎？打聽亞佐美——鹿島小姐的事。」

「妳願意告訴我？」

「其實我也沒有什麼可以說的。倒是你，說明一下你跟亞佐美是什麼關係吧。如果不是男朋友，那是什麼？你說你不了解她，可是交情那麼淺的人，幹嘛四處打聽過世那麼久的死者的事？你們是什麼關係？」

「哦……」

他縮了縮頭。

「我們認識以後，只見過四次面……」

「四次唷——那是怎樣？」

睡過四次的意思嗎？我故意沒品地問。這種話我平常是不會說出口的。

「才沒有呢。」

「那你們做了什麼？那四次見面的時候。」

就只是碰面而已啦，渡來說。

「就像老一輩的人約會那樣，手牽手吃聖代、看電影嗎？」

「嗄？」

渡來露出不敢置信的表情。

「『嗄』什麼？」

「你們約會會去看電影嗎？」

「你幾歲啊？」

我轉身背對渡來，檢視室內。

並不凌亂。

臥室門關著。
廚房也很乾淨，每個地方都井然有序。
我從拖鞋架取出一雙拖鞋放到墊子上，抬頭仰望他。
「我二十四歲。」
渡來回答。
「這樣啊。」
居然小我六歲。
「以前的人約會是會看電影的。」
這樣啊——年紀比我小的闖入者回答。感覺不像在搞笑，或許他反倒是覺得不屑。我有這種感覺。
「怎樣？」
「沒有啦，我是真的很孤陋寡聞。交女朋友什麼的我也嫌麻煩，沒怎麼在意，所以才會訝異是這樣啊？」
「現在應該不是了吧？」
我那個時候就已經不是了。
我沒有跟男人看過電影。在電影院是約會勝地的時代，我應該還是小女孩。
「我說？渡來……」
「叫我健也就行了。」
「我不想叫得那麼親熱。我討厭那樣。」

又不是情侶。

「你說你們見過四次，那是爲什麼？是因爲工作而碰面嗎？」

「我沒有正式的工作，差不多可以算無業游民吧。」

「所以是怎樣？」

我們認識——渡來說。

「認識？什麼意思？」

「認識就是認識啊。就像篠宮小姐跟我，也已經認識了呢。」

「……算……嗎？」

算嗎？我嚴肅地思考起來。

「如果妳說不是的話，或許不算，不過就我來說，見過面、知道彼此的名字、聊過天，就算是符合認識的標準了。這種狀況有過四次。」

那麼，

「簡而言之，就是深入交往的前一個階段？」

「妳說的深入，是上床的意思嗎？」

「等一下。」

我是這個意思沒錯，可是，

「不是那樣啦。聽好了，我對你這個人一無所知，我只知道你叫什麼，你對我也完全不了解吧？所以我們雖然講過話，可是並不算認識啊。就算完全不了解對方，還是可以對話吧？知道名字、有對話就算認識的話，那認識的人可多了。每一個超商店員都有別名牌，在那裡繳費的話，店員也會知道我們的名字，不是嗎？然後當然也會交談個兩、三句吧？但是付帳單繳費的時候碰巧在櫃台當班的超商店員，可以算是認識嗎？」

「我不曉得耶。」

「什麼不曉得，是根本不算。就算常去那家超商，成了熟客，那也是熟客跟面熟的店員這樣的關係，不叫認識。還要再更進一步親近，才能算是認識。」

「更進一步？」

「更進一步。我說的更進一步有很多種。難道你們這些年輕人，會跳過中間很多項步驟，直接進入肉體關係嗎？」

「我不年輕了啦，跟妳沒差多少吧？」

「這是在恭維我嗎？」

他是在說我看起來很年輕嗎？

「因爲二十歲以下才能叫做年輕吧？」

「二十歲以下？」

「比方說我這把年紀，已經沒辦法進演藝圈了，不是嗎？就算出道，也不會被稱做新生代了。一般說的年輕，指的是國中生吧？」

「我又不是藝人，你也不是。」

這傢伙也跟亞佐美說一樣的話。

我知道自己不年輕了。

兩個月前，我三十歲了。雖然亞佐美還活著的時候，我還是二字頭。

過了二十歲，三十跟四十都沒差了——渡來說。沒錯。

——那個女人也說了一樣的話。

「隨便啦，你要在那裡杵到什麼時候？拖鞋都幫你擺好了。」

「我可以進去嗎？」

「幫你擺拖鞋，不就是在叫你進來嗎？要不然還能怎麼解釋？」

我有點不耐煩。

渡來看了拖鞋一會兒，說「我站這裡就好了」。

「只是聽妳說話，用不著進去。」

「什麼意思？你這是在侮辱我嗎？」

「這怎麼會是侮辱？」

應該不算吧。

我在說什麼啊？這是我對其他男人——不是這種來路不明的小夥子的其他男人說過的話。

不是該對這種莫名其妙的傢伙說的話。

「你沒進過女生的房間？看起來不像。還是你在客氣？因爲我——」

——年紀比你大。

不對，這也不是該對這傢伙說的話。

可是。

「你進去過隔壁房間吧？」

四次，是嗎？我說。

「是進去過……可是那是……」

「因爲你們認識？那樣的話，你跟我也算認識吧？依你的標準來看。」

總覺得——

自己變成了一個討厭的女人。

——妳啊，

——爲什麼要那樣咄咄逼人？

——何必衝成那樣？我們到底算什麼關係啊？

——別人講一句妳就頂一句。

——一點都不可愛。

「反正……」

反正什麼？渡來問。

「妳果然還是在生氣。如果妳要我進去，我就進去，可是我並不是客氣，而是不想惹妳生氣，或者說不想挨罵啦。我知道自己站在人家門口，像個跟蹤狂一樣，講這種話也很奇怪，可是我也是因爲不曉得還有什麼別的辦法。我本來打算要是行不通，就放棄回家。畢竟這也不是什麼不惜害別人不舒服也要打聽的事嘛。」

「別囉嗦那麼多了，進來啦。」

我放低了聲量。

沒什麼好激動的。

「你還是很可疑，但是論危險程度，玄關跟客廳不也一樣的嗎？」

「是嗎？」

「而且你站在那裡，等於堵住了我的退路。」

啊——渡來說，退到一旁。

「呃，我要事先聲明，我……」

「不就跟你說沒關係了嗎？反正我……」

也不年輕了。

「還有點識人之明。要是你再繼續拖拖拉拉下去，反而是一種性騷擾。」

這樣也算性騷擾嗎？渡來說著，脫下鞋子，換上拖鞋。

「眞是不懂事呢。啊，我這麼笨，一定是無意識對人家性騷擾了。」

不是的。

只要有意識，任何事情都能是性騷擾。

對了，這樣哪算是性騷擾呢？渡來站在我擺拖鞋的地方問。

「你這人眞麻煩呢。聽好了，你不進房間，是因爲你是男人、我是女人，對吧？因爲有禮貌、禮儀這些有的沒的考量，你會客氣是當然的，可是在這種狀況下一直不肯進房，就有點過頭了。說人家可愛、漂亮、性感什麼的雖然是一種稱讚，可是對於被稱讚的人來說，過度的讚美只是一種歧視吧？那是同樣一回事。然後呢，你之所以不進房間，理由不是因爲我是女人——」

說到這裡我哽住了。

「還有別的理由嗎？」

「——而是因爲，你認爲我不夠資格做爲一個性愛對象，如果是這樣的話，也算是一種性騷擾吧？」

「哦……」

渡來歪歪脖子。

「也就是說，我不想上妳，是一種性騷擾嗎？這不是本末倒置嗎？」

這個人眞是口無遮攔。

可是，就算字斟句酌著說也是一樣的。

「意思就是說，如果這是年輕漂亮的女生房間，你會主動想進來；可是如果不是年輕女生，而是年紀比你大的、像我這種人的房間，你就敬謝不敏。這不是依據年齡、性別、外貌這些條件而做出來的判斷嗎？這也可以視爲一種侮辱吧？」

「呃……」

不想上也不行唷？——渡來說，頭往另一邊歪去。

「麻煩的是妳才對吧？好難應付唷。」

「一點都不難。總而言之，會暗示**那方面**的態度全都不行就是了。而且不管做任何事……都有可能傷害到對方。再說，其實你怎麼想我也不知道。反正我叫你進來，你乖乖答應，進來就是了。」

「我進去就是了，可是妳不會覺得討厭嗎？不管是我的身分還是來歷，我都沒辦法提出證明，這讓我覺得很厚臉皮、很不好意思，這跟是男是女沒有關係吧。」

「我的確覺得討厭，可是也沒辦法吧？」

我穿過客廳，打開陽台窗簾。

不是爲了看外面，而是確定隔壁的燈是不是亮了。

鄰室依舊黑暗。

背後有動靜，我回頭一看，渡來走到客廳入口處了。

「我要怎麼做才好？」

「坐吧，沒看到沙發嗎？」

結果，我只能用這種譏諷的口氣說話。

渡來用一種不甚甘願的態度坐下來。

「啊——如果妳覺得我看起來不太甘願，妳猜對一半了。因爲妳看起來在生氣嘛。我不曉得妳是不是眞的在生氣，可是妳看起來像在生氣，所以就算是我這種傻子，看了也會覺得不舒服。既然這樣，可以算是扯平了吧？」

「隨便啦。」

這時，我有些放鬆下來了。

因爲我覺得這個來歷不明的可疑青年，起碼比我認識的那幾個男人——神經要正常一點。

「如果我看起來像是在生氣，那不是你的錯。我本來心情就不好。」

「妳遇到了什麼討厭的事嗎？」

全是些討厭的事，我說，往廚房走去。

「我沖個咖啡，等我一下。」

青年欲言又止。

我無視於他，進入廚房，注意力集中在身後。

他一定是不好開口說「請不用張羅」吧。他的一舉一動被我挑剔成那樣，想開口也難。我一邊準備沖咖啡道具，一邊觀察他。渡來如坐針氈地東張西望，似乎敏感地察覺了我的視線，身子一顫，垂下頭去。

去年——

分手的男人也比我小，不過還比這傢伙大。小我兩歲，所以分手的時候是二十七。明明只差了兩歲。

——卻幼稚透頂。

言行舉止無一不幼稚。那傢伙一樣坐在那張沙發上，淨是看足球賽或棒球賽轉播。就算過來我家，也只知道看電視。球季以外的時間，就帶電玩過來打。一來就倒在沙發上，開電視，眼睛直盯著螢幕。

沒有任何對話。就算跟他說話，他也心不在焉。

不，跟他對話本來就很無聊。他聊天內容的無聊程度，無人能出其右。他只會談論自己，而且不是炫耀就是埋怨。他根本不聽我說話，也不會問我任何事。那傢伙盯著螢幕，狼吞虎嚥我做的或買來的東西，吃完後就索求我的身體。就這樣不斷循環。

我跟他交往了約一年半，結果……他只稱讚過我的身體。

他只要有一具女體就夠了吧。

——一年半。

浪費了一年半。雖然只有一年半，但在人的一生之中並不算短。雖然不知道今後我還能活多久，但一年半絕不能說是短。跟他交往的一年半當中，我虛擲了人生。

我看著滴答落下的黑色液體，回想著這些事。

我也想過要不要換衣服，但還是打消了念頭。

把咖啡倒進杯子，回到客廳，渡來面無表情地垂著肩，僵硬地坐著。

臉龐小巧，看起來清瘦，但身材意外地滿結實的。不長也不短的頭髮，不曉得是刻意打理成那種造型，或只是隨手撥弄而成。或許是那種看起來隨性的時下流行髮型。

——雖然粗俗，但很純情嗎？

應該是吧。這個青年八成是被那個女的玩弄了。還是該說被拐了？他說沒有發生肉體關係，應該是真的。那麼，

——是被耍了嗎？

應該是吧。

這傢伙怎麼看都是那種隨處可見的平凡年輕人，感覺他們的邂逅不會有什麼深刻的緣由。或許是那女的在街頭釣上他，賣弄風情誘惑他，然後吊他胃口。男人的欲火不斷地被撩起、累積，而挑逗男人的亞佐美——

卻就這麼撒手人寰了嗎？

這麼一想，青年看起來就像隻沒要到飯的狗一樣。

「你喜歡亞佐美？」

我一面端出咖啡，一面赤裸裸地這麼問。

「什麼？」

渡來慵懶地把臉轉過來。

「喜歡……？」

他詫異地看著我。

「倒不如說，我沒有理由討厭她。」

「咦？」

沒那麼深啦——年輕人說。

「沒那麼深？」

「我是指關係啦。我們的交情很淺。只是認識而已。她不是我的女朋友什麼的，我不是說過好幾次了嗎？」

是這樣沒錯，可是……

「剛才妳自己不是說了嗎？說是一樣的。」

「一樣？什麼東西一樣？」

渡來伸手指我。

「我……跟亞佐美？怎麼會？」

就認識啊——渡來有些不服氣地說：

「我認識亞佐美以後見過四次面，跟佳織小姐則是今天認識，就這樣而已。雖然以我的基準來說，並沒有什麼差別。」

他剛才確實也說過一樣的話。

「跟你和我的關係……沒有差別？」

也不是完全沒有——渡來說著，拿起咖啡杯：

「四次跟一次就不一樣嘛。所以我才覺得進去幾乎是初次見面的人家家裡，好像不太好。我這人很笨，可是還是有傻瓜自己的原則。我進去亞佐美的房間，也是第三次見面的時候。而且——」

亞佐美已經死了。

對。我還活著。

「那……如果你再跟我見上三次面，你就會直接叫我佳織了嗎？」

不曉得——渡來皺起眉頭。

或者說——

「等一下，你怎麼會知道我的名字？門牌上面只有寫姓氏啊。」

管理員嗎？不，那個管理員連我的姓——

是從亞佐美那裡聽來的，渡來說。

「意思是，你聽那個女的……亞佐美說的？」

「她說鄰居叫佳織小姐。妳是她鄰居，沒錯吧？所以妳是篠宮佳織，不是嗎？」

「我是，可是——渡來，那女生跟你說了關於我的什麼？」

「欸，是我在打聽事情耶。」

他說的沒錯。

「還有，聽別人叫我渡來還是怪怪的。」

妳可以叫我健也嗎？渡來——不，健也說。

那個鹿島亞佐美——

把我的事告訴這種人——剛認識不久的人嗎？我的事情能成爲跟這個人共通的話題嗎？

「那……」

她說了什麼？

這個人知道什麼？

健也——我喚道。總覺得討厭起自己來了。

「明明沒什麼交情，你怎麼會那麼想打聽她的事？」

「這我自己也不曉得，可是就是覺得介意。因爲她死得太突然了，今後再也不能跟她說話了嘛。」

「可是……」

亞佐美唷……

不全是些好事唷，我說，然後在健也的正對面坐下。

「什麼意思？」

「唔……當然，她是個好孩子。」

我不懂什麼叫好孩子，健也說：

「亞佐美又不是小孩子。」

「就是……對，她偶然跟我登記在同一家派遣公司。一開始我不知道，可是有一次弄錯郵件才發現，然後我們就開始聊起來了。」

沒錯。

一開始我很無所謂，可是，

「這樣說是不太好，可是那孩子學歷不高，也沒有什麼證照資格，資歷也不是很豐富，可是工作表現好像還不錯。」

「妳連這種事也知道？妳們被派到同一個單位嗎？」

「不是。」

「可是妳還是知道？」

「跟她聊聊就知道了。那女生很受歡迎。她被派去同一個單位好幾次，薪資條件也都很好。」

「是客戶特別指定的嗎？」

不是啦——我粗聲粗氣地說：

「她在滿不錯的公司待了很久。」

「條件比佳織小姐更好嗎？」

「我……」

爲什麼扯到我。

「她手頭滿闊綽的，對吧？」

我用分期付款買的套裝，她大概是付現買的。說什麼「妳那套衣服眞的很棒，我忍不住買了一樣的」。

這我就不曉得了，健也回答。

「所以，嗯，工作表現應該不錯吧。」

「這算是好事吧？也有不好的事嗎？」

「你想聽嗎？」

「不，就是，我想知道的不是——怎麼說，我不是想聽那種恭維的話。」我是不太想說啦——我再一次重申。

「感覺好像在污辱死者。」

「啊，妳說的那個。」

健也看著咖啡杯說：

「妳說的那件事我也總是在想，可是沒有什麼意義呢。就算人死掉了，不好的事情還是不好吧？不是說要恨其罪、不恨其人嗎？那麼就算人死了，罪還是一樣是罪，我們去恨罪就行了吧？如果說一個人做了不好的事，討論那件事情，我覺得跟當事人是死是活並沒有關係。」

「唔，話是這樣說沒錯，可是人死掉的話，不就不能辯解了嗎？所以才會不想說死人的壞話吧。比方說，就算我撒了謊，也沒有人知道眞相，對死者很不公平啊。就是這麼回事。」

「因爲當事人死了，所以別人會撒謊嗎？」

「你眞傻。就算不是故意撒謊，也有可能有誤會或成見啊。所以啦，縱使這是我的所見所聞，但有時候站在本人的立場來看，並不是這麼一回事啊。」

所以別誤會嘍——我提醒說：

「她不是個壞孩子。」

「她是個好孩子。」

「對，這可不是在說她壞話。那女生呢……亞佐美在男女關係方面，怎麼說……」

很隨便——

沒節操。

家裡成天有男人進出。

不分對象勾引男人。

浪蕩女——多少形容詞都想得到，我還能想到更下流的詞彙。

倒不如說，我覺得更下流的形容詞才適合她。

「意思是，她是個很容易上的女人嗎？」

「咦？」

健也連續說了幾個我想到，但不願說出口的下流詞彙。

「是這個意思吧？」

「沒……沒錯。喏，她長得滿可愛的嘛。」

她長得很普通啊，健也說，喝光了咖啡。

「她不是那種美得讓人驚豔的型，打扮也不花枝招展，看起來也不像做特種行業的，身材也不火辣。」

「是啊。」

「不過，也不算醜。我是這麼感覺啦。」

「世上的男人對那種普通的女人最沒轍了。」

是唷？健也說，仰起身體。

「我也是男人耶。不過或許是受到社會排擠的男人啦。然後呢？」

「什麼然後？所以那女生好像就是靠這樣處世的，或者說靠這樣得到工作。她在公司，呃……」

「陪睡嗎？」

原來他也知道這個詞。

「跟她的上司……」

「上床？」

我不曉得啦，我辯解般地說：

「我不確定，可是我看過好幾次。住在隔壁，總會看到鄰居的訪客吧？我也看過你。」

「我只來過兩次耶。」

「那我就是看到兩次。」

我覺得看到過更多次。原來是其他男人嗎？

應該只有一次吧？健也說。

「最後一次我沒有看到妳啊。」

「隨便啦。總之，現在也無從得知那女孩本人在想什麼，不過她長得一副男人會喜歡的外表，而且怎麼說，很容易趁虛而入，或者說防備心不足，所以很容易……」

「跟人上床。」

「好像是。」

拿自己的性別當武器。

明明沒學識，也沒有上進心。

差勁透頂。不是道德如何節操怎樣那種次元的問題，如果以男人的說法來說，就是毫無貞操觀念。以女人的說法來說，就是……

「意思是她很淫亂嗎？」

「不是啦。怎麼說，一定是不懂得拒絕吧。」

「啊～」

我覺得有點懂，健也說：

「她可能有點遲鈍。」

「就算她不是存心引誘，看在男人眼中，也像是在誘惑，然後又禁不起懇求……就是這樣。」

那樣的話，跟色誘沒有兩樣。我覺得。

「跟你交往的時候也是，幾乎每晚都有歐吉桑來找她，而且不只一個人。我本來不想跟你說的。」

妳不就說出來了嗎？健也說，放下杯子。

「而且我說過很多次了，我跟她又沒有在交往。或者說，佳織小姐妳不會那樣嗎？」

「什、什麼？」

爲什麼我要做那種事？

「什麼意思？你是說我是那種女人？我看起來……像那種淫亂的女人？開什麼玩笑啊你，太沒禮貌了！」

「沒必要氣成那樣吧？佳織小姐自己剛才不是也說過嗎？說亞佐美其實也不是淫亂，說她就算做了那種事，其實也不是個壞孩子。」

「是這樣沒錯……」

不。

絕對不是。

「我……」

妳沒在工作嗎？——健也唐突地問。

「什、什麼？」

「被派遣的單位解約了嗎？一定很難過吧。」

「你突然說什麼啊？是啦，今天也……」

被解約了。

——打掃這點工作，我們可以自行分擔。

——已經，

——沒有工作需要麻煩妳了。

那個部長胡扯些什麼。

果然沒在工作啊——健也說。

「又不是這一、兩天的事了。」

從很久之前……就沒工作了。就算有工作，薪資也很低。要不然就是短期，工作的品質也很差，只能接到一些比倒茶水像樣一點的工作。

枉費我學歷好，也有證照……但這些全被糟蹋了。他們不懂得怎麼運用我。派遣公司的負責人、派遣單位的那些人，沒有一個例外，全都有眼無珠。

爲什麼我非得打掃辦公室不可？我可不是爲了拿拖把才學經營學的。

「可是佳織小姐很優秀吧？」

「才──不優秀。」

「有種才女的感覺。妳的工作表現應該也很傑出吧？其實妳覺得自己比亞佐美厲害太多了，對吧？」

「才沒有。」

不。

不管怎麼想，都是我比較……

可是妳沒有工作啊？健也說：

「然而淫亂又無能的亞佐美卻靠著陪睡，成了眾人競相爭奪的寵兒。這讓妳覺得很不是滋味，對嗎？」

我也沒有不是滋味，只是，

「你這樣說，聽起來好像我在嫉妒亞佐美一樣，才不是那樣。只是，是啊，我經常覺得自己沒有受到應有的肯定。」

「意思是妳應該是一百分，別人卻只給妳五十分嗎？」

「唔……不，不是那樣。他們沒有提供讓我發揮實力的環境。」

「是唷。」

沒有提供妳環境啊，健也說：

「如果那麼有實力，直接去求職不是比較好嗎？我很笨，根本就放棄找工作了，可是佳織小姐學歷也很高，不是嗎？」

「求職嗎……」

失敗了。

「本來有一間我無論如何都想進去的公司。我就是爲了進那間公司，才會努力念書，讀到大學畢業……」

忍耐、忍耐、再忍耐。

我從高中入學考就以進那間公司爲目標念書，從國中的時候就規劃好了人生藍圖。雖然是曖昧模糊的藍圖，但我明確地把焦點放在未來，從那個時候開始始終如一。

努力、努力、再努力。

能拋棄的全拋棄了。

妳的個性很認眞吧，健也說。

「也……不是啦。」

「父母很嚴格？」

「我沒有父母。」

其實有，不過是不怎麼像話的父母。他們不是壞人，卻是對未來沒有規劃、在生活逼迫下迷失了許多事物、即使如此仍舊樂天的人。就算找他們商量，也不會有半點助益。他們沒有值得孩子仿傚的表現，也成不了外在規範。

他們人很好，但那只是不嚴格。

「唔，我是有父母，但他們不肯教訓我。」

「那不是很好嗎？別人的爸媽都會罵小孩吧？」

「才不好。說穿了，他們只是沒有足夠的自信去教訓小孩而已。」

「一般人對自己才沒有什麼自信吧？都是不反省自己，才能對別人說三道四啊。生氣一般都是這麼回事吧？」

「或許……吧。唔，我知道世上沒有完美無缺的人，話雖如此，不肯教訓人，只是一種逃避而已。情緒性地叫囂怒罵，的確只是遷怒於人，但對於不合理的事情好好地規勸說不合理，對錯誤的事情矯正說不對，像這樣把孩子引導到正途，不就是教訓嗎？凡事姑息苟且，可不叫好心。」

是這樣嗎？健也哼了一聲。

「大人就算沒自信，也要表現得自信十足，要不然小孩子不是會很迷惘嗎？」

「妳很迷惘嗎？」

「我不希望迷惘啊。所以……」

我自己思考。

自己學習。

用自己的雙腳站立。

「我只是犧牲了很多，拚死拚活走到這一步。而結果……就是現在這副德性。簡直像個傻子，對吧？」

「這副德性？」

健也環顧我的房間。

「看起來應有盡有啊，很棒嘛。」

「是這樣沒錯……可是我也想搬走啊，鬧出人命的凶宅隔壁房間，一般人才不想住在這種地方。」

所謂專租女性，簡而言之就是在宣傳這裡全是女人，毫無防備。

「妳覺得害怕？」

「是沒辦法安心。」

「那搬走就好了嘛。」

「沒辦法搬啊。你以爲搬家要花多少錢？沒辦法搬到比這裡更好的地方，也不可能維持現在的水準，得大幅降低生活水準才行。」

「妳不想降低生活水準嗎？」

「也不是不想……」

爲什麼只有我。

就這麼倒楣。

「我那麼努力，可不是爲了過這種生活。說起來，爲什麼我……」

會是派遣員工？

爲什麼非得幫人倒茶、拖地、被性騷擾還被開除？我不認爲派遣不好，可是爲什麼不給我符合我能力的職務？爲什麼——

「我說健也，你找他說話的那個管理員……」

「那個大叔？」

「那個老爺爺。其實他本來是一流企業的人事部員工，是我……本來想進的公司的。」

健也第一次睜大了眼睛。

「是嗎？完全看不出來。」

「當然看不出來。他才不是坐那種位置的料。他是我應徵時的面試官。」

好厲害——健也做出莫名愉快的反應。

「原來是這樣。這表示你們很有緣嘍？」

「有緣？」

他在開什麼玩笑？令人作嘔。

「可是這不是很巧嗎？」

「當然巧了。我之前說過，公寓的租約，是跟管理公司簽的。我來看過房子好幾次，那個人也都在，可是我都沒發現，搬進來好一段時間以後才發現是他。」

「哦？那你們一定很吃驚吧。」

「只有我。」

對方沒有發現，到現在都還沒有發現。

「對我來說，我是使出渾身解數去參加那一生一次的關鍵面試，但面試的一方則是看得太多了吧。」

成了例行公事吧。

「他不記得我。」

明明把我刷下來了。

「是那個人把佳織小姐刷下來的？」

「不是我自誇，我的筆試成績排名很前面呢。雖然不到榜首，可是是在前十名以內。然而面試的時候，那個男的問了很過分的問題，對我性騷擾。」

又是性騷擾唷？健也目瞪口呆地說。

「什麼叫『又』？我問你，內褲的顏色、三圍和有沒有男朋友，這些問題跟工作有什麼關係？而且他的那種眼神……」

黏膩的、糾纏不休的、上下打量的眼神。

朝我的胸口、裙襬、頸脖看。

「他從頭到尾，淨是拿這類下流問題問個沒完。」

「妳回答了？」

我答不出話來。

我語塞了。明明事前那樣周全地預習，以便上陣時任何問題都能對答如流，明明從企業理念、現階段問題到今後的展望都牢記在腦中了。

「然後呢？妳看起來像個廢柴，被刷掉了？」

「不是啦。我跟他直說了，我說，那種性擾騷發言到底有什麼意義？我明確地對他說了。或者說，我抗議了。」

「啊～變得像怪獸考生啦。」

「我才不是怪獸考生，那是正當的主張，我做的並沒有錯。可是，對的事情行不通。男人就比較了不起、年長的人就比較了不起、上司就比較了不起，在這個社會裡，忤逆了不起的人是無法生存的。」

「我是男人，可是一點都不了不起啊。雖然我年紀比妳小，也沒有重要職位啦。」

「我是說，在那種陋習橫行的企業裡面。」
「可是，妳想進去那種陋習橫行的企業吧？」
「我想進去，進行改革，可是他們不讓我進去。」
我提出抗議後，那個人露出驚慌失措的樣子，眼神怨懟極了，就好像在怪我讓他在上司面前出糗。所以絕對是那傢伙……
然而，
「他卻不記得我。」
「可是，那不是很久以前的事了嗎？」
「七年前左右吧。」
他大概被裁員了吧。我是在四年前搬到這棟公寓的，那個時候，他就已經坐在這裡了。只是坐在這裡，對訪客視而不見地過了四年。不打招呼，甚至不肯與我對望。明明我只是提出正當的主張。
那傢伙一點都沒變。
「他一定不記得了。我忘了有幾個人去面試，可是錄取率很低。每年都要面試好幾十人，我只是其中之一。」
沒有名字，沒沒無聞之輩。
那家公司在我參加入社考試的時候雖然是所謂的一流企業，但受到後來的景氣低迷影響，業績惡化，在世界金融危機後，經營似乎陷入一片慘澹。
沒有餘裕供養那種人吧。不，我認爲把那傢伙開除是明智的決定，但更重要的是，那家公司沒有識人之明。居然……放過我這種前途無量的人才。

「在這棟公寓，我對那個人而言，是個無名的住戶。不過……亞佐美似乎跟他處得不錯。」

「處得不錯？她色誘管理員嗎？」

「不是啦，是跟他很普通地聊天。我跟那個人沒辦法正常溝通。所以那女生……或許不該這麼說，可是她天生就是那種會討好男人的女人。心態上怎麼樣姑且不論。」

「心態姑且不論嗎？」

「因爲她跟管理員親密地談笑，可是後來我問她，她卻說那個人對她說了很噁心的話。亞佐美自己好像也覺得不太舒服——或者說，她似乎覺得很討厭。可是既然討厭的話，怎麼不直說呢？你不覺得嗎？」

「這個嘛，既然她也不是在忍耐，那就無所謂吧？」

「不是那種問題吧？好吧，對那女孩來說，或許那就是她的處世之道，可是我討厭那樣。」

「妳討厭那樣啊。」

「沒錯。」

「妳就這樣——一直活到現在？」

「咦？」

「難道妳當學生的時候也只知道念書，都沒有男朋友？」

「幹、幹嘛？」

我才沒那種閒工夫。沒空搞什麼戀愛遊戲。

「我——喏，就是你看到的這副德性，所以不受男人歡迎。」

「什麼這副德性，如果說亞佐美很可愛，那佳織小姐也很漂亮啊。很精明幹練的樣子，是個美人胚子嘛。」

「這是奉承話嗎？」

我沒聰明到會講奉承話啦——健也說。

「再說我已經三十了，用亞佐美的話來說……」

——過了二十五，

——就已經是歐巴桑嘍。

——眞討厭呢。

「就是歐巴桑。用已經過時的話來說，就是人生失敗組。」

「現在別說是『三十上下』這個新詞，還有『四十上下』(註)不是嗎？」

「那些是幸運的人。什麼三十上下，現實上就是邁入三十的歐巴桑罷了。」

「我覺得跟年齡沒關係啊。」

「你再過幾年就會懂了。」

健也縮起脖子。

「可是，佳織小姐，那是現在，妳也有過年輕的時候吧？」

「怎樣啦？你幹嘛問我的事？你是來打聽亞佐美的事情吧？」

註：原文爲「around thirty」、「around forty」，皆爲日本女性雜誌所發明的日式英文，指三十上下及四十上下年齡層的女性。

「因爲關於亞佐美，佳織小姐就只說她是個淫亂女，接下來就……」

淨講自己的事情，不是嗎？——健也說。

「我……有嗎？」

「妳對男人沒興趣啊？」

「我沒那個閒工夫啦。就像你說的，我是個既沒內涵又枯燥的無聊女人，一直都是，不行嗎？我是個沒辦法去勾引男人、討好男人、吊兒郎當地遊戲人間的女人。我不是那種女人。沉重得要命啦，不好意思唷。」

「然後……好不容易勾搭上的男人，卻跟別人搞上了，是嗎？」

「什——」

什麼？

這傢伙說什麼？

「被亞佐美偷走了，是吧？」

「你、你亂說什麼？是亞佐美、是那女人跟你說的嗎？」

「沒有啊。只是亞佐美好像很介意。那……也就是說，那些騷擾簡訊也全是佳織小姐寄的嘍？」

「騷擾？」

她知道？

原來亞佐美知道？她知道，卻一如往常地面對我？因爲後來我們也見過好幾次面，還一起吃飯……

亞佐美好像沒發現唷——健也說：

「她這人果然很遲鈍呢。」

「沒發現——發現什麼？你是在說什麼？」

「因爲她還稱讚妳耶。她說她想變得像妳這麼能幹，說妳是她的榜樣，很難做到像妳這樣。我是覺得沒必要模仿啦。可是話說回來，一天傳上六十通措詞那麼下流的簡訊，太過分了。就連我看了都不舒服了。什麼淫亂的臭婊子、骯髒的母豬、少勾引男人還在那裡得意——眞虧妳想得出來。換成是我，別說想到這些字眼了，更沒辦法打那麼多字寄出去。我連一般簡訊都不會寄了。想想要花掉多少時間和精力，絕對沒辦法。而且不只是住家跟手機，妳還寄到她的公司，不是嗎？亞佐美的公司好像被搞得天翻地覆呢。」

「那、那不是我——」

我幫妳刪掉了——健也說。

「刪掉？」

「亞佐美呢，好像是沒辦法刪掉那種東西的人。收到的簡訊，除了廣告信以外，她全部都保存起來了。她連手機的簡訊都傳到電腦裡存檔呢。我也看了內容，覺得恐怖死了，心想原來有某個女人那麼痛恨亞佐美啊。」

「你、你怎麼知道是女人？或、或許是哪個被亞佐美甩掉的男人呢？」

不是男人——健也說：

「不，我是不曉得啦，可是我覺得會死纏爛打的男人，會更黏膩許多，不會是那種抓狂的感覺。該怎麼說，就是怨氣沖天，理智完全斷線的感覺。」

「可是……」

「如果那些簡訊留著，妳一定會被懷疑。」

「懷、懷疑什麼……」

「被懷疑是兇手。」

「開、開什麼玩笑？你是說我殺了那種女人？你在亂說什麼？少胡說八道了。我才沒笨到會為那種淫亂女毀掉一生，別把人瞧扁了。」

腦袋變得一片空白。

「我不是那個意思，是說如果警方讀到那些簡訊，肯定會懷疑妳。那種恨之入骨似的簡訊，而且少說有上千封，太不正常了，寄信人根本腦袋有問題。」

「可是……」

「寄到公司的好像立刻就刪掉了，可是應該也有人會作證吧？說有人怨恨亞佐美。平常沒事才不會收到那種簡訊嘛。」

「我、我——」

差點被懷疑嗎？

怎麼會？

「啊，呃，好吧。」

對。

「沒錯，就是我，那些簡訊是我傳的。可是我哪裡做錯了？就算措詞下流，我說的也全是事實啊。你說我到底做了什麼？為什麼亞佐美那種女人、那種輕佻的女人左右逢源，而我卻——」

亞佐美死掉了欸——健也說。

「她是死了，被殺了，是自作自受嘛。她就是每晚換男人睡，嚐遍甜頭，才會碰到那種事。」

「妳的意思是她活該？」

「沒錯。那、那種男人我一點都不留戀，她要就送給她啊。那種男人只會耍任性，什麼都不會做，只有外表還能看，根本就是人渣。」

「好像是呢。」

「什麼好像是——」

他知道？他連那傢伙都知道？

「所、所以怎樣？我不是很認眞、眞的很腳踏實地在過活嗎？可是結果呢？周圍全是一群蠢貨。不管走到哪裡，管事的都是些蠢貨，永遠都是些蠢貨在爲所欲爲。所以得利的、爽到的也全是些蠢貨。搞什麼啊？我連這種教人待不下去、死了人的公寓都沒辦法離開耶，工作也被刪減了。垃圾般的派遣工作才不是人幹的。可是我都這種年紀了，想求職也沒辦法了。我只能在有那個教人看了火冒三丈的老不死待的這棟公寓磨磨蹭蹭地住下去啊！」

「無可奈何，是嗎？」

「你說我還能怎麼辦？傳個簡訊罷了，又不會遭天譴。我無可奈何啊。我不能怎麼樣，根本不能怎麼樣啊！」

「既然如此，」

——妳怎麼不去死算了？

健也這麼說。

「什麼死——」

「不就是這樣嗎？」

「什、什麼叫我去死？我做了什麼非死不可的事嗎？說、說那種女人的壞話哪裡不對了？她活該被人這樣說啊。那種——」

那種賤貨。

「妳的意思是，她死掉是理所當然？」

「死……死掉……」

我沒想到她居然會被殺。可是。

噯，無所謂啦——健也稍微笑了。

「總之，妳就是討厭亞佐美，對吧？討厭的話，直說妳討厭就是了。什麼好孩子，少在那裡假裝明理，還說什麼不想講別人壞話、不想侮辱死者，妳不是才說覺得討厭就該明講出來嗎？含糊其詞、試圖粉飾的不就是妳自己嗎？」

「我才沒有粉飾。就像你說的，我……我討厭那女人。可是那是我個人的感情，跟那個女人的評價——」

「什麼評價，妳從頭到尾就只有說她壞話啊？」

「她就是那種女人啊。」

「那妳幹嘛不一開始就這樣說？」

「我……」

「妳恨透她了，對吧？瞧不起她，對吧？輕蔑她，對吧？就像妳在簡訊裡寫的，覺得她是頭淫亂骯髒的母豬，對吧？我就是在打聽……那頭母豬的事情啊，從一開始。」

「就算是這樣……你也沒資格叫我去死。」

你，

你懂什麼？

女人家要一個人，在這種不公不正扭曲的社會活下去，有多難多苦多艱辛。

「我啊，」

健也看著我的眼睛。

「對妳一點興趣也沒有，所以也不想要妳去死還是怎樣。可是，妳不是無可奈何嗎？事到如今也沒辦法改變生活方式了嘛。然後妳又說這樣下去實在不能活，不是嗎？說妳又苦又累，所以罵罵那些蠢貨發洩一下也無所謂——就是這麼回事吧？」

「誰叫……」

那傢伙、那傢伙、那傢伙還有那傢伙。

要做出活該被人唾罵的事。

「我說啊，佳織小姐，妳或許沒有錯，而且我也了解妳非常拚命，可是那——又怎樣？」

「什麼叫又怎樣？」

「妳努力念書、努力升學，這很了不起。都進了好大學而且畢業了，那不就好了嗎？」

「一點都不好，因爲——」

一點屁用也沒有。

完全派不上用場。

因爲那群蠢貨聯合起來，不讓我學以致用。

「我是個傻子，可是我也覺得像妳這麼能幹的人很了不起。可是，光這樣是不行的。這麼說來，亞佐美也說了一樣的話。」

亞佐美——

「她說了什麼？她說我是個古板無趣俗氣的歐巴桑、老姑婆嗎？」

她沒那樣說啦——健也說著縮起脖子、攤開雙手。

「那麼過分的壞話，除非恨透了對方，否則是說不出來的。」

就像妳那樣——健也指著我。

「我說佳織小姐，妳或許眞的很聰明又有能力，可是從剛才開始聽妳說話，妳會這麼不順，全都是別人害的嘛。什麼別人沒給妳舞台讓妳發揮能力、沒人肯定妳的才能。可是那些東西是要靠別人給的嗎？要是沒人肯定，再怎麼聰明都沒有意義了嗎？」

「那是、可是——」

「或許每個人都想要別人稱讚、奉承，既然這樣，說出來就是了。對亞佐美也是，妳果然只是純粹的嫉妒罷了吧？」

嫉妒——

「我爲什麼要……」

「告訴妳，亞佐美她應該沒有搶妳的男人唷。我第一次見到亞佐美的時候，她正被一個男人糾纏。那個人……我想那傢伙應該是妳的前男友吧。」
「咦？」
——阿崇糾纏亞佐美？
「那個男的眞的是個很糟糕的傢伙呢。那傢伙呢，被妳甩掉趕出來，所以……」
「咦？」
——你滾啦！
——什麼嘛，成天就只會吵著要上床。
沒錯，自從那天以後。
那一天，我——
一樣丟了工作，想要撒嬌一下，可是那傢伙卻先向我撒嬌，所以……
「聽說他不是在妳家玄關外面哇哇大哭嗎？戀戀不捨、窩囊透頂。因爲很吵，亞佐美開門查看是什麼情況，結果他就向亞佐美哭訴。」
「哭……訴？」
「好像是。然後那傢伙就那樣……好像硬上了亞佐美。」
「什麼？這——」
我不曉得是眞是假啦——健也說：
「他一定是超想幹的吧。因爲太想幹了，所以才在哭吧。」
「可是……那、怎麼會——」
「那傢伙是佳織小姐的第一個男人，對吧？他好像把妳說得很糟唷，什麼沒經驗的歐巴桑不行之類的。亞佐美非常不願意，或者說她打從一開始就對那種男人沒半點意思，而且那根本是強姦嘛。所以她把男人趕出去了，可是男方後來還是糾纏不休，亞佐美非常困擾。」

「那種事……」

我完全不曉得。

她說不出口啊——健也說：

「那傢伙啊，占了一次便宜，食髓知味，大概覺得亞佐美是個很容易上的女人吧。他興致一來又找上門，亞佐美好像完全不曉得該怎麼辦。男的只要想幹就跑過來，欸，這裡又不是妓女戶耶。那已經算是跟蹤狂了，腦袋不正常。那時候，亞佐美在車站前面被他糾纏，我路過被捲入了。該說是情勢使然還是順其自然，總之我不小心揍了那傢伙。明明我不是會做那種事的人啊。然後事情好像就這麼平息了。我是不曉得他跟妳做了幾次啦——」

但他跟亞佐美只有一次，而且是強姦。

「這——」

騙人。

妳跟他分手眞是分對了——健也說：

「那傢伙是個人渣。而且亞佐美也沒有搶妳的男人，所以妳不該寄那種騷擾簡訊吧？」

「可是——」

跟我也——

他經過這房間前面好幾次去隔壁。那、那是……

眞的只是貪圖我的身體嗎？

「還有那個……管理員？妳叫他老爺爺的那個大叔，他啊，好像也不是不認得佳織小姐唷。我本來不懂他在抱怨什麼，不過聽到妳的話，才終於恍然大悟。他是因爲妳在入社面試的時候抗議，才會丟了飯碗的。」

「咦？」

「聽妳一說，我才想起來，他提到了面試。說他在面試的時候得意忘形，搞砸了人生。因爲面試問題，工作態度也受到質疑，結果因此被公司懲戒革職。然後他……好像非常怕妳的樣子。」

「怕我？」

「我本來不曉得你們的關係，所以聽得一頭霧水，可是這下總算明白了。他說亞佐美房間隔壁的住戶人很嚴格，『她非常討厭我，所以我不能帶你過去，幫你介紹。』所以我才會一個人過來這邊。」

那個人……對我敬而遠之？

「他以爲我是個愛抱怨的怪獸住戶？」

不是啦——健也說：

「我說啊，不是每個人都能像佳織小姐這樣抬頭挺胸、問心無愧地活在世上。每個人都有內疚之處，覺得心虛，就算反省也改不過來，大家都笨嘛。那個大叔一定也是個傻瓜。而且他因爲妳才被公司開除，看到妳就像青蛙看到蛇也是可以理解的嘛。這回他又差點再次被開除。自從妳搬進來以後，他就每天怕得寢食難安。」

「意思是……他記得我？」

「這我就不知道了。這些全部……都只是我的猜測啦。」

他——怕我？

「我說佳織小姐，確實我也覺得世上全是些傻瓜啦，可是傻瓜也有傻瓜的苦處，也不是說傻就輕鬆了，每個人都一樣難過的。或許妳不是傻瓜，所以才會瞧不起那些傻瓜。要瞧不起別人是無所謂，可是像那樣畫地自限，也只會把自己搞到動彈不得而已。這些全都是妳自己愛做才做的事，不是嗎？既然是自己喜歡這麼過的，就別埋怨了。工作跟住處也是，有得吃、有得住不就很好了嗎？要論本事的話，妳的本事，一點都配不上現在的生活吧？」

穿昂貴的衣服，住好公寓。

炫耀學歷，鄙視他人。

不停寄出充斥污言穢語的咒罵簡訊。

「如果妳說這樣不行，那就只能去死了。要是不想死，管它是打掃還是什麼工作都得做啊。妳長得漂亮，又有學歷，我實在不懂妳到底是在不服氣什麼？」

我要回去了——健也簡短地丟下這句話，站了起來。

「不管跟妳聊上多少，我還是完全不了解亞佐美。而且妳也根本就不了解亞佐美。唔，妳的事我倒是了解了一些。不，還是不了解吧。隨便啦。」

「等一下，我——」

我是個討厭的女人，對吧？我問。

健也在玄關回頭，說：

「每個人不都是這樣嗎？」

不知爲何，我流不出太多淚水。

第三人。

亞佐美？

你說亞佐美怎樣？

我全力壓抑著自己問。

就算對小老百姓吼叫也沒意思。愈是嚇唬就愈難看，就是這種時候，才能展現出度量的差別。靜靜地威嚇——

讓對方閉嘴。

是個臭小子。軟硬不吃的小痞子。對付這種貨色，沒必要大吼大叫，瞪一眼就夠了。瞪一眼就讓它了結。

「不，就是——」

就是？

「你那是什麼態度？」

臭小子併攏張開的雙膝，臉往斜下方垂著。

嚇到了吧？

「喂。」

這樣一句就夠了吧。

「我只是……想打聽一下而已。」

滿硬的嘛。

「打聽？」

我沒什麼可以跟你說的，我說。

當然是壓抑感情、壓低聲音，冷靜地說。

「老子憑啥得跟你這種小鬼頭說話？」

「因爲……」

我在拜託你啊——臭小子說。

「老子幹啥要聽你拜託？」

「不要……就算了。是你叫我進來，我才進來的而已。」

「聽你放屁！」

我——已經吼出來了。這樣不行。

毫無耐性，連自己都受不了。

臭小子欠身站起來。

「你、你要吼人的話，我要走了。我還沒有了不起到可以強迫別人做什麼，也不會打架，而且我覺得好恐怖。」

「你怕我？」

你是黑道，對吧？臭小子說。

「喂，你是在跟誰說話？」

「佐久間……先生，對吧？」

「誰在跟你講這個！」

步調全亂了。

不能說黑道是黑道嗎？臭小子說。

「我很笨，又孤陋寡聞，對佐久間先生這種人完全不了解。我是希望你不要生氣啦——」

還是要說暴力集團比較好？這傢伙居然這麼說。

所以我——

覺得有點瀕臨極限了。

我揪起他的衣領。

「你是在耍人嗎？臭小子！」

「我不是說請你別生氣嗎？」

請你別生氣？

請？去你他媽的請！

居然——

「居然瞧不起老子！」

「我沒有瞧不起你啊，請放開我啦。」

幹嘛把臉撇開？我都這樣挑釁了，爲什麼不肯正面看我？你怕嗎？是嗎？你怕嗎？到底是怎樣？

我搖晃著他。

「請、請別這樣啦。」

「怎樣？少瞧不起人了。」

「我沒有。」

「分明就是。什麼黑道、什麼暴力集團，啊？」

「那、那……那要怎麼說嘛？」

「怎麼說——」

我。

我是什麼？

虛了。我虛脫下來，放開臭小子。他重重沉入沙發，頭晃了幾下，用可憐兮兮、像被丟掉的狗一般的眼神仰望我。總算看我了。

「我……對佐久間先生的業界一無所知啊。我是普通人嘛。不，比普通還不如。我連一般人知道的事情都不知道。所以要是我惹你生氣，我道歉，可是如果你不好好告訴我，我可能又會惹你生氣啊。」

雖然要人教也很厚臉皮啦——他撫摸著自己的脖子說：

「我自己也覺得我這種人很麻煩。連天經地義的常識都不懂的人眞的很煩，想要叫他滾是理所當然的，所以我會挨罵也是沒辦法的事。」

可是、我可沒有瞧不起佐久間先生唷，臭小子再一次看著我說。

怎麼？

原來他沒在怕？

對不起——臭小子低聲下氣地說。

眞窮酸。不是說他，是我的房間。我學幫裡的事務所勉強塞了套沙發，可是這裡當然不是事務所，跟生活空間混雜在一起，所以怎麼擺都不成樣子，而且那沙發還是便宜貨。

不曉得怎麼搞的，臭小子身上那種二手衣般的衣服看起來還比較高級。

隨便啦——我答道：

「我就是我，又不是靠頭銜混飯吃的。」

「哦……」

「就跟你說隨便了。我地位也沒大到可以拿組織的名號來賣弄的地步，我是更底下的啦。」

「小組員，是嗎？」

就跟你說少囉嗦了——我再一次恫嚇，然後在他對面坐下。細細打量。看不太出來年紀，或許跟我差不多？

「那麼你是說怎樣——？」

我叼起香菸。

「倒是你，問別人之前，不是該介紹一下你自己嗎？你誰啊？」

渡來健也——年輕人說。

「咦？」

「啊，我什麼都不是，應該說我沒有工作，而且才高中畢業，就只有一個名字。」

「嗄？」

「就是說，我能跟別人說的頂多就只有自己的名字而已。」

「哼——」

社會敗類啊。

我……不也差不多嗎？不，不對。至少我身上還背負著東西。雖然沒辦法拿來誇耀，但它確實沉甸甸地扛在我的肩上。

你沒在工作？我問。

偶爾打打零工，小子回答。

「每次都兩、三下就被開除了。我態度很差嘛。」

「是很差吶。那是怎樣，你不是良民？」

我是啊，是善良市民——渡來健也當場否定我的話。

「沒在工作、遊手好閒，怎麼算是良民？你是成天跟朋友混在一起，打屁發牢騷嗎？」

我也是這樣。

才沒有呢，健也否認。

「我不喜歡跟別人混在一起，只是沒關在家裡而已。我很一般的，是所謂的一般人。」

「『一般族』？」

那是什麼？健也問：

「是黑話嗎？」

「不是，就是不是不良少年的意思。以前的人是這麼說的，現在也還這麼說吧。喏，不是有那個嗎？『隱蔽青年』什麼的。」

「才不是呢。」

不這麼說嗎？

「至少我們同輩的人不這麼說，也不說什麼尼特族。而且那種名詞，只是一些不愛動腦的老頭子任意把人貼標籤才這麼叫的吧？大家都很普通啊。上學或不上學，工作或不工作，就只有這點不同嘛，沒什麼不一樣的。啊，這些無所謂嗎？可是，呃……」

健也看向我。

「佐久間先生你們，怎麼說呢……」

「哼，要說的話，咱們也沒什麼不同啊。我們也好好地在進行經濟活動，參與社會。做法或許有點不一樣，可是總比什麼都不做的你們要來得強吧？」

我不曉得欸——健也說。

就不會迎合一下唷？

這傢伙或許意外地有骨氣。他似乎某種程度知道我的底細。我都恐嚇他、甚至揪起他衣領了，一般人的話，早就嚇得魂飛魄散，不管說什麼都點頭連聲說是了。

他看起來並不怎麼害怕。

我這人很遲鈍啦——健也說：

「別看我好像沒怎樣，其實我嚇壞了呢。可是要是怕得太露骨，又很沒禮貌，雖然我很傻，可是也是會爲對方著想的。我不曉得怎麼跟人交往，所以總是提心吊膽，不曉得哪個點會觸怒對方。因爲在我們這一輩很少見嘛，像佐久間先生那種……」

健也垂下頭去。

「——那一類的人。」

他應該不是不良少年吧。只是個膽小鬼嗎？

跟我不一樣嗎？

這還用說嗎？

「嗳，算了。」

無所謂。

「那是怎樣？你……是亞佐美的什麼？」

「我跟她認識。」

「你是她男朋友？」

「她的男朋友──是佐久間先生你才對吧？」

眞敢說。

「不是嗎？哎呀，如果我誤會了，眞的很對不起，我道歉。或者說，道上的人果然防備得緊。」

「我又沒在防什麼。」

可是他怎麼會知道的？

這傢伙是什麼來路？

「你說認識，是怎麼個認識法？」

「這個──」

怎麼能對這樣一個臭小子示弱？

「告訴你，亞佐美確實是我的女人──生前是我女人。你明白這是什麼意思嗎？」

健也歪頭。

「你跟亞佐美是什麼關係──端看你的回答，我得要你付出代價做個了結，懂嗎？」

「付出代價？」

我不懂欸──健也說。

我按捺住。

已經發飆過一次了。要是發飆兩次甚至三次，恫嚇就沒有效果了。那樣根本就只是個小流氓。

不——

我本來就只是個小流氓吧？

「我跟亞佐美之間什麼也沒有啊。」

「你居然直呼她的名字？」

不過就是個小鬼。

「你幾歲？」

「二十四。」

小我七歲啊。不，只差了七歲嗎？

「你居然直呼比你大、而且是別人的女人名字，啊？你們是那種關係嗎？」

「哦……」

我不曉得她幾歲啦——健也說。

「我一直以為我們差不多。亞佐美——亞佐美小姐也叫我健也，所以我想說應該沒關係吧。」

「你沒問她年齡？」

我們的關係沒有熟到可以問年紀——健也說。

「一般人不會問才剛認識的女生幾歲吧？我們都是這樣的——啊，也不能說我們，我自己是這樣啦。我是那種看外表就好的，可是一般人應該也是吧？啊，可是對年紀比較大的人好像得用敬語說話的樣子，所以一開始都會問年紀嗎？」

「不會問啦。」

步調都被打亂了。

我們只見過四次——健也接著說。

「四次？」

我——

拍了一下桌子。

「砰」的一聲，菸灰缸彈跳起來。

稍微恐嚇一下無妨吧。

「只、只是碰面而已，我們沒有上床。」

「你說什麼？」

我覺得肚子深處滾滾沸騰起來。這、這種灼熱的感覺，會毀了我。

我無法忍耐，受不了那滾滾氣泡，腦袋沸騰似地變得一片空白。

肺部充滿討厭的空氣，呼吸困難，爲了吐出那些氣——

我會變得暴力。吼人、揍人都是不好的行爲。可是逼我那麼做的不是我，是對方。

——怎麼會……

這麼遲鈍？這麼笨？出這種錯？這麼咄咄逼人？這麼神氣活現？這麼瞧不起人？這樣強迫

人？這樣毫無疑問地嘲笑別人？就是那種態度，就是做那種事，我才會——

我深吸一口氣。

「可以請你別生氣嗎？」

健也說。

眉毛下垂了。

「我啊，最不會那個，察顏觀色了。也不會撒謊還是討好，我很單純的。還有——」

我也不會打架，健也說著，兩手手心向上。

下腹的溫度陡地降了下來。

「說話小心點啊，臭小子。」

我很小孩子氣呢，健也說：

「眞的很幼稚，對吧？我也這麼覺得，或者說死性不改，比國中生還糟糕，根本是小學生程度，所以——」

「你是要叫我火氣別那麼大嗎？」

又虛掉了。

你知道阿崇這個人吧？健也唐突地問。

「阿崇？你說倉田崇嗎？」

那是……跟蹤狂。

糾纏亞佐美的變態傢伙，我這麼一說，健也便說就是他。

「就是啊，我在葛原車站前面撞見那個阿崇糾纏亞佐美——亞佐美小姐。那個人眞的很變態，因為他居然在大馬路上摟抱別人耶。然後亞佐美小姐很不願意地推開他，那傢伙就這樣朝我撞過來，也不道歉，又繼續去抱亞佐美小姐，所以我一下子火氣上來，明明不是那個料——」

「亞佐美說過這件事。」

原來——是這傢伙？

「聽說你揍了倉田？」

「也不算揍啦，就是插進他們中間，手一拐結果撞到他這樣。結果那個人鬼叫著跑掉了，只是這樣而已。」

「這樣啊，原來是你——」

實際上，亞佐美好像受不了倉田了。

我說要不要去幫妳警告他，但她說倉田是鄰居的前男友，叫我等一下。

也是，如果有那一層關係，萬一教訓之後他又跟鄰居女人復合，亞佐美跟我的關係有可能被鄰居知道。

所以我才靜觀其變——

我得向你說聲謝，我說。

然後我發現自己還叼著菸，便點了火。

好像叼著就這麼忘了。

「什麼謝——噯，亞佐美也向我道謝過好幾次，不過就我來說，其實也不算是救她啦。」

「不，因為你揍了倉田，讓事情好辦多了。唔，要說沒差也是沒差啦——」

聽到狀況後，我找上倉田的住處，告訴他我來回禮了。

我把偶然干涉的陌生年輕人說成是我們幫裡的成員，也就是假裝我跟亞佐美無關。

然後恐嚇倉田。

毫無道理可言。挨揍的人是倉田，而且若是少了亞佐美這個要素，整件事就無法成立。

可是，那不關我的事。這也就是所謂的「找碴」。找碴這回事，不是毫無理由就能成立的。得準備一個跟眞正的理由不同的其他藉口，要是沒有藉口，就捏造一個，只是這樣罷了。倉田嚷嚷說我血口噴人、要叫警察，所以——

我揍了他鼻梁一拳。

鼻骨應該斷了。

我說要是敢靠近葛原一帶，就要他好看。

然後——也去了他的公司一次。

正式預約，見了他的上司。不是威脅，只是去報告一聲他們的員工素行不良。他像這樣在**咱們的地盤**撒野，咱們也很爲難——我這麼說。先聲明這是調查到的事實，然後稍微加油添醋，把倉田的種種惡行告訴他的上司。

那個變態嚇到面無血色，渾身發抖。

實際上，亞佐美眞的被那個男的強姦了，後來也沒完沒了地被他糾纏不清。

自作自受，他也百口莫辯吧。

你們對員工的教育也太不像話了吧——？我說。

殷勤有禮地說。

完全只是報告。我既沒有勒索金錢，也沒有使用暴力，甚至不要求道歉。站在公司的立場，應該也沒辦法鬧上警局。

——這樣下去，咱們眞的很困擾。

我只是這麼說完，然後離開了。

不到一個星期，倉田就銷聲匿跡了。公寓也退租了，好像也被公司開除了，應該是回老家了吧。大快人心。

這一切的一切，全都多虧了這傢伙的一拳。

「你……助了我一臂之力。」

我說，健也露出古怪的表情。

「人是佐久間先生趕走的吧？」

「咦？」

「哦，因爲亞佐美——亞佐美小姐說是我打了那個阿崇，所以他不敢再來了，可是我覺得哪有這種事，那個叫阿崇的可是跑回去佐賀了呢。」

「佐賀？他老家在佐賀嗎？」

「只是被我的手碰了一下，怎麼可能這樣就辭掉工作、躲回鄉下？我就覺得奇怪。」

「你不必知道那麼多。」

「倒是，佐久間先生——」

「幹嘛？」

這麼說來——

這傢伙是來打聽這種事的嗎？

「你不傷心嗎？」

「啥？」

健也抬起頭來。

「佐久間先生是亞佐美的男朋友，對吧？你說的女人男人的關係，簡而言之就是情人吧？」

「才不是。」

——情人。

「那是怎樣？噢，要是又惹你不高興就糟了，我先向你道歉。可是我實在不懂呢，我是個小鬼頭，而且還是個笨小鬼。」

「你知道這些是要做什麼？學習社會經驗？還是怎樣？你也要進咱們幫裡嗎？要當你說的黑道，弄個女人來玩玩嗎？」

不是啦——健也說。

那口氣令人不爽。

「你說什麼？」

「就是跟我一開始說的一樣，我想要知道亞佐美的事啦。」

「為什麼？」

她人都死了。

「她人都死了，所以已經沒辦法向她本人詢問任何事了。」

「你真是小孩子吶。」

「我就是小孩子啊。」

「我——」

傷心嗎？

聽到亞佐美遇害的時候，我……是怎麼想的？

不，我應該覺得傷心吧。傷心之前，更覺得驚訝嗎？不不不——

第一個冒出來的念頭，是不是——不妙？

沒錯。亞佐美不是自然死亡的，那是椿殺人兇案，不折不扣的刑事案件。我絕對會變成相關者吧。就算裝傻，也馬上就會被查到。就算瞞得了世人，應該也躲不過警方的調查。

我跟亞佐美的關係遲早會曝光吧。

萬一被調查——就麻煩了。

不是我麻煩，是會給幫裡添麻煩。遭到調查，不可能不被查出紕漏。不，就算不查，幹咱們這行的渾身上下都是污點。如果是我個人的問題那就沒辦法了。不管是不妙還是怎樣，既然是自作孽，也只能自己收爛攤子。但是如果會波及到上頭，那就另當別論了。

不——

不管怎麼樣都會演變成那種局面，因為我活在這樣的世界裡。

當時我被交派主持一些小交易。

不是什麼大交易。

我——是個小角色。

交杯結盟都十年以上了，但過了三十歲，我現在依然在底下打滾。

唯有這一點無可奈何。就算努力，如果沒有運氣，想爬也爬不上去。跟過去的任俠世界不同，現在的幫派表面上可是企業。光靠膽識、蠻力還是氣勢沒辦法存活，也沒法出人頭地。比我晚進來的兄弟——比方說利用股票還是ＩＴ什麼的知識——輕而易舉就超越我了。

我什麼技能都沒有。

所以我雖然可以進出幫派主體的幌子企業——但我甚至不是那裡的員工。

法律禁止收取保護費以後，黑道除了擬態成企業以外，別無生存之道。就算只是外表裝裝樣子，也只能僞裝成企業。可是當我踏入這個世界的時候，還不是現在這種狀況。

我——是小混混。

可是不管再怎麼佯裝成企業，黑道畢竟是黑道，負責弄來資金的是底下的末端。走險路掙錢的，一樣還是小嘍囉。公司的資金靠著底下**個人掙來**的錢供給，這一點仍舊不變。髒錢透過企業漂白，成爲獻金不斷往上送，就是這樣的結構。所以我們這些只會做些骯髒事的小混混，不管經過多久，永遠都只能在底下打滾。

即使如此，要是能被交付黑槍、毒品之類的大生意的話——能夠順利銷出去的話，遲早還是可以往上爬吧。我不一樣。一直以來，上頭都只派我去做些類似夜市擺攤或討債等等、總之是地痞流氓也能做的下三濫工作。

然而，那個時候——總算。

上頭第一次交派我主持交易。

從上游弄來要賣給學生的毒品——是這樣的工作。

從確保通路到交涉金額，都由我負責。

當前的市場很小，而且出於交易性質，必須考慮到能迅速撤退。以金額來說可想而知，但若是上了軌道，市場可以擴大，也可以換個地盤繼續下去。那麼一來，也能成為穩定的收入來源。

這是個機會。

雖然對我是機會——但犯罪就是犯罪。

經不起警方探查。不，不可能全身而退。不管是被查出其他罪嫌還是安上莫須有的罪名，總之曝露在調查圈內，都不是個聰明的做法。

所以……

不妙了——

我當時應該是這麼覺得。

聽到亞佐美的死訊時，毫無疑問，我首先是這麼想的。雖然心中浮現亞佐美的臉，但傷心或寂寞這類感情，並沒有立刻就湧上心頭。碰上出乎意料的狀況時，人首先會吃驚。那個時候——驚訝直接化為危機的預感。不妙了、不妙了、這下糟了，我滿腦子只想到這些。

所以我拋下一切，先跑去找我的大哥高浪商量。

然後，我兩、三下就被**切割**了。

完全從工作被調開了，接著被拋棄，就像在說：自己的屁股自己擦。

幫派暫時宣告和我斷絕關係。說是斷絕關係，也不是就沒了名分。因為就算那樣做，也無法隱瞞我是幫派準成員的既成事實。只要稍微調查，立刻就可以查到。

幫派斷絕關係的處置，只不過是宣告暫時不會讓你做什麼**像樣**的工作。簡而言之——

我被降級到比小嘍囉還不如的地位，只是這樣而已。

要是銷聲匿跡，反而更顯得可疑——確實如此吧。所以表面上當成我是捅了什麼簍子遭到降級，只讓我做些無關緊要的垃圾工作——就先這麼擱著。如此一來，即使我被捕，幫派也不會有多大損失，而且無端受到懷疑——不，嫌疑重重地遭受調查、查出一堆問題的危險性也會降低。這就是上頭打的如意算盤。

我沒空傷什麼心，也沒去參加葬禮。

雖說降級處置只到兇手落網爲止。

怎麼了？健也問。

囉嗦啦，我應道：

「不是傷心不傷心的問題啦。」

「那是什麼問題呢？」

「你不可能懂的。」

絕不可能。

「你不喜歡亞佐美嗎？」

「混帳，就叫你不要老說些幼稚話了。」

我——喜歡她嗎？

不。

「告訴你，亞佐美是我的女人、姘頭，不是你說的女朋友還是情人。死了換一個就是了，是道具。」

健也露出佩服的表情。

「果然——是這樣啊。」

「當然了。就像寵物一樣，可有可無啦。」

「可是——你先前不是說什麼要我付出代價嗎？」

「廢話。那可是我的東西，隨便拿別人的東西去用，付出代價不是理所當然的事嗎?難道不是嗎？」

居然說用啃——健也說：

「那麼那個叫阿崇的傢伙也是那樣嘍？」

「沒錯。我不曉得你知道多少，可是倉田那傢伙強姦了亞佐美呢。然後他以爲強姦過一次，就可以一直姦下去，做出跟蹤狂一樣的行徑來。居然把人家的女人當成公廁——」

「那其他男人呢？」

「其他男人？」

「跟亞佐美睡過的……」

不只一、兩個人吧？——健也說。

——這小子。

「是——亞佐美跟你說的？」

「她不是直接告訴我的，可是佐久間先生當然知道吧?那些歐吉桑的事。」

「嗯。」

我揉熄香菸，仰起身體。

「當然——」

知道了。

「佐久間先生不會覺得那樣很討厭嗎？亞佐美是你的東西吧？雖然我不曉得她在想什麼，可是你的東西被別的歐吉桑一個接著一個睡了呢。雖然我是不清楚啦，不過一般人的話，應該會覺得討厭吧？或者說，你不用讓那些人，呃……付出代價嗎？」

一個接著一個啊——

「那個啊，」

是**我讓她那麼做**的，我說。

健也的嘴巴張開了一半。

「可是，她不是在賣春吧？」

「不是。」

「住隔壁的女人說她陪上司睡，可是亞佐美是派遣員工，就算陪睡時薪也不會變高，或許頂多可以多一些工作機會，可是只得到那點程度的好處，就會跟人上床嗎？你說是**你讓她那麼做**的，這才讓我莫名其妙。」

「沒什麼意義啦。」

「是興趣嗎？是某種性愛花招嗎？」

「我可不是變態。告訴你，我呢——是放任亞佐美愛怎麼做就怎麼做而已。」

「放任？」

「她啊——是個溫柔的女人。」

「嗄？」

健也的表情扭曲得更古怪了。

「那是出於同情陪伴寂寞的老頭、類似援交的狀況嗎？」

「不是啦。」

亞佐美是——

說到底，究竟是怎麼樣？

她只是無法拒絕別人的要求——應該也不是這樣。亞佐美對討厭的事情會說討厭。事實上，她就非常厭惡倉田。

「不是什麼援交啦。而且亞佐美沒有拿那些人的錢啊。不，沒有。那是——」

那到底算什麼？

那亞佐美不就是個蕩婦了嗎？健也說。

我揍了那小子一拳。

健也往旁邊飛去，倒在沙發上。

「好痛！」

「你敢再胡言亂語，可不是一、兩拳就可以了事的，臭小子。亞佐美——不是那種女人。她可是——」

我的女人。

健也把身體蜷得像蟲子一樣，不停地喊痛。

簡直像隻蟲。他拚命彎曲背部，抱著肚子，折起手肘，收緊腋下，抱住膝蓋，縮起脖子。

就像以前的我，日復一日。

好痛，好痛。

很痛吧？

我比你要痛上太多太多了。

我不懂爲什麼會這麼痛。爲什麼會被踢打、爲什麼要像這樣活得像螻蟻，我完全不懂。

明明是自己的事。

你的情況很容易懂。

「敢說我女人的壞話，就是這個下場。」

「你、你的——？」

健也慢吞吞地撐起身體。

揮出去的拳頭打中年輕人的臉頰了吧，但也沒有流鼻血。他按在臉上的手指間的臉頰變成了青紫色。瘀血了嗎？

「完全——就是『你的』呢。」

「沒錯，她是我的女人，是我的東西。」

「是你的所有物？你把人當成東西看嗎？可是我覺得你都把她說得那麼難聽了，怎麼還能說那種話？瞧不起亞佐美的——」

不就是你自己嗎——？

是嗎？

不，不是。

「臭小子。」

你別搞錯了——我吼道：

「她是我的東西，所以我要貶低她還是咒罵她，都隨我的便，混帳東西。亞佐美是我的，可以說她壞話的只有我，只有我可以罵她。就算我說她壞話，旁人也沒有資格管。」

我怒火中燒，肚子裡滾滾沸騰。

腦袋——

「我、我是沒關係，可是你沒有資格說她。啊？你說啊？自己的東西被貶得一文不值，那當然會生氣吧？難道不是嗎？」

「亞佐美——」

是**東西**嗎？健也說。

「就跟你說，」

她是**我的東西**，我回答。

「可是，她不是你一個人的東西吧？」

「不，她就是**我一個人**的東西。」

「那她爲什麼跟公司的上司上床？爲什麼你讓她那麼做？」

「因爲她想那麼做。」

沒錯。

我是你的——

只屬於你的——

永遠都是——

不管跟誰睡過，我一樣只屬於你，拜託——亞佐美這麼要求，亞佐美這麼說。

所以，

所以她是我的。

「亞佐美是個好東西呢。只要我要求，她什麼事情都會爲我做。任何事。所以只要她要求，我什麼都會滿足她。她想要什麼，我都買給她。如果她想跟老頭上床，我就讓她去。然後……她拒絕的東西，我就幫她除掉。我幫她把討厭的東西除掉了。這麼一來——」

因爲這樣，

我，

還有亞佐美，

都很幸福，不是嗎？所以……

「沒有你這種毛頭小子囉嗦、插嘴的份。」

健也撫摸臉頰，又喊了一次痛。

「雖然我早就有了挨上一拳的心理準備，可是已經夠了。果然好痛。」

這傢伙搞什麼？

不屈服，

也不反抗。

搞不懂在想什麼。

人都會賣弄歪理。歪理這玩意兒，無論合不合理，在賣弄的時候總像那麼一回事。人總是奸詐狡猾地扭曲事物、拼湊成對自己有利的樣貌，試圖自我正當化。

盜賊也有三分理，一寸的螻蟻也有五分魂，人總是有各種大道理——可是盜賊終究是盜賊。

不管有天大的理由，盜賊一樣是罪犯。既然偷了東西，就沒法辯解。

而螻蟻就是螻蟻。

可是一寸的螻蟻，就有著一寸的魂。

沒道理魂魄只有一半大。身體有多大，魂魄就有多大才對。

可是——也就這樣了，沒有更多了。不可能有大於自己的魂魄。一寸的螻蟻卻有一尺甚至兩尺的魂魄，世上沒這個道理。

會被輕易捏扁的螻蟻，只具備會被輕易捏扁的渺小魂魄。

所以我討厭藉口或歪理。

不爽就動手，無法接受就頂撞，不高興就擊垮，不行就破壞。

世上的事大抵都讓人不順眼，世上全是些令人無法接受的事。

一切都教人厭惡，而且沒有用處。

我就是這樣，別人一定也是吧。

不是你死，就是我活。

被咬就反咬回去，可是如果被擊垮，那就只能服從。

因爲每個人都認爲自己才是對的，所以除此之外，別無選擇。

人與人的關係，不是用談的就可以決定的。

腦袋和肚子是不一樣的。

就算合理，也不一定合情。思考和感覺是不一樣的。

有些事情就算正確，還是令人厭惡；也有些事情就算不對，還是想要貫徹到底。同流合污、妥協，將不滿磨得細碎，唯唯諾諾地過著鑲滿一堆微小不滿的溫吞日常，我才不要這樣。

說到底還是肉體。

我如同字面所示，不是用道理，而是用身體學到了這一點。強者爲王。優於他人的強健肉體，就擁有足以令他人屈服的強健魂魄。道理會在事後變成說得過去。

就跟猴子一樣。

誰威嚇、撕咬、騎上去，就贏了。

因爲只有一寸的魂魄，螻蟻才會只有一寸大。要是不想被踩扁，就只能變成五尺大的人。五尺的肉體有著五尺的魂魄。這麼一來，管他什麼螻蟻，只用指尖一捏就碎了。

會被捏碎的螻蟻，不管再怎麼冠冕堂皇，還是連一分理都沒有。就算不偷竊，一樣比盜賊還不如。縱然正確或美麗，會被擊垮的人，是得不到救贖的。

只能屈服。

如果不想屈服，就只能抵抗。只能抵抗、挑戰直到對方屈服。

原本明明是螻蟻的我，卻挑戰他人，然後一而再、再而三被擊垮。即使被擊垮，我還是反抗，每次反抗又被擊垮。我沒有其他選擇，於是我痛切體悟到了。

像我這種人——

只能活在**這邊**的世界。

這傢伙——

健也眨了幾下左眼，說一拳就夠了。

「我不想再挨揍了。」

「如果不想挨揍——」

就收斂你的態度，就哭著道歉說對不起，就尖叫著趴在地上跪地求饒，就渾身發抖叫我原諒你。

你不怕我嗎？

我叫他道歉，他卻說「我一開始就道歉了」。

「你說什麼——」

他是膽識過人嗎？

或者是遲鈍？

我一開始不就聲明了嗎？健也說。

「什麼？」

「我不是一開始就說，我孤陋寡聞，也不懂禮貌，態度很差，又很笨，可能會惹你生氣嗎？我了解佐久間先生會生氣的心情，所以我覺得自己挨揍也是沒辦法的事，可是不管再怎麼道歉我也不會變聰明，也不可能表現出讓你舒服的態度啊。」

「就算是這樣——」

「即使嘴巴上說得再好聽也沒用吧？我沒那麼機靈，也不會作戲。就算不想挨揍，也沒辦法表現出不挨揍的態度，我只能做我自己，所以只能拜託你別揍我啦。」

我很單純的，健也說。

「你不怕我嗎？」

「怕啊。」

「那……就這樣被人揍，你不覺得不甘心嗎？」
不會——臭小子這麼回答。
「你不覺得不甘心？」
「我不曉得爲什麼要不甘心欸？因爲所謂不甘心是這樣吧？像是跟人比賽輸了，還是想要的東西被搶走的時候的感覺吧？」
唔，應該是吧。
我沒打算要跟佐久間先生競爭的——健也說。
「競爭？」
「我是挨揍了沒錯，可是也不會因爲這樣就覺得輸了。就算我輸了，反正我也沒有想過會贏，也不覺得贏得了，或是想要贏。因爲我說了無聊的話，佐久間先生才會生氣，然後揍我，只是這樣而已，不是嗎？我知道自己是個傻瓜，也猜到佐久間先生八成會揍人，嗯，都在預料之中吧。而且我覺得這根本不是輸贏問題——」
這就是輸贏問題。
還能有別的嗎？
「你太弱了，所以才會挨打。你輸了。」
可是我還活著啊，健也說。
「啥？」
「雖然很痛，可是又不是這樣就死了。我還沒有完蛋呢，只是很痛而已，跟之前完全沒什麼變啊。我底下沒有血條，對吧？還是有創傷指數？我的等級什麼的下降了嗎？」

「這又不是遊戲。」

就是遊戲啊，臭小子說：

「如果要計較輸贏的話，那就是遊戲啦。」

「怎麼會？」

「如果規則是挨打的人贏，那就是我贏了耶。沒有規則，就不能決定輸贏嘛。那就是遊戲嘍。或者說，挨打的一方就輸了，這種老套我不太認同呢。那樣不是很無聊嗎？」

我答不出話來。

別生氣唷——健也叮嚀道：

「我們——唔，我們是誰跟誰很籠統啦，不過我身邊的人呢，都很討厭這種計較輸贏的事。我們都覺得相互競爭、比較，簡直就像傻子。」

「像——傻子嗎？」

「所以呢，我們都會彼此保持距離，或者說不太親近別人。不是每個人都是聰明人，而且也有些危險分子。再說大家都不了解自己，只是擺出一副了解的樣子，要是靠近那種人，肯定會起爭執吧。雖然我也不喜歡惹別人生氣，可是對別人生氣也一樣麻煩，只會覺得很煩，累到自己而已。」

「或許吧，可是——」

「我不是討厭人唷。只是我覺得跟人保持距離，就等於是關懷別人，或是保護自己吧。所以不擅長跟人保持距離的人，才會不肯離開房間，或是不去人多的地方，變成這樣而已。所以拒絕上學或是家裡蹲的人，只是用那種方式跟社會妥協罷了。我不懂複雜的事情啦，可是我覺得那是很普通的。」

「是啦……」

我也不覺得那算是異常。

「不是不想見任何人，只是不想走上那種只計較輸贏、煩死人的擂台罷了。」

「煩死人？」

煩死人啊——健也立刻就回答：

「我覺得爭什麼我比較大、我比較快、我比較強，這眞的很蠢。什麼慢就不行、很弱、沒救，這種言論眞是夠了。與其被人用那種無聊的標準分級，然後覺得沮喪，乾脆直接放棄比較快。明明根本不想打，卻被硬拖上擂台，然後別人在旁邊鬼叫：『加油！拿出幹勁！』拜託，眞的很想叫他們差不多一點。這誤會太大了。而且只是當個普通人就被說成沒用，這不是很奇怪嗎？」

「或許……很奇怪吧。」

「我這樣是很普通的。我主動跟佐久間先生搭上線，要是這樣讓你不開心，我覺得自己挨揍是沒辦法的事。要是因爲這樣覺得不甘心，我覺得是搞錯對象了。」

「你——不覺得討厭嗎？」

當然討厭啦——健也按住臉頰說：

「我討厭死挨打了。」

「那你不想打回來嗎？」

健也攤開雙手，做出外國人目瞪口呆時的姿勢。

「沒意義啊。」
「沒——意義？」
或許沒意義吧。
不管我再怎麼挑戰，都還是落敗了。
大哥高浪是我的高中學長，大我兩歲。吊兒郎當、脾氣暴烈，是個無可救藥的傢伙。我也跟他一樣，可是我身材比他魁梧許多，動作也比他敏捷，我覺得我不會輸給他。我從以前就看他不順眼，所以瞪了他，撲上去，結果被打得慘兮兮。
輸了好幾次。
我想贏，所以像個傻子似地糾纏他，然後被打得屁滾尿流。
我想贏。
但是，我不懂勝利的意義。
我想從螻蟻變成人啊，我說。
「想要變成人，就會被人揍。但會被人揍，表示我至少是個人吧。」
「螻蟻？」
「螻蟻只有被捏死的份。」
「如果不要靠近人，就不會被捏死啊。」
「我不要那樣。」
我也——
很笨啦，跟你一樣。

不，搞不好比你還笨。

因爲我甚至沒想過可以離開擂台。

我站起來，捲起袖口失去彈性的運動衣衣袖，然後打開沙發旁邊的老舊小冰箱。

——眞窮酸，我心想。

每次看到這個冰箱就這麼想。

窮酸，眞的窮酸透頂。

我——想起自己的父母。這是我剛開始一個人住的時候，父母買給我的。不管我是走偏了路，還是自我放逐，我那對不曉得是漠不關心還是虛無的父母都沒有說什麼。但不知爲何，當我說要搬出家裡時，他們送給了我冰箱。

沒什麼大不了的意義。

五年前母親過世，去年父親過世了。臉還記得，但聲音不記得了。不是他們什麼都沒跟我說，就是我什麼都沒跟他們說。

我抓起氣泡燒酎。

「要喝嗎？」

「我不會喝。」

「身體有毛病？」

「酒量很差。」

「太沒用了。」

這樣很普通的，臭小子說：

「過了二十歲就一定要抽菸喝酒，那是古早以前的事了。」

「乖寶寶唷？」

又不可能是模範生。

「你——討厭酒鬼？」

「我對酒鬼沒什麼意見，沒有喜歡或討厭可言。我不抽菸，可是要是有人說什麼拒抽二手菸、單方面地貶低抽菸的人，我會覺得滿生氣的。我討厭被強迫。」

是這樣嗎？

我打開罐子，站著喝掉約三分之一。

「很難看吧？」

「什麼東西很難看？」

「在這麼小的公寓裡塞進這樣一組沙發，甚至還設了神龕。連保險櫃也沒有，就只有一台破冰箱。明明那邊就有新的，但丟不掉啊。」

健也照著我說的環顧房間。

「我倒不覺得有多奇怪。」

那是你太鈍了，我說，再次深深坐進沙發裡。

肚子深處滾滾沸騰的感覺已經消失了。我——再次冷了下來。一旦冷靜下來，剛才動手打人的事便教人感到尷尬。因為討厭尷尬，我背過臉去。

點燃香菸，吸了一口，擱到菸灰缸上，喝了口氣泡燒酎。

我總有股受夠了的感覺。

「這裡……亞佐美也來過吧？」

健也問。

「來——過。不過她沒在這裡待多久，大半都在外頭碰面比較多。」

爲什麼。

爲什麼我要跟這種傢伙說這種事？

「那——就算亞佐美是**東西**，也跟佐久間先生處得不錯嘍？」

「什麼叫處得不錯？她——」

是我的女人。

這樣罷了。

「亞佐美會笑嗎？」

「不太笑。就……很普通啊。」

「很普通嗎？」

我就是想聽這些事，健也接著說。

「這些事……是什麼事？」

「哦……都沒有人要告訴我亞佐美的事嘛。不管向誰打聽，每個人都只顧著說自己。嗳，我想是沒有多少人了解別人的事，可是也離題離得太厲害了。沒有半個人看著亞佐美，都只看著自己。都是這樣的嗎？沒有半個人告訴我亞佐美有什麼感覺、怎麼想、在想什麼。」

亞佐美有什麼感覺？怎麼想？在想什麼？

「也就是說，」

亞佐美跟你在一起的時候很幸福呢，臭小子按著臉頰說。

「嗄？」

「不是嗎？」

她不幸福嗎？

不知爲何，我答不出話。剛才不是還覺得她幸福嗎？爲什麼沒辦法立刻肯定？爲什麼——爲什麼你想打聽這種事？我反問。

不曉得，健也回答。

「不曉得？」

「我想了解她，可是不曉得爲什麼想要了解她。我明明連自己的事情都不太了解。」

「也是啦。」

不好意思揍了你啊，我說。

「不會啦。亞佐美是東西還是什麼都無所謂，不過就我聽來，佐久間先生也不討厭亞佐美——對吧？啊，要是說喜歡，你可能又會說不是，所以我才這樣說。」

我——是喜歡亞佐美。

可是，

「就算喜歡也不會說喜歡啦，都是這樣的，你也體諒一下吧。」

「那就算傷心也不會說傷心嘍？」

好麻煩呢，健也說：

「規矩也太多了吧——噢，我是說道上兄弟啦。」

「這跟是不是黑道無關啦。」

亞佐美。

「她啊——」

——這個女人啊。

——我已經膩了。

——佐久間，就送給你啦。

——要是玩膩了，就丟去色情按摩吧。

——噯，這女的是沒什麼優點啦，

——不過那裡倒是不賴。

這麼說著——

高浪說著，右頰痙攣似地發笑。

亞佐美是大哥**玩完送給我**的。

高浪身爲幫派準成員，負責幫地下錢莊討債。

他不是幹部，甚至不是員工，是底下的小弟。

而我比他更底下。

高浪是我大哥，但是很無能。就連看在不聰明的我眼中，他也是個無能之徒。空有臂力，卻是個大草包，絕對不可能往上爬。

我這麼認爲。

無法出頭的傢伙，也沒辦法提攜小弟，更吸引不到優秀的人才。就算跟在高浪那種人底下，也會被他堵著，爬不上去。除非把高浪幹掉，否則無可奈何。高浪是個人渣。

而我只是因爲當學生的時候認識他，就被安插在那個笨蛋底下。

我成了我最痛恨的高浪的小弟。

太亂來了，根本絕望了。

可是既然成了小弟，就只能服從，我再也無法反抗或是挑戰了。不管大哥再怎麼無能都得敬重。這……

就是規矩。

規矩必須遵守。

我無法遵守一般社會的規矩。咬人或是被咬，恐嚇或是毆打，用這些來一決高下——爲了成爲人而擊垮人——這就是我身爲人的生存之道。這種做法能通用的，就只有這個世界。那麼就得遵守這個世界的規矩，否則就混不下去了。

所以，

我遵守了。

——才二十萬呢。

高浪笑著說。

——連區區二十萬都還不出來呢。然後啊，

——就會開始想，不是嗎？就算把對方逼到死，也就是二十萬嘛。

——就算逼死那種老太婆也拿不回來。

——那棟房子又破又爛，才沒有財產。

——所以啦，我就好心替她出嘍。

——誰出的錢？我啊。幫她付了債款。

——不過啊，錢我幫她出，取而代之，

——要她交出她女兒。

——這傢伙值二十萬呢。

亞佐美值二十萬。

不到一年，高浪就玩膩亞佐美了。說她太乖了，沒意思，就算反抗，她那副快被逼死的樣子看了就有氣。

高浪把亞佐美塞給我，然後從我這裡拿了十萬。

說什麼還沒玩夠本。

開什麼玩笑。

亞佐美以半價成了我的**東西**。

亞佐美說我很好，說幸好她變成了**我的**。

我永遠是只屬於你的。

她說了這樣的話。

我覺得她眞傻。不是我好，只是高浪太爛罷了吧？那傢伙到底是怎麼對她的？

我試圖讓亞佐美遠離高浪。他不曉得什麼時候會要我還回去。不，亞佐美也不想見到以前的男人吧。別說她討厭，我也不願意。一想到自己懷裡的是高浪上過的女人——

滿肚子火。

或許是因爲這樣，我打了亞佐美好幾次。我踹她，痛罵她，這是遷怒。但即使是這樣的我，亞佐美還是說我很溫柔。

那個女人眞是蠢到極點。

亞佐美是個任勞任怨的勤勞女人。我買東西給她，她就開心得要命，用更多的錢回報我。低能的高浪好像看不出來，但這麼方便的女人可不是隨便就找得到的。就算把她晾在一旁，她也不會有半句怨言。要是搭理她，她就天眞無邪地開心，給你滿滿的回報。只要開口，她什麼都願意做。沒有要求，也不會吃醋。

是個方便的女人。

結果爲了二十萬的債款被賣掉的女人，對於用半價十萬買下她的我，貢獻了不下數百萬的金錢。這麼說來，我實在不懂她爲什麼會連一開始的區區二十萬都還不出來？關於這件事，我問過她一次，但是被矇混過去了。或許是跟母親處不好，總之那跟我無關。所以那傢伙……是個方便的女人，我對健也說。

「方便……？」

「是啊。所以她死了，有很多不方便吶。我啊，現在拿不到半點工作吶。因爲亞佐美的命案，我被吩咐坐冷板凳了。搖錢樹死了，而且還是失業狀態呢。也不會有女人主動投懷送抱，一下子啥都沒了，不方便到了極點。」

「原來你不是傷心嗎？」

「所以說你到底是怎樣？只要說我很傷心，你就滿意了嗎？」

「也不是這樣啦。」

「噯，只要兇手落網，我也可以捲土重來，不過要是被警方查東查西就麻煩了。」
就會給人添麻煩，我說。
健也一臉不服氣地看我。
「怎樣？」
「你啊……」
「什麼？啊？」
「你揍了我，不是嗎？我是因爲說你的東西的壞話才挨揍的，對吧？」
「你很囉嗦耶。」
「我只是說了句『蕩婦』。」
「所以怎樣？」
「只說了句蕩婦而已耶？要是我說她淫亂，你要揍我兩下嗎？我還可以想到更糟糕、更下流的話，可是要是說出來，我會被宰掉嗎？可是，她不是你情人、也不是女朋友吧？」
只是你的道具吧？健也說：
「如果只是道具被說了一、兩句壞話，你的反應是不是有點不太對？」
「爲——什麼？」
太誇張了吧？健也說：
「而且你自己也沒怎麼珍惜那道具嘛。」
「才——沒那回事。」
「她什麼都願意爲你做，所以你准她做任何事？可是甚至讓她去跟骯髒的老頭子睡，不會太過分了嗎？如果那是你重要的道具，就該好好保養啊。對道具唯命是從，也未免太那個了吧？」

「我——我才沒對她唯命是從。」

「可以不要揍我嗎？」

健也瞪了我。

「佐久間先生，我呢，是個腦袋不靈光的廢物。我就只跟亞佐美見過四次而已，沒跟她上過床，甚至沒有摟抱過，只跟她說過話。可是就連在這麼短的期間內，亞佐美也哭過、笑過。」

「她哭了？」

她哭了——健也說：

「我呢，是個無望出人頭地也不會往下沉淪、只知道發呆過活的沒用男人，所以我不怎麼會傷心，也很少覺得有什麼好笑的。所以亞佐美哭的時候我嚇到了。聽好了，我跟她的人生有關的時間，就只有短短四天呢。換算成小時，連十小時都不到。而你把亞佐美據爲己有幾年了？四年吧？你擁有亞佐美四年之久吧？擁有她那麼久，你心裡的亞佐美怎麼會那麼平面、空白？如果她不是你女朋友，你連她是哭是笑都看不出來嗎？跟你無關嗎？」

「所以那是……」

「我已經知道你是那種不管是傷心還是開心都不會說出口的人了。你不會把情啊愛的掛在嘴上，對吧？可是亞佐美不一樣啊。我不曉得她是東西還是道具，可是亞佐美很普通啊。在你面前，她喜歡你的話，就會直接說喜歡你，不是嗎？」

「不……」

所以，

「『我永遠屬於你』——是嗎？」

「是啦，那傢伙——」

說我，

說這樣的我很溫柔。

我永遠屬於你——

等一下。

「你怎麼會知道？」

那句話。剛才那句話。

「你怎麼會知道亞佐美說了什麼……你聽亞佐美說的嗎？」

亞佐美什麼也沒說，健也說：

「她完全沒有提到你。她只說她有男朋友。所以我也是花了很久才查到這裡的。我不是警察也不是偵探，所以不曉得該怎麼調查，也沒有任何線索。」

「那你是怎麼——」

我讀了她的日記，健也說。

「日記？」

「啊，說是日記，也不是寫在筆記本上面什麼的，是留在電腦裡面的資料。好像也不是每天都寫，應該只是興致來了就隨便記錄下來的雜記而已。可以從存檔日期看出來，不是嗎？大概從她買了電腦那天開始，總共有四年分。」

四年——

是我給她的。
爲了讓她遠離高浪，我要她從原本待的公寓搬到其他地區專租女性的公寓，幫她備齊了家具。那個時候也買了筆記型電腦給她。
「就……寫在裡面。」
「寫了什麼？」
她寫了什麼？
亞佐美，寫了我什麼——？
不用擔心啦，健也說。
「擔心什麼？」
「我覺得要是被警方什麼的看到可能不太妙，所以全部刪掉了。已經沒有了。」
「什麼不妙——」
「佐久間先生，你不是兇手吧？所以我想說如果你被捲入不必要的事，也會很困擾吧。不過就算日記沒了，我想警方只要調查，應該還是查得到吧，不過我還是幫你刪掉了。」
不。警方。
「難道警方還沒有來過？」
沒有。
意外地查不出來呢，健也歪著頭說：
「我怎麼聽說日本的警察很優秀？」
「是亞佐美嘴巴很牢。她——」

「她的口風確實很緊。」

雖然不曉得是爲了你，還是爲了自保——健也用挑釁的口氣說：

「就連應該不會給任何人看的筆電裡的日記都完全沒有提到你的名字呢。從她的寫法來看，可以猜到對方應該不是從事什麼正當工作，或者說，很明顯可以看出就是黑道——可是要找出來就費工夫了。」

她是怎麼寫的？

亞佐美怎麼說我——？

「她寫說你是她的**第二任飼主**。」

「飼主——」

我是飼主？

「『這次的飼主好像比上一個溫柔，太好了——我告訴他，我是屬於你的，請你永遠飼養我——』她這麼寫。」

「溫柔的——」

飼主。

亞佐美是奴隸嗎？健也說。

不是的。

「那是狗嗎？」

「她、她才不是狗。」

「你說你是螻蟻，是嗎？那亞佐美就是螻蟻養的狗嘍？」

「你這傢伙——」

——不行。

丹田使不上勁。

「居然這樣寫只有自己會看的日記，我納悶她到底是遭到多殘忍的對待呢。可是實際跟你碰面一看——雖然你說她是你的東西、就像寵物一樣什麼的，但看起來似乎也不是眞心那麼想，所以我稍微放心了。再怎麼說，你好像也很珍惜亞佐美嘛。因爲亞佐美也說你很溫柔、很普通。我有點覺得亞佐美或許跟你也處得不錯，可是——」

「可是——怎樣？」

「根本不是這樣嘛。」

我握緊鋁罐。

「你啊，對亞佐美來說——」

果然還是飼主——健也說：

「因爲你話中的亞佐美就是個道具，就是隻寵物，就像沒有感情的機器人。便利機器人嗎？就像漫畫裡一樣。」

「才不是機器人，她——」

「可是就算我問你她幸不幸福，你也不吭聲。然後問你是不是喜歡她，你又說不能說，允許她跟老頭子上床也讓人無法接受。你簡直是自相矛盾嘛。」

「喂，你少得寸——」

進尺——我說不出來。

「亞佐美好像很難受唷。」
「難受？」
「她說她不太想活在世上。」
「她、她這樣寫嗎？」
她是用說的——健也大聲說：
「用她的嘴巴，說出聲音來，對我說。她是人，當然會說話吧？會哭、會笑，也會生氣吧？她是活生生的人嘛。還是怎樣？在你面前，亞佐美就只會對你說『你眞溫柔、你眞好』而已嗎？完全不談自己，只會吹捧你嗎？然後你就爽了，是吧？」
「你這小鬼頭才不懂。」
「我是不懂。」
「什麼！」
「就是不懂才會問你，不是嗎？」
「你——你這傢伙——」
「我說啊，你說她很方便，什麼事情都會爲你做，難不成你以爲亞佐美給你的錢是在供養你嗎？」
「咦？」
健也掏出手機。
「我腦袋不好，記不住數字。啊，這個。你看，佐久間先生，亞佐美把你給她的東西全部換算成現金記下來了。然後她努力工作，把你給她的都還得一乾二淨了。你沒看出來嗎？」

「還給我？」

「公寓的保證金、禮金、每個月的租金、全套家具、衣服鞋子飾品……你不是說只要亞佐美說想要，你都買給她嗎？所以亞佐美存錢，把你買給她的都還清了——好像。」

「怎、怎麼可能，那這跟她自己買——」

「要是自己去買，不是等於丟你的臉嗎？這好像是上一任飼主教她的唷，照日記上的內容來看。」

是高浪？

那個混帳東西？

「上一任飼主好像調教她，說給了她什麼東西，就要加倍奉還，這是基本原則。可是你好像都沒有提到這類的話，所以——」

她才說你**很溫柔**。

「她好像覺得至少得還清你花在她身上的份，所以亞佐美只會向你要些她自己也買得起的東西，不是嗎？而你一時興起，買了昂貴的禮物給她的時候——她好像非常爲難。」

謝謝。

你眞好。

謝謝你。

我好開心。

你眞溫柔。

你眞的好好。

這些，全是爲了給我面子——

因爲她是**東西**嘛，健也說。

「既然你把她當成東西，不就是這麼回事嗎？只是或許你一點感覺也沒有，但你們其實是互不相欠的。你說呢？」

「這不是欠不欠的問題。」

「那是輸贏問題嗎？你最喜歡的輸贏問題嗎？」

「我——」

「你贏了嗎？還是輸了？你啊，其實是不是喜歡亞佐美？是不是很珍惜她？既然這樣，亞佐美跟老頭子上床，你是不是覺得很討厭？因爲她想所以讓她那麼做？怎麼可能嘛。既然這樣，爲什麼不阻止她嘛？一般人都會制止的吧？」

「一、」

一般個屁，他媽的王八蛋！我吼道。

吼是吼了，但聲音走了調，一點恐嚇效果也沒有。

「別看我這樣，我也是混道上的。你不也說了嗎？我是黑道啊，是暴力集團分子，反社會人士。我鋌而走險，不——像我這種小嘍囉做的事，只是單純的犯罪啊，犯罪。一個人犯罪，出了事沒人挺，然後弄來資金，雙手奉送給上頭。我就是活在這種地方，怎麼可能一般？」

「所以怎樣？」

健也瞧不起人似地看我。

「什麼——所以怎樣……」

「我不懂爲什麼這樣就不能對女人說你喜歡她。」

「那種事……」

「很遜，所以說不出口？那豈不是比我更低等了嗎？簡直是小學生嘛。」

這傢伙搞什麼？

這小子是什麼人？明明就是個小鬼頭，憑什麼囂張成這樣？

「告訴你，那可不是在裝酷。不是的。我也是用我的方法在保護亞佐美。從那個──」

混帳東西手中。

高浪手中。

是嗎？──健也擺出更瞧不起人的態度。

「保護她怎樣？」

「就是……」

你根本沒保護到嘛，健也說：

「完全沒有。亞佐美死掉了耶？被人殺了耶？你的女人、你的東西、寵物，你重要的、方便的女人被人給宰了耶？」

「吵死了！」

我拍桌子，然後踹桌子。

菸灰缸飛走，罐裝氣泡燒酎翻倒。

「我也不想過這樣的生活啊！只要那個混帳傢伙是我的大哥一天，我就無可奈何啊！沒辦法往上爬啊！要是那傢伙捅了什麼簍子，責任全要我來扛。骯髒的工作全要我來幹，賺的錢卻全被那傢伙拿走，我多想宰了他啊！」

眞的想殺了他。

「那傢伙把我經營的毒品通路全毀掉了。說什麼警方可能因爲亞佐美的事盯上我，搶走我過去辛苦建立起來的一切，結果又淨做些蠢事，讓一切都化成泡影。白痴啊？到底無能到什麼地步啊？」

那是個機會啊！我吼道：

「我想要靠那份工作一舉成功，讓上頭刮目相看，超越那個混帳東西——正式成爲組員，然後、然後讓亞佐美——」

痛揍高浪那傢伙、拽倒他、贏過他。然後、然後讓亞佐美……

「讓亞佐美——」

說出來啊——健也說。

「——讓她跟我結婚。」

這是眞的。

「你要跟**東西**結婚？」

「是啦，不行嗎？媽的，你這種小鬼不會懂的。可是亞佐美懂。不管我說了再過分的話，就算我打她踢她，她也什麼都不會說。她……就只有她能夠了解我。」

「不是只是在忍受你而已嗎？」

「咦——」

「我認爲亞佐美才不會曉得你的心情，半點也不曉得。你那種只顧著裝腔作勢、自私自利的說詞，才不會有人了解咧。要是你以為別人能夠了解那種說詞，你也真是想得太美了。我也不是多擅長溝通的人，可是還比你像話多了。」

「我的說詞——」

對方無法了解？

「不管再怎麼真心誠意地訴說，人的心意還是不可能傳達給對方的。我不曉得亞佐美對你說了什麼，可是亞佐美當然是討厭你的。」

「才——才沒那種事。」

「明明就是這麼回事。我覺得亞佐美會跟那些老頭子上床，或許是在測試你吧？」

「測試我？」

「佐久間先生，如果你對亞佐美是真心的，那不是應該會動怒嗎？會叫她不要這樣吧？可是你卻怎樣，說什麼隨便她愛怎麼做？告訴你，亞佐美她啊，唔，她或許是很溫柔啦，可是我覺得她不是只對老頭子溫柔唷。亞佐美只是做了普通人都會做的事而已。她說，老頭子對她比較好。連那種無聊老頭子的溫柔都能打動她，她到底是多饑渴別人的好啊——不就是這麼回事嗎？」

「可是——」

「可是什麼？你是用錢買了亞佐美的吧？亞佐美是被你買下的。一個會用錢買女人的男人，有誰會信？就算想相信還是沒辦法的。所以要是喜歡人家，就該明白說出來，這有什麼好隱瞞的？你可能是希望不用說出口別人也能懂，可是世上哪有那麼美的事？你那樣算是哪門子黑道？」

根本就是個窩囊廢嘛——健也說。

我喜歡她。
比任何人都喜歡她。
「我喜歡她。我是喜歡她的。我想要保護亞佐美啊。」
「太遲了。」
健也站了起來。
「亞佐美人已經死了，不在世上啦，說什麼她都聽不到了。什麼心意也全都甭談了。你到底都在幹什麼？喜歡的女人被人殺了，卻連句傷心都說不出口，這算什麼？到底是什麼事情那麼重要？」
「那——」
那你說我還能怎麼辦？
我惡狠狠地踹了桌子一腳，發出刺耳的聲響。
「我已經回不去啦，已經束手無策啦，就算想哭也哭不出來啊。我是個黑道啊，這關係到我的死活啊。事到如今就算哭又有啥屁用？她是被殺的啊。你一個黃毛小子，就只會在那裡神氣八拉地教訓人。你站在我的立場看看。我啊，進退不得了，沒有思考的餘地啦。被無能的大哥硬塞過來的二手女人跟幫派，你說哪一邊才重要？」
「你說哪一邊重要？」
女人吧？
「可是——」
我無可奈何啊。如果爬不上去，就無可奈何啊。沒辦法讓亞佐美幸福啊。我又只能在這樣的世界活下去。事到如今，也沒法變回一般百姓了。都跟幫裡交杯結盟了，命都交給幫裡了。那樣的話……

「既然這樣——」

——**你怎麼不去死算了**？

健也說。

「去死算了？——你——」

「你不適合混黑道啦。什麼想離開又沒辦法、只能活在這個世界，那些全都是藉口嘛。你不是把命都交給幫裡了嗎？那就不應該會有這種不滿啊。我是不懂把命交給幫派是什麼意思，不過意思是握著你的性命的人說你可以去死了，你就會去死吧？那跟死了不是沒兩樣嗎？都把命交給人家了，還在那裡牢騷個沒完的話，乾脆死了算了嘛。只是把命換個地方擺而已，很簡單吧？」

把命換個地方擺——

「我不曉得什麼老大、大哥的，可是你不是痛恨他們嗎？你這等於是把自己的性命交給痛恨的傢伙，然後讓喜歡的女人平白死掉，不是嗎？然後你現在覺得非常不願意，不是嗎？很傷心，不是嗎？正常人才不會把自己的命交給那種東西。說什麼死啊活的是很蠢，可是既然你的命早就交出去了的話，不是很簡單嗎？」

你乾脆去死好了。

「要是死不了——那你的人生就是滿口謊言嘛。世上有一堆沒辦法正大光明過日子的傢伙，我也是其中之一，可是說什麼死啊活啊、把命交出去的，不是很莫名其妙嗎？黑道也是，說穿了就是做些壞事來賺錢的人罷了。」

我這人很單純，健也說：

「所以只能從這個角度去看。我是不太曉得，可是我聽說過不是只要切掉一根手指還是怎樣，就可以脫離幫派了嗎？既然這樣，趕快把指頭切一切，跟著亞佐美一起遠走高飛不就好了嗎？」

趁著還來得及的時候。

「就我來說——」

是希望你能那樣做啦。

說的沒錯。可是我只是沒自信吧。

「亞佐美——對我……」

她也不討厭你吧？健也說：

「或者說，她**想要**去喜歡你吧。我不是很懂，畢竟我這人很遲鈍嘛。」

我要回去了——健也說，轉向旁邊，露出臉上青黑色的瘀傷。

「你啊，還是回揍我一拳吧。」

「才不要，因爲——」

打人的手也會痛啊——健也回頭說：

我當場蹲下，只是盯著那個寒磣的老舊小冰箱。

就是啊。

打人的手也會痛。

事到如今，我才明白這麼理所當然的事。

「砰」的一聲，門關上了。

第四人。

亞佐美怎樣了啦？

這個沒禮貌的人是在幹嘛——？

我莫名地惱怒。世上哪有父母不疼愛自己的孩子的？這小夥子在說什麼瘋話啊？

反正——

他肯定只是在想「這歐巴桑的房間好髒」罷了。

有什麼辦法？我很累啊。

這樣做牛做馬，卻連半點奢侈都享受不到。

辛辛苦苦把女兒拉拔長大，結果居然跑掉了，還被人殺了。

死掉了才回來。

辦喪事的錢也不是筆小數目。欠這麼多錢，窮成這樣，我實在不懂爲什麼還得出錢幫孩子辦喪事。

這種事不是應該由國家來幫忙嗎？對命案被害人的家屬，難道沒有這類補償嗎？別的不說，人一死就得花上一堆錢。國家不曉得這對窮人的經濟打擊有多大嗎？

「請問，」

年輕人開口說。反正八成是吃父母的、遊手好閒、只知道活著的尼特族之類的吧，就是那種臉、那種態度。

「幹嘛？」

我完全不想向他示好，反正他一定把我當成窮酸老太婆。就算討好這種人，也不會有半點好事發生，沒半點好處。

希望他快點滾。

「呃，這種時候——是不是該請妳讓我上個香？」

「嗄？」

這傢伙在說什麼？

「哦，我沒有這種經驗嘛。我想說我是不是失禮了。」

「經驗？」

不懂意思。我問他經驗是指什麼？年輕人回答是拜訪家中有人過世的人家的技巧。

「你白痴啊？」

我說。就是啊，男人回答，

「我這人孤陋寡聞，真的不好意思。」

「我也——」

不具備死了孩子的母親的技巧，好嗎？真是胡鬧。

你回去——我說，想要關門，結果男人探出上半身夾在門中間，阻止我的動作。

「你幹嘛？我要叫警察嘍。」

「呃，我惹妳生氣了嗎？」

「廢話嘛。你到底是幹嘛——」

搞什麼？或者說，為什麼我會氣成這樣？明明又沒什麼。

不，不對。

我——現在處境非常艱難，應該不是一般的精神狀態。雖然我假裝沒事，但一點都不是沒事。

因爲我的獨生女被殺了呢，連兇手都還沒抓到。

都已經過了好幾個月了——可是，還是……

不，不對。連一年**都還**沒有過去，說**已經**太奇怪了吧。

心情好不容易才剛平靜下來。所謂剛平靜下來，就是還沒有完全平靜下來？

「喂，我很不想這麼說，可是你這人是不是太沒神經了？欸，你懂我現在是什麼狀況嗎？欸，你說啊？」

「呃——」

就說我不懂了嘛，男人說。

想要賴嗎？

我伸手推男人。

「等、等一——」

「幹嘛啦，滾出去啦。」

鹿島媽媽——年輕人不耐煩地喊了聲。

教人火大。

「少叫得那麼親熱。」

「這樣叫親熱的話，那我要怎麼稱呼妳？我可沒直呼妳的名字唷。還是要叫妳大嬸——」

這傢伙到底多沒禮貌啊。

太陽穴的血管跳動著，我抓起堆在鞋櫃上面的廣告單拍打年輕人，還是該說扔過去比較正確？砸到的瞬間我放開手，狹窄的玄關頓時變得一片凌亂。

「好過分。等一下啦。我無意惹妳生氣啦。喏，不是有什麼性騷擾的問題嗎？所以我才對稱呼很小心啊。這樣我不是很難稱呼嗎？畢竟——」

妳年紀也比我大嘛。

年輕人說。

他大概二十出頭吧。三十以下的男人看起來全像小鬼頭。怎麼樣都不覺得是男人，看起來像小孩子。以前明明沒有這種感覺的。是這種生活——這悲慘的生活讓我的感情老化了吧。

令人憤恨。

我才不要讓這種男人窺看我的這種生活。

我遮擋男人視線似地站著，我覺得男人想要越過我的肩膀偷看裡面。年輕人配合我的身體動作扭動脖子。

他果然想偷看房間。

「你幹什麼？快回去啦。就像你說的，我女兒死了，所以她不在這裡啦。」

「不，我知道她不在，呃——」

「你是真的在耍人嗎？居然那樣好奇地探聽。你知道我女兒被殺了，拿上香什麼的當藉口進入別人家裡，然後你想怎樣？說我是個看到年輕男人就隨便放進來的色老太婆，在背後笑我？」

請等一下——男人直盯著我看。

「妳是不是有什麼誤會？」

「才沒有。喏，你走吧。」

我推他。
男人肩膀很硬。
「等、等一下。」
男人稍微踉蹌，可能是想要重新站好而伸出手來。我再推了他一次。
滾回去！
男人想要抓我的肩膀，我大叫住手。
不要碰我！
還沒被抓到之前，我甩開他的手，男人跌了個四腳朝天，坐倒在玄關。雖然不是眞的坐下，但看起來像是。
「怎麼這麼可怕……」
半開的門被男人的背推開，整扇打開了。
「對啦，反正我就是個可怕的老太婆啦。好了，快點滾出去！」
我撿起掉了一地的廣告傳單，往男人身上砸。
男人縮起身體、護住臉。
「我、我事情還沒辦完啊。」
「你有什麼事？你找我才沒事呢。你是哪裡的推銷員？」
「我、我不是推銷員。」
「那是什麼？推銷報紙的？傳教的？我不接受傳教的，也沒錢可以捐。」
「不，所以說——」

外頭傳來聲音。

是鄰居。

隔壁住著一個姓藤川的老人家，不曉得叫什麼名字。年紀大概六十五左右，一個人獨居。她是個很有氣質也熱心助人的老婦人，幫了我很多，可是我討厭她。她是個麻煩透頂的人。我說的話她都只聽進去一半。

「怎麼啦，鹿島太太？」

果然是她。

老人尖高的聲音。

她人應該很好吧。不，我不曉得她是好人還是壞人。頂著熱心助人的臉孔，毫不客氣地闖進別人的生活裡。她是自以爲親切吧。不，她是眞的親切吧。

可是我非常討厭她。

一跟她說話，心情就變得沉重。

希望她別來煩我。一輩子都不要。

那張好人臉教人看了就有氣，總是厚顏無恥地說些幼稚的老生常談。世人認爲對的事情就毫無疑問是對的，而且應該所有的人都這麼認爲——她總是以這種前提在說話。又不是每個人都能活得正正當當，有時候就算明知道不對的事，還是逼不得已要去做。這種事多的是。

沒事——我大聲說，瞪著男人。

「是嗎？你們不是在吵什麼嗎？」

老太婆靠近過來。

要是被看見這個場面……

「不，眞的沒事。」

我說完後，小聲說「快站起來」，抓住男人的手臂，硬是把他拖起來。

「快點離開。」

「可是……」

「哎呀，這位先生是哪位呀？」

不要過來啦，死老太婆。

鄰居把臉探過來。

「沒事，眞的沒什麼。」

「是嗎？可是我聽到妳大小聲的。」

「啊，我是亞佐美……小姐的……」

「哎呀，這樣～」

是亞佐美的好朋友啊——鄰居說，露出慈眉善目的表情。她也很會自以爲是。對這個老太婆而言，沒有其他選項了吧。什麼**好朋友**，又不是小學生。

不——

雖然程度有差，但我也把這個男人當成小孩子看待。

仔細想想——不，想都不必想，比起這傢伙，我的年齡跟鄰居還比較相近。

我看向鄰居。

「是啊，亞佐美眞是可憐吶。」

妳幹嘛一副難過的樣子？亞佐美跟妳又非親非故。
鄰居的表情眞的像要掉淚了。
啊啊，看了就煩，比這個男的更煩。
妳跟亞佐美的交情有好到需要哭的地步嗎？妳跟我女兒又何時說過話了？
就連我都沒跟她說過幾句話，在一起的時間也沒多少。
「那麼是怎麼了嗎？難道你知道亞佐美的什麼事嗎？」
「不好意思，」
事情很複雜——我作勢關門。鄰居依依不捨地貼著門縫，說著「眞的沒事吧？鹿島太太」我不回話，粗魯地關上門。
就跟妳說很複雜了，識相點滾開吧。這才叫禮貌吧？不會察顏觀色啊？事情很複雜的。
雖然是騙人的。
關門以後，我更加兇狠地瞪著男人。
男人露出一副沒趣的表情，也不肯跟我對望。
我都用眼神這樣主張了，平常人應該會說句對不起，快快滾蛋吧？
他卻不看別人的臉。
「好了，你可以回去了。」
「不是要談複雜的事嗎？」
「是很複雜，都被你搞到這麼複雜了。怎樣啦？你——是亞佐美的什麼啦？」
我跟她認識——男人說：

「葬禮的時候也來了。」

「葬禮？」

我不記得，明明沒多少人來弔喪。

我只記得刑警的臉和聲音，只有那些沒禮貌的警察鄙夷的眼神。我可是被害者的家屬，然而那些過分的刑警居然把應該比任何人都傷心的我當成嫌犯看待，我只記得他們令人忍無可忍的無禮態度。

「你——」

是亞佐美的男人嗎？我問。

「男人？」

就算看起來像個孩子，這傢伙也不是小孩。那麼一定是的。

不，就是因爲是，他才會——

而且他是女兒的男朋友。

我不是啦，男人說：

「亞佐美的男朋友……是黑道吧？」

「咦？」

他知道嗎？

「你……那你是來討債的？」

——不。

我沒欠他們錢。應該說已經不欠了。

「上星期……不是已經還清了嗎？我在你們那邊應該已經沒欠債了。你們不是已經拿走那麼多了嗎？」

還想榨錢嗎？

從早到晚，幾乎令人發瘋地——

「就……就是你們殺死亞佐美的吧？你們那樣違法討債，一知道錢還不出來，就搶走我女兒抵債。有這樣的嗎？怎樣啦，搶走人家女兒了還不夠，還把她給殺了，不是嗎？就像你們希望的，保險金下來了啦。所以上星期……」

「就說我不是了啊。」

「什麼叫不是？那你是別家的嗎？那沒道理來跟我討債啊。我不曉得你是哪裡的，可是那邊可沒遲繳吧？」

「意思是……還有那麼多債款嗎？」

「咦？」

不是嗎？

「哦，我以為全部都用亞佐美的保險金還清了。」

「那……」

這傢伙明明這副德性，難道他是？還在懷疑我嗎——？

「你——你是警察？」

「就說我不是了。」

男人斜眼瞄我。不肯正面對著我。

「聽我說完嘛。我跟亞佐美認識，只是想來打聽一下她的事情而已。我不是黑道也不是警察。我沒聰明到可以考上公務員，也沒那個膽子去混黑道。」

是個沒用的傢伙啦——男人說：

「而且，我也不是亞佐美的男朋友。啊，我跟亞佐美完全不是那種關係唷。」

「什麼叫那種關係？」

「就是，呃……」

「我知道啦。」

也就是——沒有上床。他不好意思對年紀可以當他媽的我說這種話吧。不曉得到底是不是真的。

一想到這傢伙可能跟女兒睡過——

我一下子冷掉了。

「隨便啦。」

「所以唔，我們認識，或者說……」

「那——你這個跟亞佐美沒什麼關係的男人，找我做什麼？」

男人屈身拾起掉了滿地的廣告傳單，理齊之後放到鞋櫃上面。他邊放邊說：

「呃，就是來上個香——」

應該已經平息的怒火般的感情，又突然竄出來。

「沒那種東西。」

「沒……有？妳不是基督徒吧？呃，葬禮是在寺院辦的，那不是佛教嗎？」

「你自個兒看。」

堵在房間前的我說道，側過身子，展示室內，怎麼恭維也稱不上整潔。衣物亂放、餐具亂丟、雜誌滿地。晾的衣服也沒收，寢具亂七八糟。

邋遢至極。

差勁透了。

電視畫面出現熟悉的主持人跟看起來無腦的藝人，傳出痴傻的笑聲。

「你說要上香，是要到哪上？我家根本沒有地方可以放佛壇，所以沒設。連墳墓都沒有。牌位跟骨灰都放在寺院類似保管箱的地方裡面了。那也是要保管費的。想拜的話，就去那邊拜吧。這裡是我家，不是亞佐美的家。」

既然要燒，怎麼不連骨頭一起燒掉？法名（註）也不用取了。不管法名取得再氣派，亞佐美人都死了，才不會知道，而且就算有牌位也是白費。每一樣都太花錢了。

「哦。」

男人似乎傻住了。

「怎樣？你心裡在嘲笑，對吧？我們是窮人家，所以你瞧不起，是嗎？還是要說我冷血無情？」

鄰居藤川也說了一大堆，到現在都還在說。

怎麼不買個佛壇啊；至少設個小祭壇，供奉個牌位吧；把女兒留在身邊吧；留在身邊供個鮮

註：日本習俗中，死者過世後會花錢請寺院取法名（戒名），以示爲佛家弟子。

花清水吧；至少也上柱香吧——

要妳多管閒事。

人都死了，寂寞個屁。

連活著的我、我這個做母親的都不寂寞了，妳連坐在眼前的我的心情都無法體會了，怎麼可能懂死掉被燒成灰的亞佐美是什麼心情？

妳這種人，還有你，明明什麼都不知道。

「我倒不覺得妳無情，只是……」

「只是什麼？」

很傷心，對吧？男人問。

「廢——」

廢話！我吼道：

「少在那裡講些不必說也知道的事！世上有哪個白痴死了女兒會歡天喜地！你白痴啊！」

我捶打男人的胸口。

連自己都覺得這完全是歇斯底里中年女人的舉動。我回想起過去頂撞男人的自己，再次稍微冷了下來。

男人看著我，表情宛如被淋濕的狗。

我現在是什麼表情？連妝也沒化。雖然不是剛起床，但也只是醒著而已，什麼也沒做。模樣跟剛起床幾乎沒兩樣。

我以爲是宅配才應門的，如果是宅配業者就好了。那樣的話，只要把門開到東西可以進來的大小就行了。東西拿了，送貨員就會離開了。

那樣就夠了。

人跟人的關係。

再多，就會腐爛。

男人非常溫順地說他道歉。

然後非常草率地行禮。

「我在門口猶豫了很久，一直想這樣是不是其實很不好？哦，就是覺得妳應該受到很大打擊吧，可是又覺得應該總有辦法吧——所以就敲門了。唔，雖然結果還是沒辦法。」

「什麼叫有辦法？」

「喏，俗話不是說嗎？與其瞻前顧後，倒不如放手去做。雖然我也不相信我的心情能夠傳達出去。」

「心情？」

什麼心情？

「哦，我知道心情這東西是傳達不出去的，過去我從來沒有了解過別人的心情，自己的心情別人也沒有了解過。雖然我什麼都沒在想，但還滿多人會自己誤會呢。」

什麼叫誤會？

「就是一廂情願地以爲是怎樣。其實我沒有信仰，也不想上什麼香。可是大家好像都會幫死者上香，電視上不也都這麼演嗎？所以我覺得大概只要這樣說就行了，這樣而已。而且啊，在死人面前燒那種好像印度來的香，又有什麼意義呢？」

不曉得。

沒什麼意義吧，我回答。

「人死了就不在了。就算在，也已經死了，什麼都不能做了。而且這裡連骨灰都沒有。」

就是說啊，男人說：

「要是有屍體的話，香還有除臭之類的功能吧。嗯——啊，請不要生氣唷。我說過很多次，我這人很笨，很容易說些惹人生氣的話。所以才會在女兒遇害的傷心母親面前滿不在乎地提什麼屍體。所以我也煩惱過該怎麼說才好……可是好像還是不行。」

「我無所謂啦。」

坦白說，我沒那麼傷心。論傷心，她還活著的時候我更傷心。

一直很傷心。

若問女兒死了我不傷心嗎？當然不是那樣，可是那孩子死了，我似乎反倒平靜下來了，肩上的重擔卸下了。

冷不防的，亞佐美的臉浮現眼前。是她剛要上小學前、還是幼童的臉。就像什麼東西掠過，只有那麼一剎那，胸口一痛。

我開始覺得叫囂嚷嚷的自己像個傻子。

我離開好了，男人說。

「所以說，你是想知道什麼？」

「什麼都可以。我跟亞佐美認識不久，對她不了解。而本人又已經不在了，所以……」

「就算聽她媽講她的事，也不能怎樣吧？你只會對她興趣全失。就算知道再多她以前的事——你也不能跟她上床了。」

「我們眞的不是那種關係啦。不過如果妳不想相信，不信也沒關係。她找我商量很多事，可是我也沒厲害到可以給別人什麼建議，所以只是聽她吐過幾次苦水，只是這樣。」

不管是眞是假，都無所謂了。

我往房間裡面走去。

沒叫他進來。

我不想做出邀請這件事。

我默默收拾散亂的衣物和雜誌，不過也只是堆到角落去，沒有收拾整齊。說正確點，應該是騰出空間吧。把桌上的杯子和餐具拿到流理台，空罐和空瓶丟進塑膠袋。

男人默默站在玄關。

因爲我什麼也沒說吧。

他想進來也不敢，想回去也回不去。我瞄了他一眼，男人正垂頭看著鞋櫃上面。

或許他是不曉得該往哪裡看。

我只穿了一件陳舊的T恤，底下是緊身褲。連內衣也沒穿。

我覺得自己變得不知羞恥了。

以前我從來不會不化妝、還穿成這樣見人，更別說對方是個年輕男人。無法想像。也絕對不會讓人看到這種房間。我一定不會開門，直接就把他打發走了。

我是在某個部分對什麼死了心？

前屈的我按住大開的領口。

不管從他的角度還是位置來想，都不是想偷看就看得到的，我卻覺得被窺看了。身體緊繃。

腰、大腿和胸口感覺到男人的視線——我這麼感覺，再次稍微回頭。

男人依然低著頭，不知所措。

——這傢伙。

要那樣站到幾時？

「你要怎樣？」

我直起身體，背對著他說：

「如果要回去，可以快滾嗎？」

然後把身體轉向男人。

他沒有抬頭，好像在看我的腳下。我仔細一看，腳邊掉了一件內褲，是把待洗衣物整批搬走的時候掉下來的吧。

被你看到我很傷腦筋耶，我說，撿起那件內褲，故意把身體前屈。

不知道他是什麼反應。

「我可以不用滾嗎？或者說，意思是我可以進去嗎？」

「什麼意思？」

「哦，我看妳在收拾。」

「因爲很亂，我才收拾，又不是爲了讓你進來才收拾的，而且我可沒說你可以進來。要是知道有人會來，才不會是這個樣子。看就知道了吧？」

我可是穿成這身模樣呢，我豁出去說：

「可是你一直待在那裡，我也很爲難啊。你喜歡看歐巴桑的內褲？」

我拎起手中的內褲說。

我覺得自己做得太過火了，已經不曉得是在挖苦還是在引誘了。

「那無所謂啦。」

「你這人眞是不乾不脆。我只是在問你要怎麼樣啦。怎樣？快點決定啊。」

「可以讓我決定嗎？不，這是能由我來決定的事嗎？」

男人總算把臉轉向我，指著自己的鼻頭說。

「總得要有人決定啊。是你自己找上門來的，不是嗎？」

「是這樣沒錯啦……」

「你就是這樣，才會被亞佐美甩了吧？你親近她，卻被她冷眼相待，對吧？然後還是對她依依不捨，都寫在你的臉上了。可是——」

我才不會當我女兒的代替品。

不，我當不了吧。

不，不是在講這個。我好像混亂了。

這傢伙可不是我的男人，是亞佐美的男人。是女兒的——男朋友。

我這才發現。

在我心目中，這傢伙不知不覺間好像從小鬼升格爲男人了，所以才會這麼不對勁，讓我失常。

這傢伙是小鬼頭，小到我年紀都可以當他媽了，不是嗎？
這麼一來，只要命令他就行了，不是嗎？
「進來啦。」
我說。
沒關係，這傢伙是小孩子。
「你要進來是可以，可是我再怎麼說也是一個獨居的女人家，你要放客氣點啊。就算是歐巴桑，也是有羞恥心的。你要檢點些，看到不該看的東西，也要裝作沒看到。隨便坐啊。」
「呃……」
男人還杵在玄關。
「幹嘛？」
「我該怎麼稱呼妳？呃……鹿島……。」
他不敢叫「大嬸」吧。
也——不能再次叫我鹿島媽媽。要是他敢再那樣叫，我大概已經把他打出去了。
「我……叫鹿島尙子。」
我說。我可不是以亞佐美的母親身分存在著。
是的，亞佐美是我女兒，然而巡警、刑警還有報社記者，每一個都叫我「死者的母親」、「被害者的媽媽」。沒錯，我是被害者的母親。可是，
不對，
不是那樣的。

是我的女兒被人殺了。

我可不是屍體的母親。

「我不好叫妳尙子小姐，還是叫鹿島女士好了。我叫渡來健也。」

男人──健也這麼說。

「你叫小健啊。」

我嘲笑地說。

叫我小健也可以，健也卻這麼回答。他這才總算脫下看起來很難穿脫的鞋，侵入我骯髒的公寓，在我叫他坐的地方坐下。

而且還跪坐著，教人好笑。

「那……我要說什麼？」

我在床鋪坐下。他在這裡，我也不能換衣服，所以我只能完全豁出去了。

「亞佐美以前住在這裡嗎？」

「不是。我搬來這裡，是亞佐美搬出去住之後的事，她只跟我一起住到高中。而且這房間這麼小，哪裡住得下兩個女人？」

這樣啊。健也說著，環顧了一下房間，很快地垂下頭去。是因爲我叫他檢點一點的關係吧。

我常搬家，我說：

「愈搬愈小。」

「這樣啊。」

「不降低水準就活不下去。女人家要一個人活下去非常辛苦，我都快活不下去了。」

「可是，妳不就活得好好的嗎？」
「不是那個意思啦。我男人運很差。」
「呃──」
健也跪坐著，拱起肩膀說。
「什麼？」
「雖然很難啓齒，不過……」
「什麼啦？」
「亞佐美的，呃，她的父親──就是鹿島女士的──說老公（註）有些人會生氣呢，呃，就是配偶……」
「你說亞佐美她爸？」
「嗯，我從來沒有聽她提起過，她倒是常提起母親的事。」
「我的事？她嗎？」
「嗯。她說母親一個人把她拉拔長大──她父親過世了嗎？」
「沒有啦。」
她沒有父親。
「一開始就沒有？」
「對。用以前的話來說，就是私生子。這種稱呼有歧視的味道，對吧？我是個單親媽媽，十八歲就生了亞佐美，根本沒有青春可言。」
「十八啊。」

好厲害，健也喃喃著說。

「厲害嗎？是很厲害呢，有夠傻的。」

我覺得這不是什麼值得稱讚的事，可是也輪不到別人來責備或輕蔑。

「呃，那結婚……」

——結婚。

「結過幾次，可是都不行，維持不下去。或許我不適合結婚，最長兩年，都撐不到最後。」

「果然是因爲，呃，有亞佐美——有孩子的關係嗎？」

「跟那沒關係。」

我不是想要亞佐美有父親才結婚的，只是我挑選的對象會變成亞佐美的父親，這樣而已。我挑到的全是些沒用的男人，別說當父親了，連當伴侶的資格都沒有。

「我總是會愛上沒用的男人，我就是這種個性。可是，不行的還是不行，沒用的傢伙一輩子都振作不起來。我得聲明，不是男人拋棄我還是跑掉，全是我不要他們的。」

「哦……」

健也慢吞吞地抬起視線。

「我——呃，我要問的不是那個，而是妳沒有考慮過跟亞佐美的父親結婚嗎？就是，不是有先上車後補票這回事嗎？」

「我才不跟那種男人結婚。」

註：在日文裡，老公、丈夫叫「主人」，亦有主人之意。

「他一樣是個沒用的男人嗎？」

「不是啦。應該說，對方——」

是父母決定的未婚夫。

「嗄？」

健也露出吃到難吃東西的表情。

「我年輕時可不是什麼不良少女。別看我這樣，以前的我也算是個千金小姐的。父母也滿有錢的，然後我上高中的年紀，就有個未婚夫。很像漫畫情節，對吧？」

說有錢也不是多有錢。

我父親是個大老闆，而且好像不只經營一家公司。

可是只是這樣而已，並不是什麼名門世家，而且公司的經營狀況似乎也不是很理想。

我的未婚夫是合作企業的會長兒子。不是正式婚約，只是說好等我大學畢業就去他們家當媳婦。簡而言之，是一場政治婚姻。

可是那些無關緊要，與我無關。

那傢伙是大學剛畢業的所謂菁英份子，長相也不差。當時與現在不同，景氣繁榮，他開著高級車，豪奢地鎮日遊玩。

那傢伙很快就要求跟我上床。他覺得父母都認同了，應該沒關係。

剛考完大學的我也被沖昏了頭。

「結果就懷孕了。」

「那——」

「不行。明明是自己決定的婚事，可是他們的思想古板得要命。我爹地氣瘋了，說什麼還沒結婚就發生關係有了孩子，豈有此理。」

「『爹地』。」

「我以前都這樣叫我爸。我也曾是個幼稚的小孩啊，可是——很自私呢。結果很老套地開始爲要不要墮胎吵鬧，男方跑來拚命賠罪。我整個人都冷掉了，想乾脆把孩子打掉算了。」

可是父親不允許。

大概——是爲了想在與對方的關係中占上風吧。只要有孩子這樣一個既成事實，對方就沒辦法輕易斷絕往來。

對父親來說，與對方企業的關係形同命脈。

那麼乾脆別讓我念什麼大學，直接跟對方結婚就好了。

可是不曉得爲什麼，他們又不讓我這麼做。父親要我辦休學，延後一年入學，生下孩子後再復學。

「爲什麼……要這樣做？」

「不曉得。大人眞的很自私。幹嘛擅自決定別人的人生啊，對吧？我看，一定是想賣人情給對方吧。」

「賣……人情？」

應該是吧。

無論如何，至少都要大學畢業再結婚——父母說。

我認爲父親是狡猾地想要利用對方的兒子玷污自己的女兒、甚至讓女兒生下孩子這樣的既成事實，好在四年當中在跟對方做生意時占盡便宜吧。

可是，現實沒那麼盡如人意。

首先，我整個人對這段關係完全冷掉了，對方似乎也對我失去了興趣。兩個當事人都覺得無所謂了，就算說什麼「好了，時機到了結婚吧」，也沒辦法唯唯諾諾地點頭說「好，那就結婚吧」。

再說，父親的公司比預期中更不順利。

結果變成用錢來了結這件事。

父親一定是想要現金。

聽說對方付了一大筆贍養費，但這些錢全都被拿去用在公司的資金調度，沒了。

只剩下嬰兒。

很過分，對吧？我說：

「那孩子變得不曉得是爲了什麼而生的。對方感覺既然付了分手費，自己就成了自由之身，然後在我大學畢業前就結婚了，所以亞佐美——」

沒有父親。

從一開始就沒有。

「所以亞佐美直到上小學以前，都是我媽咪帶大的。我被吩咐當一個普通的大學生。唔，她就像我的妹妹，雖然其實是女兒。」

「妳沒有親自照顧她嗎？」

「沒有。不是我不想，是他們不讓我帶。可是，這也是理所當然的，孩子是他們逼我生的嘛，所以我也不覺得有哪裡不對。不，我反而覺得很生氣。」
我覺得還不到二十歲就有孩子，這算什麼？
要是打掉，還可以當成一場單純的過失。
可是既然都生了，也沒辦法了。
「亞佐美是無辜的，也不能因爲她礙事就把她殺掉吧？眞不可思議，生出來之前打掉就不算殺人，可是生出來以後，就變成殺人了。」
「那種說法太殘忍了。」
健也說。
「是啊，很殘忍。可是男人不會懂的。嬰兒是在我肚子裡長大的，從在肚子裡的時候就已經是人了，可是也是自己的一部分的感覺很奇怪。所以還是自己的一部分的時候——就算殺掉也沒關係吧？我這麼覺得。可是生下來以後就是別人了。」
「別人？」
「因爲是別人了，就不能殺了，不是嗎？」
「妳想殺了她嗎？」
「眞傻，這就是男人不懂的地方了。母親怎麼可能不愛自己生下來的孩子？就算不是自己生的，孩子還是很可愛的。更別說先前還是自己的一部分，當然寶貝了。那孩子……」
非常可愛。
小巧的手。
小巧的嘴唇。

小巧的眼睛。

那個時候的亞佐美眞的很可愛。不管是走路、跌倒、躺著、坐著、哭還是笑，全都可愛極了。我記得一清二楚。

「也有照片——可是一直搬家，都不知道丟到哪去了。她小時候眞的非常可愛的。」

我用的是過去式。

人都死了，用過去式就行了。

「因爲我都叫我母親『媽咪』，那孩子也跟著叫外婆『媽咪』，對我則是叫『母親』。總覺得反過來了，可是她叫我的口氣也非常可愛呢。」

可是應該讓她把稱呼反過來的。

「母親」這樣的稱呼，總有些生疏。那孩子是個不怎麼親人、態度生疏的孩子。

「可是呢，噯——」

光是可愛，是活不下去的。

「我父親的公司最後還是不行了。剛好……是亞佐美上小學的時候。噯，利用女兒敲了一筆贍養費，把錢全投進去了，結果還是不行。早知如此，當初就別拿整筆贍養費，改成每個月領亞佐美的教育費就好了，可是我那愚笨的父親就是想要現金吧。」

「他是個傻子嗎？」

是傻子。

父親上吊自殺了。

母親也追隨他去了。

「開什麼玩笑。丟下我跟亞佐美，早早就放棄了人生。我眞的覺得搞什麼啊，這不會太奸詐了嗎？你不覺得嗎？」

健也沒勁地附和了一聲「哦」。

「何必去死呢？雖然好像因爲過了免責期，所以父親的保險金下來了，母親死前也把一些有的沒的東西處分清算掉，所以幾乎沒有債務了。可是既然這樣——你不覺得何必去死嗎？」

「我是不太懂。」

「要是留下財產也就罷了，可是什麼都沒有，而且我還拿不到母親的保險金。雖然說幾乎沒有，但還是留下了一些債務。他們兩個丟下孩子，就這樣走了。」

他們難道就不心疼我這個女兒嗎？

遺書上寫著「對不起」，可是與其道歉，倒不如不要死。

「後來……就只剩下我跟亞佐美兩個人。那時我才二十四、五歲。沒結婚，卻有個念小學的女兒，你能想像嗎？」

「就說我不懂了，我又沒有小孩。」

「那個時候的我大概就是你這個年紀呢。很慘，對吧？我吃了很多苦啊。爲了養女兒，非工作不可。」

「就算沒有女兒，平常不工作也沒辦法過活吧？」

「要更辛苦好幾倍啊。你有工作嗎？」

「唔，是在打工啦。」

「哦？」

原來他不是尼特族嗎？

雖然都做不久——健也說。

「就是說吧？可是我沒得挑。那個時候是泡沫經濟時期，還算好，可是景氣一下子就變差了，好賺的工作也都沒了，所以我結婚了。」

「所以——結婚了？」

「是啊，活不下去嘛。」

因爲有孩子。

「小孩子很花錢的。國中、高中、大學，愈來愈花錢，也很花時間和勞力。你說我還能怎麼辦？」

「那妳怎麼辦了？」

「就跟你說結婚了啊。呃，二十六的時候——然後二十九的時候吧。最後一次是三十三的時候。所以我已經單身十年以上了。」

「那亞佐美……有三個父親嘍？」

這樣唷，健也說著鬆開跪坐的腿。

「唔……算吧，戶籍上。這又怎麼了？」

「也沒有怎麼了，我一直以爲是死了之類的，所以覺得很意外。」

「爲什麼意外？」

不曉得——健也攤開雙手。

「妳的情況，唔，算是很罕見，不太常有，不是嗎？不，分分合合的人很多，所以我覺得這年頭離過兩、三次婚也不算什麼，可是從單身時就有孩子的人，滿少見的。」
「可能吧。」
「所以亞佐美小學的時候——二年級左右的時候有了個父親，然後上國中前又有了新的父親，上高中前又再多一個父親，是嗎？」
是這樣嗎？有男人的時候亞佐美幾歲，我根本不記得。因爲我總是無暇顧及其他。
爲了眼前的生活——
我想要抓緊男人。要是不找個男人依靠，實在活不下去，我眞的是拚了命。我是急了吧，所以……
淨找到一些爛男人。
因爲有亞佐美，我沒有工夫精挑細選。
「一急就沒好事。而且我沒有任何好條件，也是因爲這樣才會急了。結果啊，跟我在一起的……全是些沒用的男人。」
「我不懂什麼叫沒用耶。」
沒用就是沒用，我說，健也聽了便說「那我也是沒用的人啊」。
「兩、三下就被開除，人家也常罵我沒用。我沒膽跟人吵，腦袋又笨，也沒上過大學。」
「跟學歷沒關係。那叫『生活力』嗎？就算不聰明，只要有衝勁，心地又善良，總是有辦法的。像我第一任老公是東大畢業的，可是賺得不多，」
又優柔寡斷。
邋里邋遢。

成天訴苦、抱怨有多苦多難受。

「呃，不是酗酒、愛玩女人、成天賭博那類的？」

不是。

「我根本就不會看上那種男人。」

「不會看上啊。」

「腳踏兩條船、勾搭別的女人，這種的稍微交往一下就看得出來了。喝酒也是，只要不會酒後動手動腳就好，要是會發酒瘋，婚前也看得出來吧？賭博……唔，就算了。」

我自己也戒不掉。

「賭博沒關係嗎？」

「沒關係啦，那點小事。」

「那……不就好了嗎？又不是有這些壞毛病嘛。東大畢業的一定很聰明吧？那我覺得沒什麼好抱怨的啊。可是妳覺得不好啊？」

「不好，一點都不好。話不是那樣說啦。那類爛男人不值一提，可是——對，怎麼說——沒有身爲一個男人的魅力。喏，那怎麼說？不可靠還是……」

「不認眞，是嗎？」

不是。

第一任老公認眞到令人目瞪口呆，認眞到令人窒息。

可是也就只有這樣了。

「他沒有任何夢想。比方說，假設我想要買房子——就算沒辦法，就算沒辦法唷，他也不會說類似『交給我吧』這類的話。開口閉口就是要節儉、要省錢。他說連公寓房租都快付不出來了，怎麼可能買透天厝。」

「這話不是很對嗎？」

「是啊，可是做個夢也不會死吧？他卻動不動就說電話費很貴、不要亂買衣服、妳成天在家買什麼化妝品——淨是這些。人家只是在談論未來的夢想，他卻現實得要命，只會說些小氣巴拉的話。他一定以爲我在埋怨他，覺得自己被責怪了。太沒肚量了，又完全不照顧小孩。」

「可是妳老公在工作吧？」

「他是外商公司的員工。」

「那不是很忙嗎？」

「工作跟私人時間是不一樣的吧？在工作就可以不用照顧小孩，哪有這麼爽的事？夫妻是平等的，不是嗎？我又不是叫他連家事都要幫忙。我要做家事，然後因爲有小孩，我連出門都沒辦法呢。這樣不是很不公平嗎？」

唔，這樣說也是有道理啦，健也說。

「我們的婚姻不順利。」

「癥結——還是亞佐美嗎？」

「那孩子啊，是個會討好大人的孩子，很得人疼。每一任老公好像都很喜歡她。她不會抱怨，就像外人一樣，也不會撒嬌，所以……」

眼神。

我討厭她的眼神。

那種憐憫母親般的眼神。

如果她反抗我還是討厭我，還要好得多了。亞佐美從來不頂嘴，任何時候對我都很順從，這也令我厭惡。

看著我跟男人吵架時的那種眼神。

不是輕蔑。

是憐憫。

那孩子憐憫我的愚昧——我身爲女人的部分。

妳跟老公吵架啊？健也說。

「當然啦。我很不滿啊，一堆不滿。我可是一直在忍耐呢。」

「老公就不必忍耐嗎？」

「我哪知道啊？要是他也在忍耐，那不就表示我們根本不適合嗎？我們是爲了對彼此不滿、彼此忍受才結婚的嗎？那不是很奇怪嗎？」

沒錯。

男人和女人是爲了幸福而結婚的，至少我這麼認爲，沒有人喜歡讓自己變得不幸。

「所以第二任丈夫我選了卡車司機，結果老公根本不回家。」

「這是沒辦法的事啊。」

「才不是。」

那個男人說我——無趣。

「這任老公比上一個會賺錢，可是還是不行，一到假日就只知道睡。我知道他很累，可是難道我就不累嗎？那傢伙就是不了解。他眞的什麼都不做，就像個老太爺。」

也不覺得我有魅力。

雖然這是最令我厭惡的地方。

「妳跟他也吵架了嗎？」

「吵啦。明明什麼都不做，可是我說幾句他就頂嘴，還對我動手，所以我們打了起來。」

沒錯。

亞佐美冷眼看著我們扭打。

不，不是冷眼。那……仍然是憐憫。

亞佐美柔聲安慰臉被打出瘀傷、哭泣的我，那個時候我覺得很開心、有所依靠，可是現在一

回想——

覺得可恨極了。

「我們吵個不停，結果我把他攆走了。亞佐美是我的孩子，所以沒法向他要養育費，可是我

敲了他一大筆贍養費。」

這是當然的，我可是挨揍了呢。

身上隨時都有傷，還流血了。

可是，妳也不是乖乖挨打吧？健也說。

「廢話，我打回去了。」

「妳沒有道歉嗎？」

「我又沒有錯，爲什麼要道歉？拳腳比較厲害的人就是對的嗎？就算打不贏，我還是要打回

去。」

那——健也說：

「這不算雙方都有錯嗎？」

才不是。

「都是他先動手的。我挨打了，所以才打回去。靠臂力贏不了他，所以我從來沒有對他動手，好嗎？」

「對方也覺得用講的講不贏妳吧？」

「那他不就輸了嗎？可是卻動手動腳，根本是輸不起嘛。」

「輸唷？」

「這不就代表錯在對方嗎？我又不是動物，是會說話的人，想要用打的讓對方屈服的人才是有病。他根本沒有把我當人看嘛。」

男人抓狂的破嗓叫罵聲。

充血的眼睛。對著一個女人家，那傢伙居然那樣認眞動怒。

這男人就只有這點器量。只不過爲了要不要去教學參觀這點日常小事的爭吵，就値得他青筋暴露地大吼，我也吼回去。就爲了這點無聊小事，吵到要死要活。

我是爲了活下去而結婚，要是因爲這樣生命受到威脅，誰吃得消？

我覺得受夠了。

「我已經受夠家暴男了，所以想說下次要找個性情溫和的。結果——下一個男人持續得最久。他是超市的店長，離過一次婚，有孩子。」

「維持了兩年，是嗎？」

「我跟你說過？差不多。那個時候亞佐美也長大了，所以讓她在店裡打工幹嘛的，還滿順利的。房子也是自己的，雖然還在付貸款。可是啊……」

仔細想想，那傢伙是最討厭的一個。

「怎麼了？又有別的問題嗎？我實在想不到除了那些，還能有什麼討厭的事欸。」

「你這話是什麼意思？」

討厭的事多少都有。

「他很小氣？還是又動手動腳？」

「都不是。我也學乖了，如果他是那種男人，我根本就不會跟他結婚。那個男的——」

異常擅長表現出**自己沒錯**的樣子。

我聽不懂，健也說。

「他沒有錯——理論上。錯的總是我。」

「他沒有錯嗎？」

不是沒有錯。

「理論上不對的是我。大部分時候對方都沒有錯。可是不是這樣就是好的，我也是有情緒的。而做夫妻的，不就是要體諒對方嗎？因爲錯了就全部無法原諒，沒有錯就全部允許，這樣就行了嗎？會讓人窒息的。」

「可是，是妳不對吧？」

「沒錯，所以我完全沒辦法辯解啊。每一次、永遠都是對方對。他任何時候都是對的，而且他不會吼人，而是口若懸河地勸諫。」

「那——不是很溫柔的一個人嗎？」

「才不溫柔。」

只讓人覺得是在冷嘲熱諷。

要求我反省，逼迫我自省。

討厭就說討厭嘛，還說什麼「我懂妳的心情」。

每一次每一次，錯的都是我，總是只有我不對。在那個家裡，永遠只有我一個人是壞人。

「一早醒來到晚上入睡，我都是壞人。就算錯都在我，也會無法忍受，好嗎？而且又不是什麼大不了的過錯，都是些芝麻綠豆的小事。就算對方犯了相同的錯，我也會睜隻眼、閉隻眼，好嗎？可是挨罵的卻總是我，所以我實在嚥不下這口氣，才會去指責對方，不是嗎？結果又變成不對的還是我。」

「這樣唷。」

「沒錯。『你自己還不是』——」

這樣的指責行不通。

「沒辦法拿『大家都在做，所以我也跟著做』當藉口。而且要是那樣說，他就會說『那我會改進』。結果就是只有我一個人不對啦。什麼嘛，我也是會發飆的。而且他也還是把照顧孩子的差事塞給我。那可是他自己的孩子耶？是個才剛上幼稚園的小孩子耶？而且那孩子又不親人。」

是個討厭的孩子。

態度反抗。

可是卻跟亞佐美很親，教人氣憤。

不過既然他不親近我，那我也沒辦法。不管我再怎麼努力，對方就是不願意敞開心房。

「孩子不親近我，也是我不對呢，明明雙方都有責任。他明明也應該要勸孩子，可是他卻只指責我，說什麼我應該要好好當個媽。」

「難道妳不是孩子的媽嗎？」

「我是啊，當了兩年。戶籍上。」

「妳剛才不是說只要是小孩，就算是別人的小孩也很可愛嗎？」

「可愛的孩子是很可愛，可是不可愛的孩子就很討厭啊。這還用說嗎？沒辦法的事啊。」

別說親近了，我甚至覺得那孩子對我有敵意。

學著他老爸瞧不起我。

夫妻之間成天爭吵——不，甚至總是吵不起來，只有我一個人被教訓，然後我惱羞成怒而已。簡而言之，看在孩子眼裡，我是個被父親責罵，然後反抗、抓狂的女人而已吧。

那孩子不可能親近我，而且又很陰沉。

「笑也不笑呢。孩子不笑是我害的嗎？結果——你猜他說什麼？他說：『孩子在亞佐美面前不就會笑？』」

「會嗎？」

「我哪知道啊？可是那是什麼意思？就算他眞的笑了，那種說法，豈不是在說因爲我太不盡責，所以小孩子才不對我笑嗎？要不然是亞佐美很能幹，所以小孩才會對她笑嗎？」

「只是亞佐美有小孩緣而已吧？」

「就算是這樣，亞佐美不也是我養大的嗎？要是覺得亞佐美那麼好，怎麼不去跟亞佐美結婚算了？」

我覺得超過了忍耐的極限，成天抓狂。

我放棄做家事，又哭又叫、亂踢亂打，吼叫著宣洩不平、不滿。

問題不是哪一方不對。

只是我受夠這種生活了。

「結果他說，母親這樣只會對孩子造成不好的影響，叫我趁孩子還小跟他離婚。居然說我會對孩子的成長有不良影響。最後還說什麼上一任老婆都比我像話多了。你能相信嗎？到底搞什麼啊。那他幹嘛要跟上一任老婆分手？那種男人求我我還不要哩。」

健也沉默地看著我。

「我沒有男人運啦。」

只能這麼想了。

「雖然結過三次婚，可是都不成功。每個人心裡面都只有自己。我就是遇不到懂得尊重妻子的正常男人。雖然——我也還沒有放棄啦。」

他會笑我嗎？

可是，健也笑也不笑。

「怎樣？」

「這跟運氣無關。」

健也說。

「爲什麼？可是你看……」

「只是妳喜歡上人家，就在一起，然後覺得討厭了就跟人家分手而已。人是妳挑的吧？我不曉得是妳拋棄人家還是人家拋棄妳，可是鬧分手的也是妳。全都是妳自己的意思吧？」

這——

「我不是說了嗎？什麼挑不挑，我根本沒有其他選擇啊。我有亞佐美啊，我要帶著孩子活下去——」

是亞佐美害的嗎？健也說。

「那不就跟運氣無關？」

「是……是運氣啊。要是我能遇到好男人，婚姻就可以維持下去了。又不是我想分才分的。」

「是這樣嗎？」

健也說，把手撐在身後，頂出下巴。

「可是啊，那亞佐美怎麼樣呢？」

「什麼叫——怎麼樣？」

「那三個人是亞佐美的父親，不是嗎？亞佐美也討厭他們嗎？三個都討厭？」

這——

跟她無關。這跟她沒關係吧？

「你搞清楚，他們每一個都是我老公，而不是亞佐美的父親，好嗎？是因爲跟我結婚，才會自動變成亞佐美的父親，只是這樣而已。」

「妳的意思是，」

健也不服氣地說：

「這些跟亞佐美的心情無關嘍？」

那孩子是什麼心情，我才——

「我才不知道呢，那孩子什麼都不說。她應該也知道這是夫妻之間的問題。那孩子不會反對我決定的事。那是當然，畢竟是我的人生嘛。」

「可是啊，」

健也這次伸長了腳。

「妳不是說因為有亞佐美，所以妳才急著結婚嗎？」

「是啊。」

「那就是說，妳之所以非結婚不可，是因為亞佐美害的；之所以不順利，是亞佐美跟對方害的；之所以分手，全是對方害的——是這個意思嗎？」

「是啊。」

至少那不是我想要的，原因也不在我。

「原來妳——」

一點錯都沒有啊？健也驚訝地說。

「我怎麼會有錯？要是我有什麼不對——那都要怪我沒有男人運。」

「男人運嗎？」

他目瞪口呆。

「怎樣？不就是男人運不好嗎？我運氣背到家了啊。」

「意思就是妳完全沒有責任嗎？那不是很厲害嗎？超厲害的。」

「厲害——什麼意思？」

「就是，」

健也指著我。

「我是說妳很厲害。可是啊，我聽了妳的話，覺得那三個跟妳分手的——男人？老公？他們都沒那麼差嘛？」

什麼意思？

「哪裡不差？明明就沒出息到家了。至少對我來說他們都很沒用，我才會跟他們分手啊。因爲沒用，我才跟他們分了。」

「是嗎？可是生活不是過得好好的嗎？而且妳完全沒有提到亞佐美討厭他們，還是他們討厭亞佐美。平常要是有那麼大的孩子，不會是結婚最大的障礙嗎？妳也是因爲這樣才會急著找男人吧？不管妳著急還是怎麼樣，要是對方討厭拖油瓶，就沒辦法結婚吧？」

「你很煩耶。討厭他們的是我，好嗎？我就算被打被吼被當成壞人，也沒有被討厭，好嗎？是我討厭他們那夥人，不是我被討厭。好吧，如果我是他們理想中的女人，或是我努力變成他們理想中的女人，他們也不會抱怨了吧？可是需要那樣去迎合對方，不是很奇怪嗎？」

彼此彼此吧？健也說：

「對方不是也沒有迎合妳嗎？他們沒有變成妳理想中的男人，所以不行——妳在說的就是這麼一回事。而且，妳完全沒有提到應該是最大的障礙的亞佐美啊？他們願意接受亞佐美的話，別說他們沒用了，根本就是超幸運吧？一般來說。」

跟亞佐美沒有關係。

這是我跟我的伴侶之間的問題。

「什麼叫幸運？那是最基本的問題吧？我這邊一開始的條件就是有個拖油瓶啊。而且對方也是有負面要素的，所以這是互不相欠吧？只有我覺得內疚，忍受對方，太不公平了吧？」

「妳或許是這樣，但是對男方來說，他們可是連同那個大拖油瓶都一起接納了耶？要我說的話，我覺得他們很了不起呢。不是自己的孩子，可是他們還是願意扶養啊。」

「是這樣沒錯，可是他們也沒有爲亞佐美做什麼啊。亞佐美也是，她只是跟著我一起來而已。」

她是妳的累贅嗎？健也說：

「就算是累贅好了，可是那個累贅不是也沒有抱怨什麼嗎？也沒有人埋怨妳有個累贅。反倒是聽妳形容，她好像還滿受疼愛的，是我的錯覺嗎？」

「受疼愛？」

「亞佐美應該很得人疼吧？」

沒錯。

這麼說來，那些老公從來沒有責罵過亞佐美。

從來不罵她，也沒有打過她，也不嫌她礙眼。

像最後一個男人，甚至說了類似「我想跟妳分手，可是亞佐美實在太可憐了，我來照顧她，讓她留下來」這種話。

開什麼玩笑。

「那孩子——天生就是那副德性。客客氣氣，不會撒嬌……所以看在外人眼中，會覺得她是一個乖巧的好孩子。」

「他們不是外人，是父親吧？」

「是別人。我說過很多次了，他們都是我老公，對那孩子來說是外人。所以——」

我懷疑她色誘他們。

「——她特別有長輩緣吧。」

「這我懂。」

健也說。

「你懂什麼？」

「就是，她是不是靠著討好叔叔伯伯，像這樣設法活下來？因爲亞佐美心裡一定覺得很內疚嘛。她知道妳因爲她吃了很多苦。要是母親爲了自己結婚，爲了自己離婚，那不是很難受嗎？所以她才會努力討好妳的新老公吧？」

「什麼意思？你是說她色誘他們、勾引他們？」

健也沉默。

「怎樣？」

「妳啊……」

怎樣？

這傢伙擺出這種眼神是什麼意思？

「小孩子討好父母，可以拿來跟色誘相提並論嗎？勾引那些男人的是妳吧？我不曉得他們對妳來說是搖錢樹還是什麼，可是對亞佐美來說，不就是新的父親嗎？不想被父親討厭的小孩會色誘父親嗎？那不是瘋了嗎？」

「瘋了？」

「不就是嗎？喂，她才小學還是國中耶，小朋友而已耶。」

「可是最後一個——」

「上了高中，想要男人的話，她自己會去找啦。她幹嘛要去色誘母親玩過的歐吉桑？如果說她會討好父親，那不是因爲她希望對方能一直當她的父親嗎？」

「那孩子——」

不是那樣的孩子。

是更冷眼旁觀、保持距離、不像小孩的孩子。

妳那是嫉妒，健也說。

「嫉妒？我不懂你在說什麼。」

「妳啊，根本沒把亞佐美當成自己的孩子看。難道妳從一開始就沒把她當成自己的孩子過？」

「你在說什麼？她是我生的呢。你知道生孩子是多辛苦的一件事嗎？」

當然不知道——健也說：

「我是男人，生不出孩子，只能靠想像，可是就算想像也絕對想像不出來。我想應該是很辛苦，可是不管再怎麼辛苦，生下來就是兩個人了吧？是別人了吧？這話不是妳自己說的嗎？」

不對。

「才不是，那是不同一個人的意思，才不是那個意思，不是。」

「哪裡不是了？妳不是說那些父親不是父親，是外人嗎？」

「他們對亞佐美來說本來就是外人啊。可是亞佐美對我不一樣，她是我流血生下來的。我是她母親啊，父母不是外人吧？」

「是嗎？可是至少對孩子來說，父母是別人啊。」

「母親──不一樣的。」

不一樣的。對母親而言──

「就算妳說不一樣，事實上就是。如果妳覺得不一樣，怎麼不讓她知道呢？」

要──怎麼讓她知道？

養她就是啦，健也說。

「我……我養了她啊。」

「養她的是妳媽咪吧？」

「我、我也……」

「妳沒有。亞佐美不跟妳撒嬌，是因爲妳不讓她撒嬌。妳說她不像小孩，是因爲妳沒把她當小孩看。」

「當……小孩看？」

「妳不是把她當小孩，而是當成另一個女人，所以才會嫉妒吧？」

「你說什麼？」

「妳啊，覺得老公被亞佐美搶走了，所以才會情緒暴躁吧？看到亞佐美被疼愛就生氣，所以才會遷怒吧？」

「胡——」

胡說八道！我說，摑了健也的臉一掌。

我想摑他，但實際上只有指尖擦到而已，我起身想要再給他一記耳光，但健也後退了。

「欸，妳剛才不是說講不贏就動手動腳，那就輸了嗎？」

「囉嗦！」

我撲過去似地搶到健也前面，用拳頭捶他的肩膀跟脖子。

「很痛耶，」

歐巴桑。

「——你、你再給我說一遍——」

「再說一遍？要我說兩遍、三遍都行。妳分明就是個歐巴桑。不，我不是故意要說，可是都四十五了，還不覺得自己是歐巴桑才奇怪吧？歐巴桑哪裡不好了？妳那是歧視吧？又不是年輕就比較了不起。被人叫歐巴桑卻生氣的人，我覺得超傻的。」

「才、才不——」

「隨便啦，我說妳啊，滿口母親怎樣、母親如何，可是妳算是母親嗎？還是女人？妳是不是沒搞清楚自己的角色？或者說，光聽妳講，妳根本就只是生下了亞佐美而已，一次也沒有當過她的母親嘛。」

「你在胡言亂語些什麼！」

我雙手抓住健也的肩膀，年輕男人的臉就在眼前。

「因爲妳覺得亞佐美可愛……好像就只有妳父母照顧亞佐美的時候而已嘛。等妳父母一死，亞佐美就成了妳的累贅，只是附屬品而已吧？」

「才不是那樣！」

「不就是那樣嗎？那我問妳，如果沒有亞佐美，妳的人生會有什麼不一樣嗎？」

「這——」

這還用說嗎？

我說不出口。

「有孩子眞的很辛苦呢。像我，連自己一個人都覺得麻煩。小孩子什麼也不會做，又笨，花錢又花時間，眞的很礙事呢。就連不久前還是小鬼頭的我都這麼覺得了。對嗎？」

我答不出話來。

我離開健也，靠在床上。年輕男人的臉遠離了。

「妳說辛苦……那當然很辛苦吧，可是大嬸，這種程度的辛苦，世上到處都是。每個人都很辛苦的，妳並不是特別的。」

「可是——」

「沒什麼好可是的。我知道活著很麻煩，有一堆討厭的事，可是少拿自己的孩子當藉口。不要賴到亞佐美身上。就算沒有亞佐美——」

妳的人生也是半斤八兩啦，

「歐巴桑。」

「你——你太過分了。」

憤怒、焦慮集中在鼻頭，不知不覺間我熱淚盈眶。不是傷心，可是或許因為感情集中在鼻頭，氣憤消失了。

健也立起單膝。

「我呢，到處問過好幾個人亞佐美的事，可是大家都很自私。不管是關係匪淺還是沒什麼交情的人，都沒有一個人了解亞佐美，淨是談論自己。我根本不是在問他們那些，好嗎？所以我還想說如果是妳這個母親，應該會比非親非故的別人更了解亞佐美吧。沒想到——」

妳說的事。

「跟亞佐美最不相干。」

「不——相干？」

「我覺得跟妳分手的那些老公，搞不好還和她比較親哩。亞佐美心裡根本就沒有妳。」

「亞佐美心裡？」

沒有我嗎？

「沒有。亞佐美大概只把妳當成有血緣的恩人而已吧。救命恩人之類的？她說了很多妳把她扶養長大、吃了很多苦的事，可是仔細想想，父母養育孩子是天經地義嘛。養孩子會辛苦也是當然的啊。」

「什麼當然——」

「做了天經地義的事，少在那裡滿口辛苦難過。妳做的又不是什麼特別的事。妳心裡沒有亞佐美，所以亞佐美心裡也沒有妳。我總算了解了。」

健也站起來俯視我。

「什麼啦，怎樣啦！你懂什麼！」

淚水滿溢而出。

「是啦，我根本就不想養那種女兒，可是又不能殺了她還是丟掉她，我是在無可奈何之下才照顧她的而已啦，不行嗎？我可沒殺了她還是丟掉她，抱怨個一、兩句也不會遭天譴吧？」

「要抱怨，等妳把小孩好好養大再說。再說，妳的抱怨才不止一、兩句！」

「我——我好好把她養大啦！也供她上學啦！我不是把她養到成年了嗎！」

「妳不是把成年的女兒賣掉了嗎？送給黑道抵押欠債了不是嗎？真受不了，現在是江戶時代嗎？」

「那是——」

不對。

「有什麼關係？那點事又有什麼關係？我一直扶養她，讓她報這點恩也不爲過吧？我是在讓她盡孝啊。」

就說妳不算她母親了——健也說：

「做母親的會用二十萬賣掉自己的孩子嗎？」

「我不是用二十萬把她賣了，那是——」

「就會找藉口吶，妳。」

健也踹了兩下地板。

「從頭到尾全是藉口，妳白痴啊？」

「可是、可是我又有什麼辦法？又不是我想生才生的，是父母逼我生的。她是因爲我父母的要求，被逼著生下來的孩子啊。要說誰不對，全都是我父母的錯啦！」

「才不是。」

健也俯視我。

「妳的父母或許也很傻，可是父母還是父母。妳仔細想想，亞佐美的個性跟妳一點都不像，她也一點都不恨妳，可是妳卻恨妳父母，連亞佐美都恨，不是嗎？不幸全都是別人害的嗎？告訴妳，妳的不幸，從頭到尾，徹徹底底……」

全是妳自找的——健也說。

「才不是！」

我用背貼著床鋪，往上爬似地站起來。

「那你說我還能怎麼辦？你說啊？少在那裡淨說些大話，我無可奈何啊。你說啊？我根本就不想生，可是爸媽叫我生，開什麼玩笑，我才十八耶！欸，我根本就不想生的啊！」

「那就不要懷孕啊。」

「就自己懷了啊！」

「什麼自己懷的，是妳搞出來的。明明是妳跟男人什麼也沒想，爽過之後懷上的，妳連那種事都忘了嗎？妳眞的很白痴耶？我說妳都是已經四十五、六的歐巴桑了，少在那裡說些幼稚的藉口。妳那副德性，跟我們又有什麼兩樣？」

「沒——沒有兩樣啊。」

「那未免太奇怪了吧？妳都活了快我兩倍的歲數了，差不多一點，好嗎？妳老公的事，我聽了都作噁。」

「為、為什麼？我又沒有錯。」

「是啊，或許是吧。對方應該有對方的說詞，妳也有妳的說法吧。我說過很多遍，是兩邊都有錯。可是妳仔細想想，要不要心存不滿，都是妳的自由吧？」

「為什麼？我很不滿所以說我不滿，這樣哪裡錯了？」

「對方應該也是一樣吧？」

「或許是吧，可是——」

可是那些人——

「如果對方有缺點，像是很小氣或是會家暴，就可以推到那些缺點上面，或許還好。可是妳說了啥？對方永遠都是對的，我永遠是壞人？那啥啊？對方根本就沒錯。妳的意思就是看不順眼他都是對的嘛。因為完全沒辦法怪罪對方，所以妳才在那裡不滿罷了。那樣的話，妳之前的不滿搞不好也不是對方的錯吧？」

「明、明明就是對方的錯。」

「妳只是把內心擅自萌生的不滿，全部怪罪到對方的缺點上罷了。所以要是在對方身上找不到那樣的缺點，就只好到別的地方找了。像是老公很正常，就把錯怪在跟妳不親的孩子身上。妳老是在別人身上發洩妳自己的不滿。」

「可是、可是我就是不滿啊，有什麼辦法？」

「對方也有不滿，好嗎？」

「不——不就是因為這樣才分手了嗎？跟那種男人怎麼可能走得下去？你少在那裡說三道

四！」

「可是挑了那種男人的不就是妳自己嗎？」

「那是、所以——」

「什麼沒男人運，少鬧了。妳的問題根本不是運氣。還是妳是在炫耀自己可以像換衣服似地換男人？我身邊也有些女人會向人炫耀自己沒男人運、自己的男朋友有多爛，可是那種女人，說穿了全是些過度自信、傲慢，卻拚命隱瞞缺點的低能自戀狂。炫耀沒用的男人，說穿了就是在炫耀自己有多吃香，是在表示自己遊刃有餘。遊刃有餘的蠢女人不反省自己有多蠢，就只知道嘲笑男人。她們根本是瞧不起男人。妳也是她們的同類嗎？」

「太過分了！」

「我故意的。什麼亞佐美害的、爲了亞佐美——說到妳爲亞佐美做的事，不就只有四處釣男人、勾引男人而已嗎？然後因爲自己不滿，就跟人家大吵一架分手。說什麼一直忍耐，不撐到最後一刻，忍耐就沒有意義了。中途放棄，哪裡還叫做忍耐？所以妳根本就沒有忍耐過，也沒有辛苦過。我覺得亞佐美眞是太倒楣了。」

「你、你差不多一點！」

什麼嘛。

什麼嘛、什麼嘛什麼嘛。突然闖進別人家，指著我唾罵，嘲笑我的人生，把我貶得一文不值。這男人是在搞什麼。

「你欺負我又能怎樣？不管別人說什麼，我都拚命活到現在，我也愛著亞佐美。沒錯，就算她被人殺了，也不是我害的。」

我一點過錯都沒有——

我大叫，淚水成串滾下。

「太慘了，我的人生太慘了。偷偷生小孩，然後上大學，我覺得丟死人了。你懂嗎？不管再怎麼隱瞞還是會傳出來。每個人都用古怪的眼神看我。我好想逃走。」

「那……妳爲什麼不逃走？」

「我怎麼可能逃走！」

「不是……因爲妳愛小孩吧？」

這——不是。

「而且你說逃，是要怎麼逃？」

「很簡單啊，看妳是要離家出走，還是去別的地方重新來過不都可以嗎？都已經十八了，就算一個人也活得下去吧。」

「怎麼可能？你白痴嗎？那是不可能的。」

「那妳結婚那麼多次，結果不也都一樣嗎？」

「什麼——叫一樣？」

「跟亞佐美根本沒關係吧？妳——尙子女士，妳只是害怕一個人活下去吧？要是不依靠什麼人、沒有人幫妳做什麼，妳就活不下去吧？」

妳根本不想自己主動做什麼嘛。

只是個懶鬼罷了，不是嗎？

只是寄生在父母、老公、孩子身上而已。

什麼都推到別人頭上，說自己什麼都沒做，所以沒有錯。

還是說——

「對啦，就像你說的，可是這樣哪裡不對了？我什麼都不想做。我才不想工作，麻煩透了。我想要躺著不做事，想要人家來侍奉啦，不行嗎？每個人不都是這樣嗎？明明就是吧。嘴上說些冠冕堂皇的話，可是每個人都是這樣的！」

「那——」

妳那個樣子活得下去嗎？健也問。

「沒辦法啊。可是我想要那樣啊，我想要變成可以過那種生活的人啊。沒辦法那樣，是我運氣不好。都是愚蠢的父母、礙事的女兒、沒用的丈夫們害的。」

沒錯沒錯沒錯沒錯。

要不是那樣的話。

「要不是那樣的話，我沒辦法幸福啊！」

「既然那樣，」

——妳怎麼不去死算了？

健也這麼說。

「你——叫我去死？」

「是啊。」

「什麼死，什麼叫我去死？」

「不就沒別的法子了嗎？」

「爲、爲什麼？因爲我已經是歐巴桑了嗎？上了年紀變醜了嗎？」

「妳看起來還是很漂亮啊，大嬸，這跟年齡無關。妳那個樣子，輕而易舉就可以釣到兩、三個男人的。可是就算那樣，也只是重蹈覆轍。不工作卻要過得幸福，可是超級困難的。平常人是辦不到的。或者說，不滿——」

永遠不會消失的，健也說。

「才不會。」

「只要妳有那種念頭，就絕對不會消失。妳只能一死了之了。」

我不想死。

我不想死。

我才不想死。

「我才不想死。我從出生到現在，連一次都沒有幸福過，而你居然要我就這樣去死——」

「妳不想死嗎？」

健也轉身背對我。

「亞佐美她呢，」

「亞佐美怎樣？」

——說她想死。

「咦？」

「她說她想死呢。對才剛認識沒多久的我說。」

「她——想死？」

那孩子。

想死？

「妳不想生卻生出來的亞佐美說她想死呢。我雖然是個傻瓜，是個無可救藥的廢物，可是這輩子還沒有想死過。所以我才納悶這個人是怎麼了？是發生過什麼事？是經歷過什麼，才會說出想死的話？」

所以我才會到處打聽。可是，

原來她媽不想死啊，健也說。

「亞佐美……」

那小巧的手、小巧的嘴唇、小巧的眼睛。

背著書包，穿著小巧的皮鞋。

我爲她綁辮子，穿上制服。

帶著我幫她裝好的便當。

她偶爾會笑嗎？

我們相視微笑過嗎？

許許多多的亞佐美一口氣在我腦中浮現出來。

那孩子，我可憐的孩子——

「她那麼不幸嗎？」

「不是啦。亞佐美說她雖然碰上許多難過的事，可是很幸福。她也不恨妳，說妳把她扶養長大，有恩於她。」

「恩──」

她沒把我當母親看嗎？

「那樣不是也很好嗎？反正她也不討厭妳。妳不是很幸福嗎？至少小時候曾經是千金小姐，而且也盡情玩過、享受過。就算父母死掉了，也設法撐過來了，就連男人也換過三個呢。因爲亞佐美的關係，妳也拿到了保險金，應該……還剩下不少吧？可以把債款全部還清吧？」

就算這樣，妳還是不滿嗎？健也問。

「不滿啊。」

「那──」

「不是。我是……」

其實我想要好好跟她當一對母女的，可是沒辦法。

沒辦法，所以……

「已經……沒辦法重來了。」

「是啊，亞佐美……已經死了。」

「亞佐美──」

我發自心底哭了出來。

大概是亞佐美過世之後的第一次。我甚至訝異自己怎麼能流出這麼多眼淚。我號啕大哭，好想再見一次亞佐美。可是，當我回過神的時候，健也已經不見了。

第五人。

你要對鹿島亞佐美小姐的命案調查提供協助，是嗎？我問。那個男人——渡來健也——慵懶地回看我。

我以為渡來會繼續說什麼，等了一會兒，但他一聲不吭，只是看著我。

「不是嗎？」

我語調有些冷淡地說。

這部分的拿捏很重要。

「呃……」

渡來發出呆傻的聲音，露出呆傻的表情。我還無法掌握他。

世上有非常多的人在生活。其中絕大部分是善良的一般市民，而讓這些一般市民安全、健康地生活，是我的工作。

不，不對嗎？

只是我的工作成立在這種冠冕堂皇的崇高前提上罷了。

我們的工作在這類光明正大的名分下被正當化。只是這樣而已。

實際上，我們只是執行著眼前的職務。

所以……

不。

一般市民當中，令人不想保護的傢伙也占了一定的比例。犯罪者確實該受法律制裁，實際上也會被制裁，但也不是沒犯法就行了——我認為。

可是即使這麼想，也只是想想而已。

不管對方再怎麼瘋顚，警察仍無法拘捕守法之人。

那不是我的工作。

不，就算不是我的工作——

我瞬間想到了這些，裝出帶著厲色的眼神望向渡來。筆直地看他的眼睛，誇示我問心無愧，顯示我毫不內疚。實際上我也俯仰無愧。我並不是在耍威風，也不是瞧不起人，但這麼做，是爲了彼此。

必須釐清立場才行。

「不是嗎？」

我用完全相同的語氣說。不，刻意在語尾摻入煩躁的語調。

一般市民協助犯罪調查，是非常値得感激的事，但是並非任何協助都令人感激。他們的心意確實値得感謝，可是幾乎不會帶來什麼有用的線索。雖然也有市民提供了極爲重要的線索，成爲破案關鍵的例子，但非常罕見。

也有很多是單方面的誤會或錯覺，也有不少惡作劇或騷擾行爲。甚至有些難以理解的例子，令人完全不明白他們的目的究竟是什麼？

也有一起案件卻有三個人自首的狀況。

世上意外地有許多不敢殺人、卻想變成殺人犯的人。在從事這份工作以前，我想都沒有想過會有這種人。

有病。

就算有病，除非犯法，否則也無法加以懲罰。不，我們不能懲罰。做出審判的是法律，懲罰的是——

——懲罰的主體是什麼？

我非常不耐煩。

「你說話啊。」

「哦，」

也不算不是——渡來吊兒郎當地說。

「哪裡不是了？雖然都來到警署了，可是仔細想想，還是搞錯了——是這個意思嗎？或者是別的案子？你是來提供其他案子的線索的嗎？」

「不……」

「是有這種情況的。自己好像目擊到兇手了，可是或許不是，可是萬一是的話怎麼辦？可是如果不是的話——很多人都會像這樣煩惱。嗳，這也是當然的。畢竟自己的一句話，有可能讓別人變成嫌犯，不是一句『弄錯了』就可以算了的。會猶豫是很正常的。」

沒錯——

我覺得實際來到警署前，像這樣先檢討一下比較好——就算只有一下也好。因爲太多人隨隨便便什麼也不想，不分輕重大小，什麼事都跑來說看到了、我目擊了。當然辦案的時候任何線索都很重要，所以不能說那是給人找麻煩，但有時調查會被那些資訊攪亂。情報當然愈多愈好，但誤認或誤會造成的垃圾線索過多，還是令人頭大。

渡來沉默著。

他是在思考嗎？還是在回想？距離命案發生已經一段時日，這也是沒辦法的。

固執己見的線索提供者，不會有這種反應。

他們的表情會更**得意**。然後一見到警察就不停說同樣的事情，興奮而且自豪地一口咬定。就好像立了什麼大功、一副要人快點道謝的態度。

要不然就是表情更加嚴肅，嚴肅到彷彿自己成了關係到世界毀滅的關鍵人物，然後用一副深知內情的表情發表長篇大論。內容大致上都是根據報上的內容或電視評論節目無腦專家的意見，對案情進行扭曲的解釋，而最重要的新線索則是不值一提，連個屁都不如。

即使如此，還是得耐著性子聆聽。

因爲這是我的工作。而他們，

——是我應該保護的一般市民。

這個叫渡來的年輕人，至少看起來不像那類麻煩精。我從經驗看得出來。

你是感到不安嗎？我問道：

「如果你沒有自信……不用擔心，警方也會小心查證，沒問題的。我知道這樣說很冒昧，不過警方也不會對你的證詞——囫圇吞棗的。我們會確實調查清楚，所以如果你的證詞有誤，一定可以查出來；而有誤的話，就不會採納。而且即使你的證詞是錯的，警方也不會追究你的責任。」

不管是什麼情況，我們都不會要求善意的線報提供者負起責任，請放心——我說。

我觀察狀況。

他沒有反應。

不過如果是故意做僞證，那就另當別論了——我加了一句。

因爲也有一些無賴之徒，以爲只是說說的話，愛說什麼都可以。

即使只是說說，但意圖操作資訊，會造成調查上的阻礙，以惡作劇而言也太過惡質了。在刑事案件中，不是可以用一句開玩笑就算了的。因爲無法付之一哂，才會是刑事案件。

所以惡作劇是法律不容的，但——

他看起來不像，不是那類人的態度。

刑警都施加這麼大的壓力了。如果是惡作劇，不可能繼續擺出這麼大搖大擺的態度。

那麼。

「呃——我也不認爲你是要做僞證。就算對自己的證詞有自信，還是有人會因此而猶豫。比方說，很多人會害怕遭到怨恨而拒絕作證。他們認爲萬一自己的證詞成了破案關鍵，兇手一定會怨恨自己。這也是理所當然。不過警方在調查過程中，是不會洩露協助者的身分的。如果害怕遭到嫌犯報復，反倒是報警處理比較好——」

這樣的例子雖然不多，但目擊者和證人也有可能被盯上。

那樣的話，反而更應該通報警方。警方不知情，就無從保護起。無法保護，就有可能引發新的犯罪。這無論如何都必須防堵，預防犯罪也是警方的工作之一。

「噯，而且也有人不願意在法庭上擔任證人呢，希望民眾可以忍耐這一點。這才是身爲市民的義務啊，即使覺得麻煩也應該接受。」

「呃，不是這樣的。」

渡來簡短地說。

「不是？那麼你是有什麼事？」

「眞夠麻煩的。」

渡來說，身體稍微前屈。

「麻煩——你是指……？」

「你的開場白有夠長啦！不先開那麼多條件就不能說嗎？簡直像軟體更新時的同意條款耶。不按我同意就不能安裝，可是那東西才沒有人會一一去細看哩。ＯＫ啦。如果你還沒講完，可以直接省略嗎？」

「這不是官方程序，只是因爲你一直不說話……」

「所以說，」

我就說不是啦——渡來說。

「可以說得明白點嗎？」

「是你不讓人家說話的啊。我又不是來說命案的事的。我是說，我**想打聽**亞佐美的事，所以想問一下負責的刑警。我是這樣跟櫃台說的。」

「想打聽死者的事？」

這傢伙。

你是記者嗎？——我說到一半，話還沒說完，就被否定「不是」。

「我沒那麼聰明啦。」

「什麼沒那麼聰明——」

「我不是什麼記者啦。」

「喂，我沒辦法確定你的身分，所以也不能就這樣聽信你的話。嗯，也是有些居心不良的傢伙透過正規管道，進行非法採訪活動；這些人裡面，也有些狡猾的傢伙會佯裝成一般民眾。他們可能是無論如何都想拿到獨家新聞，可是坦白說，這種做法值得非議。先不說這樣違反記者協定，逾矩的報導對於辦案……」

就說不是要報導了──渡來說。

我的發言被打斷了，但渡來的語氣一點霸氣也沒有。

「你說的報導，是指報紙、雜誌、電視那一類，對吧？我不是那麼厲害的身分啦。而且我也不曉得那些報導是怎麼運作的。那不是很難嗎？要大學畢業才可以進去吧？那是大企業吧？我不可能的啦。哦，我這人沒工作，完全沒辦法證明自己的身分，所以知道自己不受信任啦。我也沒有任何證件嘛，尤其是警方，一定不會相信我。可是，沒有像我這麼吊兒郎當的記者吧？」

我無法置評。

渡來聳了聳肩。

「而且，如果我是來採訪的，就會直說啦。我沒有學歷，也沒有工作，所以或許沒什麼常識；可是我是個軟腳蝦，很怕別人生氣，因此還滿重視禮節，或者至少都會事先聲明一下。我覺得我已經很仔細地告訴櫃台的人了耶……結果他沒有聽懂嗎？」

「聽懂什麼──」

櫃台的人告訴我：「有民眾想談談命案的事，可以嗎？」

「櫃台的人說你想談談。」

沒錯沒錯──渡來說：

「不過也不是想要談談，我是想要打聽，打聽亞佐美的事。」

「打聽？」

更不懂了。

「哦，我是要找負責的刑警——呃，難道山科先生不是刑警嗎？」

渡來蹙眉，看了看我遞給他的名片。

「上面沒有寫刑警，『警部補』是刑警嗎？」

「刑警是俗稱，不是職銜。」

原來是這樣啊——渡來睜大眼睛。

「那警察裡面沒有刑警嘍？」

「警局有刑事部跟刑事課，可是沒有刑警。我們全都是公務員，只是部署不一樣而已。有巡查、警部這些階級，但沒有刑警這個階級。我是公安職的國家公務員，是配屬在刑事部的職員，這樣而已。學校的教師也不會在名片上寫『教師』，對吧？」

我沒有收過老師的名片耶——渡來說：

「老師也有名片嗎？就算不是校長也有唷？」

「這——」

我不知道。

我不懂。這傢伙看起來不像在胡鬧。這一點我還看得出來。這可是我的本行。

「我還是不懂你的來意吶。你說想打聽——是你要問嗎？然後我來告訴你嗎？」

「不行嗎？」

「這——」

行還是不行？

「你不是媒體的人，可是你要採訪我？」

「就說不是採訪——啊，我要先說唷，我這人不會說話，所以可能會說出什麼失禮的話來，或是講話沒大沒小，可是我完全沒有惡意，可以請你不要覺得不舒服嗎？我先道歉。」

「我是——」

覺得不舒服，可是怒意似乎減弱了。

「我說你啊，呃……別看我這樣，警察很忙的。案子不只有一件，在跟你說話的時候……」

我知道——渡來說：

「所以我才要你把那個類似開場白的話縮短一下——」

「不，等一下。」

該怎麼說明才好？

「我說，你——姓渡來，是嗎？你呢，不是媒體的人，也不是警察，是一般民眾吧？」

「雖然沒有工作。」

不好意思——渡來說著，把身子傾斜。

「爲什麼要道歉？」

他這動作……算是道歉吧。

「哦，怎麼說，我對社會沒有貢獻，不算是一般民眾，這沒辦法，以個人來說，也是個人渣。」

沒必要那樣過分自卑，我說。

「我是不想，可是這裡是警署嘛。」

渡來環顧房間。

「這跟有沒有工作無關。如果沒有做出觸法的行爲，不管是警察還是檢察官，都不能拿你怎麼樣。只要你好好達成自己的義務，就是擁有完整權利、不折不扣的日本國民，所以你完全不需要感到羞恥。但是……」

我的前言確實很長。我自己也這麼覺得，可是沒辦法。

「就算你是個善良的一般百姓，這個國家也沒有法律規定警方一定要把辦案內容告訴你。很遺憾，你並沒有權利知道尚未破案的調查中案件的詳情。」

「沒有嗎？」

「沒有。我這樣說，大部分人都會反駁說國民有知的權利。」

絕對會這樣說。

「國民……唔，確實是有知的權利吧。雖然有，但這是兩碼子事。資訊原則上是要公開的，但會被公開的，只有相關單位判斷可以公開的資訊而已。因爲有時候行使自己知的權利，會侵犯到他人的權利。」

「權利，是嗎？」

是權利吧。

「有知的權利，當然也有不被知的權利吧。」

「你是說『隱私』嗎？」

「沒錯。若不侵犯隱私，就無法進行犯罪偵查。在辦案過程中，是無法判斷特定的線索是否與犯罪有關的。不，不能判斷。做出判斷的是法院，我們只是調查、確定嫌犯然後逮捕而已。而法院會審議我們逮到的嫌犯是否眞的犯罪。並非只要是跟犯罪有關的訊息，不分青紅皀白全部都必須昭告世人才行。」

「或許是這樣吧，可是……」

「聽好了，我們——警察是爲了揭發犯罪，以及防範犯罪於未然而存在。而殺人是兇惡的犯罪，不能任由兇手逍遙法外，必須盡快破案才行。你想要了解案情的心情，我不是不了解，但就像醫生和律師有保密義務，我們警察——」

「所以說，」

渡來舉起手。

「我不是想要打聽命案的事啦。」

「啊？」

「刑警先生，你一直想要拉防線，可是沒什麼意義啦。我並沒有要抱怨，也不想主張什麼權利。我了解刑警先生爲了破案一直在努力，也知道你們忙得要死，沒什麼空理我這種人渣，可是正因爲這樣，我不想浪費你太多時間啊。」

「等一下，你……想知道什麼？」

就說是亞佐美的事啊——渡來說。

「你是說被害者——鹿島亞佐美，對吧？那不就是命案的事嗎？」

我對命案沒興趣啦——渡來說。

「沒興趣？」

「也不是沒興趣，唔……我知道命案啦。也不是說知道，總之我不懂的是亞佐美啦、亞佐美。」

他說的話我不太能理解。

「意思是，你對被害者個人有興趣？」

「也不算興趣……」

「被害者的個人資訊，我們更不能洩漏，即使人已經過世也一樣。每個人都有尊嚴。你在想什麼啊？」

「那算是——個人資訊嗎？」

「不就是個人資訊嗎？你說你想要知道鹿島亞佐美小姐的事，不是嗎？這不行的。」

「不行……嗎？哦，我向亞佐美的母親、男朋友、朋友跟上司，很多人打聽過。」

「爲、」

爲什麼？我反問。

「什麼爲什麼……因爲我想知道啊，不過不是爲了採訪之類的。」

「不是採訪……那你只是出於純粹的個人興趣，做那種事嗎？」

「什麼叫純粹的個人興趣？有不純粹的個人興趣嗎？」

「不，我的意思是，那不是你的工作吧？」

「工作？呃，我說過了，我沒有在工作啊。」

渡來把雙手放在肩膀高度，掌心向上。

「我現在無業。」

「你太不像話了。」

眞是個傷腦筋的人。或許不能置之不理。

「所以是怎樣，你是在報紙還是電視得知被害者的事，然後像個狗仔一樣到處探聽嗎？」

世上有形形色色的人。

善良的一般市民只是善良，並不代表正常。不，他們有時候甚至不善良。

比方說，有群叫「被害者狂熱分子」的傢伙。他們自稱**喜歡**犯罪被害者或遭遇事故的人。不是因爲可憐、同情或是爲他們義憤塡膺。

而是**喜歡**。

也有人說他們對被害者的照片感覺到性興奮，是徹徹底底的下三濫，只能說他們瘋了。況且就算對被殺的女人萌生性欲，對象也已經不在人世了，又不能怎麼樣。實在莫名其妙。

我覺得他們很莫名其妙。

我還待在地方轄區的時候，管區裡有個男人專門蒐集交通事故死亡的少年遺體照片，或受傷的少年照片。不知道是怎麼弄到手的，他擁有超過千張的照片收藏。

變態——應該是。應該就是，但他只是持有照片，我們也不能拿他怎麼樣。要是在網路上散播，還有辦法逮捕他，但他只是私下觀賞，甚至沒辦法成案。我也無法原諒持有兒童色情物的人，但總覺得這種更令人作嘔。

可是沒辦法逮捕，也無法送檢。

即使他具有反社會傾向，只是持有照片，也不構成犯罪。變態並不是犯罪者。

這傢伙也屬於那一類的吧。

被害者鹿島亞佐美，嗯，可以算是個美女吧。

我只看過遺體，所以完全沒有眞實感，但被挑選拿來報導的照片每一張都拍得很美，而且面露微笑。微笑的照片，反而讓她顯得薄幸。

就算笑得再美——

人也已經死了。

沒錯。

已經死了。

「鹿……鹿島小姐被殺了耶？我不曉得你有什麼感受，也沒興趣，可是不管你在想什麼，不是說只要不犯法的事情都可以做吧？你就沒有想過被害者的家屬或朋友的心情嗎？」

我自己有這樣的同理心嗎？

我思忖。我是不是一向被教導，要是考慮到那種事，就沒辦法偵訊問案了？沒人能保證兇手不是其中一個家人。要是想著太可憐了、我要幫忙被害者，調查的時候眼睛就會被蒙蔽了，必要的是事實。若想正確釐清事實，那樣的觀點只會造成妨礙。

事實上，上個星期才剛發生一起幼童遭到殺害的慘案。

水落石出後，才知道原來那個瘋狂哭喊的母親才是眞兇。

因爲母親看起來實在太哀慟欲絕，每個人都禁不住跟著落淚，她看上去就是如此悲傷。那大概不是裝的，應該是眞心感到哀慟。而且也不是因爲後悔，那女人大概忘了人是自己殺的了。人就是這樣的。

可是。

「失去家人，是旁人無法想像的嚴重打擊。然而你不是警方，卻找上死者親友，問東問西？」

——什麼嘛。

——你們也想想家屬的心情，好嗎？

——公事公辦的口氣聽了就讓人火大。

——那種話你居然問得出口？你還算是個人嗎？

當然是人了。

我是人，可是我是警察。我是在努力追捕殺死你的家人的兇手啊。

所以雖然不願意，還是要問啊。我也不想問那種問題，好嗎？

眞的很不願意。我一點都不想幹那種事。已經——

我想撒手不幹了，想要放棄警職了。淨是這種事。可是沒辦法，就算被討厭、被唾棄——該問的事還是得問，該知道的事還是要知道，否則沒辦法辦案，沒辦法逮捕，也沒辦法送檢。所以……

——你這是在指控我是兇手？

——開什麼玩笑，我是被害者耶！

——居然懷疑被害者家屬，你有病嗎？

——我要告你！根本不把人當人看。

——不要再讓我回想起來了。你……

——根本不是人。

是那個女人——被害者母親說的話。那個女人這麼對我說。她說的確實沒錯。不只是那個女人，很多人都這麼想吧。

可是，我還能怎麼辦？

沒辦法。

我是警察，這是我的工作。

警察總是受人厭惡的。受人厭惡是警察的工作之一。不，並不是說警察是受人厭惡的職業，也有不被人討厭的警察吧。不，我想一定有很多。可是若要忠於職守，並且迅速確實獲得成果的話——

一定會被討厭。

不被討厭，就沒辦法辦案。

加害者就不必說了，甚至會被被害者、相關人士討厭。

同樣的問題必須一問再問。

就連不想說的事，也得逼他們說不可。

警察能夠憑著特權，侵犯他人的隱私。

毫不客氣地踏進別人的私領域，雞蛋裡挑骨頭似地東翻西找，挖出不想被別人看到或早已塵封的往事，一一逼問。這樣的事不斷上演。一而再、再而三地上演。

不這麼做，就沒辦法辦案。

會沒辦法逮捕犯罪者，會沒辦法維護社會安全。

正因爲這麼想，所以明知道會被討厭，我還是埋頭幹下去。絕不能出錯，也不容許謊言和不公，必須慎重。

所以——會被討厭。

說什麼我不近人情、沒有同理心、罔顧人權。就是因為有諸多顧慮，才會慎重小心。囉嗦並且詳細地再三確認，不得不如此。這樣做，才是盡快破案的唯一方法。

我這麼相信著，也只能這麼做。逮捕兇犯，不正是對被害者最大的安慰嗎？

然而……

逮捕得慢了些，就被指責無能。

要是抓錯人，就被咒罵辦案草率。

萬一鬧出冤案，就被說成警察才是社會的毒瘤。絕對不能有冤案發生，也沒有任何一個警察認為抓錯人就算了。如果不小心做出錯誤的結論，那完全是因為驗證不足，完全是因為沒有照著正確的程序辦事。

就算受厭惡、遭責備，該做的事還是得做。

為了避免那些狀況，才會有那麼多繁雜的程序。警察是為了維護社會秩序而存在的，但是並非受人愛戴的正義使者。警察是衙門，不，必須是衙門。無論再怎麼不耐煩、再怎麼繁瑣、再怎麼無情冷漠，若是不照著規矩來，就會出錯。而若是照著規矩來，就會招來厭惡。只是這樣罷了。

但是……

不是很理所當然嗎？

——你還算是個人嗎？

爲什麼甚至得被自己人這樣說？

爲了證明，需要證據、需要證詞。

不管是證據還是證詞，不惹人厭就蒐集不到。

尤其是證詞，必須愼重處理。有時會有成見、誤會和謊言摻雜其中，也有聽錯或解釋上的差錯。絕對不能誘導證人，也不能恣意解釋、竄改，逼迫更是絕不能有。所以必須一絲不苟、執拗而綿密地一次又一次，由不同的人來確定。

確定兩次不如確定三次，十次不如二十次，一百次又不如一千次，不管多少次都要懷疑。懷疑對方，懷疑自己。値得相信的不是人也不是感情，唯有事實。

即使證人是被害者家屬也是一樣的。所以——

會被討厭。

向家屬詢問命案細節，沒有超乎尋常的神經是做不來的。因爲是工作才能做得到。我是抱著這麼大的覺悟做這件事的。明知道會被討厭，還是要設法忠於職務。

正因爲相信這是爲了社會，進而是爲了家屬，所以甘於被人怨恨，如此而已。

然而爲何連自己人都要責怪我？這跟高級幹部候補（註）還是從基層爬上來的沒有關係。我對出人頭地沒有興趣。用有色眼鏡看人的不是你們嗎？說什麼不要用官僚心態工作、不了解現場的辛苦，開口閉口就是現場，但那不也是另一種菁英意識嗎？事實上——

註：日本中央政府機構中，通過國家公務員考試Ⅰ種及格之公務員，爲高級幹部候補。

沒有關係。

跟那沒有關係。

我看著渡來。

他還是一樣，吊兒郎當的，也毫無緊張感。換個角度看，也像是在瞧不起這個社會。

這種人。

到處向事件相關者打聽？

他見過那個母親嗎？

——你還算是個人嗎？

那個女人還這麼罵我。這傢伙沒被這麼說嗎？不，不只是那個女人，沒有人願意被打聽那種事吧，他卻滿不在乎嗎？他是很遲鈍嗎？就算是這樣……

會有人甚至跑到警署來探聽嗎？

他是瘋了嗎？

到處打聽不好嗎？——渡來問。

「與其說是不好……」

這根本太沒常識了——我回答：

「這太不莊重了。你這個素昧平生的人，跑到女兒被殺害的家庭，追根究柢地詢問遇害女兒的事——對方一定會生氣吧。家屬已經夠傷心了，命案耶，而且案子都還沒有破。你沒被打出來嗎？」

「我是挨罵了。」

「我想也是。」

我就被罵了。

爲了破案，必須循著正規程序，但仍懷著最大的體恤面對家屬的我，仍被說得彷彿畜牲不如。就連粗魯的部下那些毫不體恤的莽撞態度，都被歸咎到我身上。因爲我是負責人，所以這是沒辦法的事。這也還好，但就連那些部下——居然都說我冷血無情。

明明**我一切都好好照著規矩來**。

這樣的小混混，沒道理不受厭惡吧。不——最根本的問題不在於此。

「你連被害者家屬的住址都查出來……然後找上門去，這種行爲雖然不算犯罪，但也差不多是犯罪了。」

「果然還是有點糟糕嗎？就算不是工作也一樣？」

「不是工作才糟糕吧。」

「可是，你剛才問我是不是記者，這表示如果我是記者就糟了，不是嗎？」

不是。

「如果你是媒體的人，就是無視規矩，毫無職業道德吧。所以我才會問你。聽好了，渡來，我們警察在職務上有權可以涉入一般民眾的隱私。至於爲什麼，因爲我們身負必須這麼做的職務。跟心情無關，是非做不可的事。」

沒錯，即使不願意也一樣。

「媒體沒有那種權限，可是媒體有『報導』這個冠冕堂皇的理由。我剛才也說過，人民有知的權利，媒體有報導的自由，不過這並不能拿來當成侵犯國民生活與權利的免罪符。因此不論附帶什麼樣的條件，他們的採訪，都應該立足於採訪對象的善意配合之上。正因爲如此，媒體對於倫理與規範都必須超乎必要地神經質。逾矩的採訪會引發嚴重的問題。如果採訪行動惹惱了對象，就沒辦法完成工作了。」

「這我懂啦。可是，我又不是爲了工作才打聽的。」

「你聽仔細了，」

我稍微拉大嗓門。

「如果你不是在工作，那就更不能原諒了。」

「不能原諒？這是警方原諒不原諒的問題嗎？」

「我是指身爲一個人。」

沒錯。

警方沒辦法拿這個人怎麼樣。如果說他妨礙搜查，那就另當別論，但目前這傢伙只是個給人添麻煩、不懂他人心情的人渣。不論這傢伙做出多麼違反人道的行爲，只要屬於民事範圍，警方就無法介入，原則上不會介入。

「身爲一個人，是嗎？」

「沒錯。我是警察，但我更是一個人。看到偏離正軌的行爲，也會感到憤慨。世上有些事情可以做，有些事情不能做，對吧？」

「我做的——是壞事嗎？」

「你還不懂嗎？我說啊……」

可以的。

這種時候，我是可以厲聲斥罵的。

因爲這跟是否觸法、是否構成犯罪無關。量刑是法院的事，原不原諒不是警方的工作，可是這件事不同。

雖然警察原則上是不介入民事的，可是這甚至不是民事案件。是屬於公共道德、社會規範的範疇吧。或許層次更低。那樣的話——

我也有權力出口干涉吧？

——這是權力嗎？

隨便了。

看不順眼。

「喂，你到底有沒有在聽？命案的相關者，就算跟死者只有一點關係，也是很難過的。我們是依照正規程序，而且是爲了逮捕兇手，爲了社會正義，才會進行偵訊問案。但就算是這樣，被害者的家屬經常還是對此感到十分排斥。這也是難免的。」

我覺得難免。

沒辦法的事。

一定是的。

「聽好了，認識的人被殺，這可不是稀鬆平常的事，家屬的心靈會受到非常嚴重的創傷。而你卻——」

出於純粹的興趣。

就連我都被……

所以沒辦法。就是這樣的。若不這麼想，怎麼幹得下去？

——你還算是個人嗎？

「就說我很清楚了啦。」

渡來回望我的眼睛。

這個人眞的腦袋有問題嗎？

或許吧。要不然他怎麼能表現出這種態度？

既然如此，跟他談也是白費工夫。不可能說得通。

「你——根本不懂吧？」

「是嗎？」

「那我問你，你究竟對被害者有什麼興趣？性方面的興趣嗎？還是——」

也有人對殺人行爲本身感興趣。這樣的話，就超出變態的範疇了。

顯然是反社會的存在。

再說，世上有些豈有此理的傢伙會崇拜犯罪者，將殺人者視爲英雄。我不會說人只要犯罪就沒救了，也不認爲犯罪者沒有人權，不會歧視他們。警察逮捕犯罪者的前提是要讓他們贖罪、讓他們更生，然後重返社會。

憎恨罪行、不憎恨人，這不是夢幻泡影，也不是有名無實的空泛口號。如果不徹底做到這一點，就沒辦法當警察，也幹不下去，所以我絲毫沒有不當地藐視犯罪者的念頭。可是，

讚頌這種人做什麼？

——爲什麼？

「你、你跟本案——鹿島亞佐美命案沒有關係吧？那你對被害者到底有什麼興趣？你想知道什麼？你……一定會說自己沒有犯罪，可是你的行爲……」

請等一下——渡來說：

「我……我也是亞佐美的朋友啊。」

「啊？」

「也不算朋友……」

我認識她啦——渡來說。

「認識她？你？」

不——不可能。

被害者的人際關係已經徹底調查清楚了。

與鹿島亞佐美有關的人，應該全數掌握了。不僅如此，每一個都接觸、盤問過了。

不懷成見，縝密、踏實、細心地持續問案，釐清事件的輪廓——這是我的方針。底下的人似乎相當不滿，認爲太浪費工夫、愼重過頭，但這一點我絕不能退讓。

身爲調查主任的我，掌握了調查員查到的全部資訊。

有名單，也有檔案，我也製作了資料庫。

可是那當中——

沒有這號人物。

沒印象。「渡來」這麼特色十足的姓氏，我不可能忘記。更何況根本就沒有這麼年輕的男性相關者。

我瞪著渡來，眞是膽大包天。

「不，我不信。」

「你不信？不信什麼？」

「你啊，就算想隨口胡扯矇混也沒用。還是說——」

不。

沒錯，有時候只是當事人這麼**自認為**。

什麼我是被害者的情人、我們私定終生、我是通緝犯的情婦、是哥兒們……這類懷著脫離常軌的妄想跑來、令人頭疼的傢伙，也不是沒有。大部分的這類人都是正經八百，甚至沒有撒謊的自覺。他們的說詞大多前後矛盾，幾乎很容易就可以識破。但有時內容異樣地前後一致，就會讓人不小心信以爲眞。當然，只是碰巧吻合而已。

一經調查，就會發現完全無關。

我再一次觀察他，沒有鬼祟可疑的感覺。

「呃，」

我沒有在矇混啊——渡來搔搔下巴。

「唔，我們是沒有什麼大不了的關係啦，所以沒人知道也是當然的。我們關係很淺，或者說只算是相識。」

——眞的嗎？

「意思是——比方說你是店員，她是客人，或是你是出入她派遣單位的業者……」

如果是這種程度的關係，也有可能遺漏了。

我這麼問，結果渡來說「就說我沒工作了」。

「要說幾次你才了解呢？我腦袋不好，態度也差，又孤陋寡聞，沒有學歷也沒有證照，也不太上進，所以根本不會被錄取。就算被錄取了，也兩三下就被開除了，撐不到跟客人認識啦。」

「那是什麼關係？」

「就說是朋友啊。我不是刻意去調查亞佐美的老家住址的，都是亞佐美本人告訴我的。」

「本人？」

他跟鹿島亞佐美本人接觸過嗎？

「也就是說，你們以前是朋友？比方說小學同學之類的。」

不。

年齡不符。這傢伙很年輕。年齡不是可以靠外表判斷的，但至少他應該比鹿島亞佐美更年輕。況且被害者的母親跟被害者並不住在一起，還遷居了好幾次。如果是那麼久以前、只有那點關係的人，被害者不可能會把母親的住址告訴他。

「你——」

這傢伙。

「那你跟她到底是什麼關係？難道是被害者的什麼遠房親戚嗎？」

「不，是最近認識的。」

「最近認識？」

「算是剛認識吧。所以我跟亞佐美認識不久，對她不太了解。」

「最近——才認識的？」

是個人的關係嗎？我問，渡來給了個很胡鬧的回答：「我們不是團體約會認識的啦。」
「你在捉弄人嗎？」
「不是啦，我只是沒辦法想像除了個人認識以外的關係。」
「所以說，我的意思是——」
「不，我很清楚刑警先生的意思。所以呢，對她的父母還是男朋友來說，我是個惹人厭的外人；可是站在世人的角度來看，我算是她那一掛的人，總之算是她那邊的人。所以看到有人在電視之類的地方，用一副很了解亞佐美的口氣批評一些有的沒的，我就覺得很生氣。他們根本什麼都不知道，卻一口咬定，高高在上，看了會覺得：你是見過亞佐美本人唷？」
「見過——你見過她吧？」
「雖然只有四次啦。」
你等一下——我說，離開座位，叫住附近座位的女職員，要她拿檔案過來。
不巧的是，本案的調查員全部離席不在。有人外出調查，而且還有別的案件要處理。我是剛才有會議。
警署是衙門，而我是官差。
再說——
不。
我接過檔案，問有沒有人回來了，對方公事化地回答說還沒有。唔，公事化的應對比較好吧。渡來的表情很奇妙。
「女人比我想像中多呢。剛才那個人也是刑警嗎？是女警嗎？」

「你可以不要東張西望亂看嗎？」

「啊，這樣是性騷擾呢。」

渡來別開臉。

不是那種問題。

「那，你叫——」

我翻開檔案。

「渡來健也，對吧？」

搜尋資料庫比較快，但我不想回辦公桌。

沒有。

不可能有。

「呃……哦，你呢……」

不在警方調查範圍內。

「你——眞的是鹿島小姐的相關者嗎？」

「對，我是相關者。」

相關者眞是個好詞呢——渡來佩服地說。

「好詞？」

「是啊。因爲我碰到的每一個人都問我跟亞佐美是什麼關係，我好困擾。我說我是她朋友，對方就說我一定是她男人；說我跟她認識，就被問認識得有多深，但我跟她也不是多熟。然後對方又會問那是什麼關係——爲什麼大家就不能想成是一般認識的人、一般的關係呢？」

「沒有什麼——」

一般的關係。

沒有這東西，我回答。

「沒有嗎？」

「每個人都是特別的，關係也都不一樣。所謂『單純的朋友』，是當事人自己的理解，不是可以適用於一般的說明。」

「我不太懂耶。」

總之，我也是亞佐美的相關者，渡來說。

相關者嗎？

「如果你說的是眞的……就算你不願意，我也得詢問你，你跟鹿島小姐是什麼關係？」

「唔……」

「不可以回答相關者。」

我筆直注視渡來。他也沒有要別開視線的樣子，呆呆地嘴巴半張著回看我。看起來——沒有心虛的樣子。

「呃，這無從說明起啊。我這人詞彙很貧乏耶，所以才會覺得相關者這個詞很方便。」

「那……」

我換個問法好了，我說。

他也有可能是眞的不曉得該怎麼說。

「你跟鹿島小姐是在哪裡認識的？」

「好像偵訊唷。」

「不——」

沒錯，這是問案。

都已經進行過地毯式調查了，居然還有漏網的相關者——這也可能表示調查的方式有問題。

現場負責人是我。

我有責任，雖然是——空有責任。

「在葛原車站前面認識的。」

渡來這麼回答。

「車站前面？呃，這——」

不是巧遇那類的，渡來說：

「我不是要說在車站前面偶然碰到，然後認識了，又不是漫畫。啊，可是確實很像漫畫情節，就是亞佐美好像被男人糾纏。」

「糾纏？你說糾纏——是有人向被害者找碴嗎？」

「你說的找碴，是撞到人家肩膀，然後吼『混帳東西』那種，對吧？不是啦。要說的話，是變態那一類的。那個男人纏著亞佐美，亞佐美不願意，他卻硬要抱她。啊，你們應該查到了那個男人吧？」

「男人——」

我翻閱檔案。

「哦。」

鹿島亞佐美曾經遭到跟蹤狂糾纏。

不過她沒有報案，也沒有向警方尋求幫助。

查明被害者遭遇跟蹤狂糾纏的事實，是在查到和鹿島亞佐美有特殊關係的佐久間淳一之後——其實不過是上個星期的事。

哎呀，破案啦！搜查總部歡欣沸騰。

搜查總部內一直有一派，根深柢固地認爲鹿島亞佐美是遭到性犯罪者殺害。

我認爲把跟蹤狂視爲性犯罪者過於魯莽，但即使這樣也不足爲奇，跟蹤行爲有時會過了火。看在一般大眾眼中，那無異於變態行爲。

但是警方不能用一般大眾的眼光看待案子。

所以說起來的話，我是消極的。這個態度似乎惹惱了部分支持跟蹤狂殺人說的人。他們看不順眼不支持的我吧。

不過至少那不是強盜殺人。

我贊成這個見解。

室內完全沒有被翻過的樣子，現金、貴重物品都留在原位，也沒有不法侵入的形跡。是熟人所爲的可能性極高。

只打算嚇唬一下，卻失手殺人，怕了起來，什麼都沒拿就逃走了——也不是沒有這種可能。但從這個角度來說，過度整齊的現場實在太不自然了。

所以，懷恨殺人或是感情糾紛的可能性最爲確實吧。

我——如此推測。

可是也還不能捨棄性犯罪的可能性。不能斷定這個熟人不是個具有性犯罪傾向的人，也有可能是來訪的舊識忽然變臉。

然而另一方面，遺體完全沒有遭到性侵的痕跡。

如果這是性犯罪，那就是未遂了。

這種情況，是像平常那樣訪問，從玄關進入，突然勒住被害者意圖施暴，結果不小心把人掐死，心生恐懼而逃走——只能推測是這樣的情節了。

算是強姦未遂、傷害致死吧。

若非如此，就是——兇手是有僅憑勒脖子就能獲得性興奮的特殊性傾向人物。

儘管如此……

被害者身邊卻沒有符合這個條件的人。首先，她沒有男性朋友，所以跟蹤狂的登場，才會令調查員欣喜若狂。

不管怎麼樣，都不能不調查。

然而從結論來說，這條線撲空了。被認爲跟蹤鹿島亞佐美的人——倉田崇，案發當天人在佐賀。

他是個跟蹤狂呢——渡來說。

「你一眼就可以看出糾纏她的男人是跟蹤狂？」

「哦，是後來聽說的。那個時候我什麼都不知道，所以以爲是情侶吵架還是醉鬼鬧事。然後我碰巧經過，撞到那傢伙，結果我手像這樣一揮，打到他的臉……」

「嗯——那就是這個人？」

我打開檔案，遮住記載個人資訊的部分，只讓渡來看倉田的大頭照。

「啊~唔，感覺就像這樣一個人。」

「你不能確定？」

「哦，幾乎所有的事情我都沒把握啦。因爲，喏，照片跟眞人不是不太一樣嗎？也有些人很像。然後記憶也不是那麼明確的東西啊。我就只見過他一次而已嘛，而且連一分鐘都不到呢。」

很坦白。

就像他說的。大部分的目擊者都會說絕對沒錯，讓人想反問：你對自己就那麼有自信嗎？也有很多時候根本是認錯人。

「這樣的話，那你就是那個——在車站前面救了鹿島小姐的人？」

「也不到救那麼誇張啦。」

「有人作證說有這樣一個人。那是什麼時候的事？日期是？」

不記得了——渡來說。

唔，也是吧。要是被問到什麼時候的事，能夠當場回答幾年幾月幾日幾時幾分，那才可疑。大部分的人都不會記得。除非有什麼可以跟日期時間連結在一起的、令人印象特別深刻的事，否則都不會記得的。

大概半年前的事吧——渡來接著說。

「哦，這樣。」

差不多吧。

「據證人說，有個路過的男人看到鹿島小姐遭到跟蹤狂強摟，就插進中間，揍了跟蹤狂而擊退他。簡直就像電視劇，我一開始還以爲是捏造的，但似乎是事實。」

倉田本人也這麼供稱。

不過倉田**受人哄騙，誤以為**那個人是黑道成員。

是佐久間設計的。佐久間作證說，他爲了讓倉田停止跟蹤行爲，嚇唬他讓他這麼信以爲眞。其實那是個無人認識的過路男子。原來……

是這傢伙嗎？

「也就是說，救助了遭到騷擾的鹿島亞佐美小姐的善意第三者——無名的正義使者原來是你嗎？」

「不是啦，我跟什麼正義沒關係啦，而且也不是出於什麼善意，又膽小。要說的話，應該算是被捲入的感覺吧。也不是感覺，事實上我就是被捲入的。那是誰說的？」

「鹿島小姐的——相關者。」

「又是相關者？是在車站看到的人嗎？那也算是相關者嗎？」

「很遺憾，沒有目擊者，只是有這樣的證詞而已。也查到了證明這個證詞的事實，如此罷了。」

證詞唷？渡來噘起嘴巴。

「可是，那個時候的事不太……或者說應該沒有人知道才對啊。亞佐美好像沒什麼朋友嘛。」

沒錯。

鹿島亞佐美的朋友極端地少。能稱上她朋友的人，可以說連一個也沒有。可能也因爲她成長在複雜的家庭環境中，從學生時代就認識的人也寥寥可數，而且頂多是互寄賀年卡的關係而已。根據有一點交流的鄰居女性說，鹿島亞佐美在異性方面十分不檢點，常有男人出入她的住處，但——

那是謊言。

不，也不全然是謊言，但調查以後，發現這項情報仍然必須判斷為誇大其詞。因為被害者的鄰居——篠宮佳織，對被害者顯然懷有負面感情……類似憎恨的感情。

調查中遲遲無法鎖定與被害者有特殊關係的異性——也就是鹿島亞佐美的男人。她沒有男性朋友。別說男性朋友，她連普通朋友都沒有。篠宮佳織作證說被害者生性浪蕩，常有男人出入住處，但鹿島亞佐美的身邊查不到男人的影子。

即使如此，警方還是成功揪出了幾名疑似與鹿島亞佐美有肉體關係的人物。每一個都是派遣單位的公司員工，全都是所謂的不倫。許多人否認與她有關係，雖然也有人承認，但雙方的關係都不持久，說得難聽點，就是只睡了一、兩次的關係而已。

也就是說，鄰居說的生性浪蕩，也不盡然是謊言。但就調查到的結果來看，被害者只是被求歡，然後遭到玩弄而已，看不出她希望關係持續下去的樣子，似乎也沒有逼迫對方結婚或索求金錢。

而男方似乎也沒有人把這看成會威脅到生活的深刻關係。雖然也有人顯然是**被沖昏了頭**，但也不嚴重。以輕鬆的心態發生關係，因為很順利，而為此喜孜孜罷了。簡而言之，每一段都是貨眞價實的外遇，做為謀殺案的動機實在太薄弱。何況他們也有不在場證明。

跟命案實在沒有關係。

結果，搜查總部循著被害者母親借款的黑道地下錢莊這條線，幾乎是歪打正著地查到了和被害者有特殊關係的人——佐久間淳一。

佐久間是黑道的準成員——流氓。

鹿島亞佐美是佐久間的女人。

——不對。

佐久間本人說她是他的女友。

「是跟被害者……有特殊關係的男性作證的。」

我說。

渡來露出有些訝異的表情。

「特殊關係……難道是男朋友嗎？那是佐久間先生嗎？」

「你——」

知道佐久間？

那……

我無意識地瞪著渡來。

——這傢伙。

不是、不是——渡來搖手，表現出開玩笑的態度。

「不是什麼！」

令人不耐煩。這傢伙的態度。

「哦，我不是黑道啦，那麼危險的事我死也做不來。消息來源是亞佐美啦。」

又是本人。

「男朋友是黑道，這很不妙，對吧？因爲很可怕，所以我嚇到了，可是既然是男朋友，我想還是想要聽聽他的說法。他家確實是很難找，可是不久前我總算查出來，去見了他。」

我挨揍了——渡來說。

「你……去見了他？」

「不就說了嗎？」

沒錯，這傢伙說了很多次。看來我就是沒辦法把他的話聽進去。我得鎮定一點，這個人或許……

會成爲破案關鍵。

「什麼時候見面的？」

「就不久前。大概半個月前。」

比我們還要快，這傢伙比警方更快查到了佐久間。

渡來交握著雙手低吟。

「怎麼了？」

「沒有啦，佐久間先生說警察還沒有去找他，所以我納悶他跟亞佐美的事沒曝光嗎？」

「我們去過了。」

大概在這傢伙之後。

「可是……我覺得好奇怪。那麼，佐久間先生沒有把我的事告訴上門的警察嗎？我說了自己的名字，也把原委告訴他了。」

「嗯——他說他只見過正義使者一次，名字忘記了。」

「爲什麼用現在式，不是過去式？」

「佐久間淳一被逮捕了。」

「被捕了？」

「還在羈押中，很快就會依別的罪嫌被起訴吧。」

沒錯，是別的罪嫌。

「他……被捕了啊。」

「嗯。佐久間上頭的人，還有更上面的幹部——全都被連鎖逮捕了，成了相當大規模的破獲行動。不過……」

他不是兇手。

不是依殺人罪嫌被逮捕的。

是因爲別的罪嫌。不是爲了調查命案而先以別的罪嫌逮捕，純粹是其他罪行敗露而已，跟命案無關，所以……

正確來說，應該說以結果而言，他被捕了。

再說，儘管是連環逮捕，但並不是以佐久間爲起點，順著往上揭發。反倒該說是因爲舉發了其他犯罪，才能查到佐久間這個人。

最先查到的是一個叫高浪的人。

被害者的母親——鹿島尙子到處欠債，高浪是向她討債的人。高浪工作的小錢莊是幫派的幌子企業，高浪對他的小混混夥伴吹噓說，他**要了**尙子的女兒——被害者，來抵一部分的債。

不是什麼好東西。

稍微一查，問題百出。

可是這些問題全都跟命案無關。

而且還查出鹿島亞佐美被高浪**轉送**給自己的小弟佐久間的事實。

我們再循此查到佐久間。

佐久間——

「佐久間跟其他人不一樣，不知道爲什麼，非常坦白地供認不諱，結果幫了我們很大的忙。」

不管對於組織犯罪對策課還是搜查二課，都是個大收獲。

雖然主線幾乎沒有進展。

「可是——」

渡來稍微沉思了一下，接著喃喃說他不懂爲什麼佐久間不說。

「不說？不說什麼？」

「就是說，我是不是揍了那個人，這件事無所謂啦。那種事，嗯，看人怎麼解釋嘛。可是我因爲那樣認識了亞佐美，後來見了四次面。我的名字也就罷了，但我跟亞佐美見過四次面的事，我也清楚明白地告訴佐久間先生了，他不可能忘記。那他怎麼還會說我是個萍水相逢的陌生路人呢？」

「唔——」

也就是他刻意隱瞞了這名青年的存在嗎？

「所以那個人——佐久間先生或許忘了我的名字，但他還是向警方隱瞞了我的事，對吧？這我實在不懂。」

「唔，是不想把你捲入吧。」

那些人有著奇妙的倫理觀念。明明靠著壓榨老百姓過活，卻又說什麼不要把老百姓捲進來。執著於合不合乎規矩，賣弄一些煞有其事的歪理，但那些歪理跟世間一般通用的道理似是而非。他們擁有只有他們之間才通用的規矩。但要講規矩的話，先守法再來說吧。

因爲他好像生氣了——渡來說。

「那些人只會用那種口氣說話啦。倒是你去見佐久間……是要做什麼？你聽到什麼了？」

「做什麼……也沒有什麼啊。我去見他，只是想要打聽亞佐美的事而已，所以我只問了亞佐美的事。」

「只問了被害者的事？」

只問了亞佐美的事——渡來訂正說：

「其他什麼都沒問。就算我問，他也不可能跟我說。再說，」

他已經被捕了吧？渡來說。

沒錯。從他身上，大概已經問不出有關命案的線索了。不過……

「你還見了其他哪些人？」

這傢伙——

可能握有連警方都不知道的線索。

那樣的話——

「你見了誰，聽到了什麼？」

「到底要說幾次你才懂啦？我只是想要知道亞佐美的事而已。不管去見誰，我都只問了亞佐美的事。」

「你見了誰？」

「這是在問案嗎？」

「不是問案。」

雖然愈來愈像——

不是，絕對不是。

「這個嘛，算是非正式會面。正式的偵訊是需要相應的程序才能進行的。」不能在會客區，而且是一對一地進行偵訊。與其說是不行，會面的內容不會被承認是偵訊，也沒有紀錄。視情況，可能會另外進行正式偵訊。

這是你那邊的問題吧？渡來說。

「也不算問題……」

「對我來說都是一樣的。不管怎麼樣，被問到的問題都一樣吧？雖然我也沒有什麼好隱瞞的，所以沒差。只是……」

「只是什麼？」

沒事——渡來簡短地說，露出無趣的表情。

「我去見了亞佐美登錄的派遣公司的負責人，還有被派去的單位的四、五個人——然後還有公寓管理員、鄰居，然後見了佐久間先生，還有她母親。」

「原來如此。」

重要的人物他都掌握了。

被害者總共被派去過三家公司。警方認爲與被害人有特殊關係的，包括基層主管在內共有六名，其中有三名承認與被害者有肉體關係。每個人一開始都裝作沒這回事，但一個人主動招出後，警方藉機施壓，又有兩個人招認了。

從殺害狀況來看，一開始感情糾紛被視爲最有可能的方向，但因爲找不到最重要的男性嫌犯，因此這條線很快就觸礁了。

當這六人浮上檯面時，我認爲應該是個重大的突破。警方相當執拗地逼問，但終究問不出個結果。落空了。

佐久間帶來的跟蹤狂的線也消失了。

但是，查出了那名跟蹤狂是被害者鄰居——篠宮佳織的前男友。

這是三天前才剛查到的。

命案發生已經過了快五個月，篠宮佳織才上了嫌犯名單。

不。

正確地說，是**差點**上了名單，只是原本與被害者間被隱瞞的關係浮上檯面而已，目前仍查不到另外任何事實。偵訊篠宮佳織時我也在場，以心證來說，我認爲她是清白的。

連那個女人——

「你連篠宮小姐都去見了？」

「嗯，她好像是亞佐美唯一的朋友。」

「朋友嗎……」

鄰居把被害者說得極爲不堪。

「是朋友啊。」

是亞佐美這麼說的唷，渡來說。

又是本人情報。

「意思是被害者對鄰居沒有負面感情？」

「我不懂什麼叫負面感情啦，亞佐美說過類似很尊敬她的話。說雖然一樣是派遣員工，可是她很能幹。我是覺得亞佐美似乎滿喜歡那個人的，雖然對方好像不是。」

「是啊。」

這個人眞的跟被害者對話過。

我——只看過屍體。

鬱血的臉、半張的嘴、充血的眼睛、被掐扁的喉嚨，還有變色的皮膚。

是屍體，鹿島亞佐美的屍體。她的聲音聽起來如何、怎麼樣說話，這些我都不知道。可是這個人知道。

我好像……

有點嫉妒，雖然只是好像。

沒有一個警察知道活著的鹿島亞佐美的模樣。有很多調查員，如果將轄區人員和沒有直接到現場的人也包括進去，有超過一百個人參與這起案子。而這些人，沒有一個知道鹿島亞佐美是怎樣的人。

不知道比較好。

如果知道，就會被蒙蔽。注視事實的雙眼會被過濾，調查時會受到偏見影響。

必須冷靜、客觀，只確認事實。只能這麼做，非這麼做不可。

——你還算是個人嗎？

我是人。我是人，但我是警察，絕對不能製造出冤案。絕對不能抓錯人。即使如此，還是要盡可能迅速破案。

然而那夥人，不管是部下、關係人、上司、被害者家屬、目擊者。

不討厭我的只有死去的被害者。

「你跟被害者，那個——」

「我說過，我們只見過四次而已。」

「不，你們是怎麼……或者說，從你說的來看……雖然你說不是，但你就是那個路過的第三者吧？你們怎麼會見上四次面？」

「亞佐美叫住了我。被我的手撞到以後，糾纏她的男人就跑了，我覺得莫名其妙，心想最好不要扯上關係，準備直接走掉，結果……」

「這不會太巧了嗎？」

「就算巧，但事實就是這樣，有什麼辦法？她說她想請我喝個茶道謝。」

「你就呆呆跟去了？」

「也不是呆呆跟去，因爲我很閒，喉嚨也渴了嘛。不行嗎？」

「不，也不是不行。」

我內心一隅想著，直接離去比較帥氣吧。只有我們這個年代的人，會覺得那種含蓄的態度才是好的嗎？

「你們說了些什麼？」

「很多，就閒聊，話家常啊。我很不會講話，所以幾乎只是聽。她好像沒有我這種腦袋空空的朋友，叫我給她手機號碼，我就告訴她了。」

「她的通訊紀錄裡沒有你的號碼。」

「會不會是從公司打來的？」

這樣啊。不，為什麼？

「她好像不太用手機唷。而且現在，大家不是都傳簡訊嗎？」

「說的也是。」

但那些簡訊也幾乎都刪除了。電腦也是空的。就算循著手機的通訊紀錄查，也只查得到派遣單位的上司，是她不倫的對象。她從來沒有打給佐久間，才會查不到。

「她找了我三次，嗳，我很閒嘛。在車站前面碰到那天，我剛被開除，被電器行開除。」

「你們見面做了什麼？」

「聊天啊。哦，我們沒有什麼肉體關係。我想亞佐美大概對年輕男人沒興趣吧。」

「聊天都聊些什麼？」

「大部分都是公司的事，一些無聊的事。」

「說詳細一點。有沒有提到什麼特別的地方？」

你可以差不多一點嗎？渡來說。

「什、什麼？」

「還什麼咧。我不是來告訴你，而是來聽你說的，是想聽刑警先生的話才來的。如果你想要我說什麼的話，可以改天另外找我嗎？那叫什麼來著？警方不是可以叫民眾配合調查嗎？我把住址跟電話都好好交代清楚了啊。如果你不想告訴我亞佐美的事，可以直接趕我走嗎？」

「不，就是……」

「刑警先生，如果你很忙，可以不要拖拖拉拉搞這些，快點回去工作嗎？你前提、規矩說了一大堆，可是現在這種狀況，根本就不是照著規矩來吧？你叫我想想被陌生人逼問的人的心情，那我的心情就無所謂嗎？你是警察，所以有權限還是權力，可以無視那些，有這樣的規矩，是嗎？」

「少囉──」

連這傢伙都──

少囉嗦！我怒吼。

幾名職員看向我，反正他們一定是在輕蔑我。誰理他們。

「你懂什麼？你的心情？我怎麼可能了解？可是我知道你的話可能是破案的線索，所以我才會問你。既然警方問話，你就有義務回答。」

「可是，你說這不是正式問案。」

跟那無關！

我又吼人了。

「不、不管正不正式，只要能破、破案──」

「你開口閉口就是破案，這不奇怪嗎？」

「你、你說什麼？」

「好啦，我知道刑警先生非常努力。不管我再怎麼笨，也還清楚這點事。我也知道你非常認眞，是正義的一方。」

「我、我——」

不是那種東西。

「欸，如果你不跟我說亞佐美的事，我要回去了。我是一般民眾，又是無業的傻子，所以，不太了解社會的事。那麼……」

那種事就交給了不起的人去操心吧——渡來說。

「了不起？」

「刑警先生不是很了不起嗎？啊，每次我這樣說，大部分的人都會說自己沒什麼了不起，可是明明就是啊。好好從學校畢業，好好工作，光是這樣就夠了不起的了。雖然往上比會沒完沒了，可是往下一比，眞的很了不起。那爲什麼不抬頭挺胸呢？」

「我——並沒有自卑，我是……」

你是主任，對吧？渡來說。

「但不是搜查主任。」

——你還算是個人嗎？

「不受尊敬，階級也不高。」

「可是有責任吧？」

「是有責任，可是……」

——這是主任的責任。

——你是負責人吧？

——在拖拖拉拉些什麼啊？

——到底有沒有要破案的意思？

——淨會打官腔。

——根本不了解現場。

——放任嫌犯逍遙法外，居然懷疑起家屬嗎！

——上頭那麼無能，底下也沒法發揮能力啊，眞是的。

「就空有責任。我——」

我，

「只是不容許沒有證據就逮捕或是恐嚇嫌犯，強迫他們自白而已。警方有特權，所以在行使特權的時候，更被要求謹愼行事，不能出錯。不能用一句搞錯了就了事，所以……」

這有什麼關係？渡來說。

「什麼——意思？」

「就說你啊，程序太多、前提太長、小心翼翼的，坦白說實在有夠煩，可是這種事不都是這樣的嗎？」

「就是這樣的。」

「那不就好了嗎？」

那就好了。

眞的，

那樣就好了——嗎？

「如果你那樣想，我覺得堅持下去就是了。」

「堅持下去？」

「世上也是需要這種人的吧？可是，」

你是不是在急什麼啊？渡來說。

「急？」

「你不就是在著急嗎？你是不是急著想從我這裡問出什麼，好搶先什麼人？要不然不會這樣吧。」

「這樣……是指怎樣？」

「因爲你根本沒照程序來。」

程序——

「一開始你不是愼重到煩死人嗎？卻突然一下子變成『現在就給我說』、『立刻給我說』，把你先前說的那麼一大串全部否定了。」

「沒——」

沒那種事，應該沒有。

「呃，我不在警方的調查名單內，對吧？所以你才會覺得或許我知道什麼不得了的情報，是嗎？」

「這——」

必須訊問才會知道，所以才要跟他談。

「你很慌，對吧？」

「爲什麼我非慌不可？」

「好像想要搶先什麼人一樣。」

「什麼搶先……是要搶先誰？」

「我怎麼知道？部下之類的？因爲你看起來就是啊。一板一眼是沒關係，可是現在的你簡直就像狗急要跳牆。」

「幹這行——」

怎麼可能從容不迫？我不是想要搶先誰，只是想要破案。

沒錯，所以，不，可是……

渡來站了起來。

「欸，結果你根本沒有告訴我半點有關亞佐美的事嘛。」

「那是因爲——」

「不是啦。你之所以不說，不是因爲偵查不公開、社會觀感什麼的，還是隱私如何、立場怎樣的理由吧？」

「咦？」

是你根本不知道吧？——年輕人說。

「什麼不知道——」

「我覺得你根本不了解亞佐美。知道卻不說，跟不知道所以說不出來不一樣，好嗎？因爲我又沒有問任何難以回答的問題。我知道有一堆程序、規定之類的麻煩事，可是一定也有一堆可以不違背那些東西，又能告訴別人的事啊。」

「不違背那些？」

「像是她跑得很快，還是歌喉很好，這些都跟調查無關吧？」

「那——」

「沒關係，如果你不知道，說不知道就行了。我啊，本來以爲那類事情，不論大小事，刑警都會調查，然後掌握得一清二楚，看來是我誤會了。原來只是我太笨了，這不是刑警先生的責任。」

責任——？

「我不知道。」

我怎麼可能會知道？那個女的從一開始就是死的，她死掉後才登場的我，怎麼可能會知道？

「我什麼都不知道。」

渡來用一種憐憫的眼神俯視我。我仰望他。

「意思是不是——你討厭那樣？」

「討厭那樣？」

「爲了根本不認識的女人屍體鞠躬盡瘁，還被逼著扛起一屁股責任，說來說去不就是在講這個嗎？原來人一變成被害者，刑警先生對他們就不能有任何感想啦？」

「沒錯。」

「居然會來問你這種人，我也實在太笨了，算了。」

渡來轉身。

「等一下。」

「幹嘛？我沒有要去哪裡，只是回家而已。」

「不行，你待在這裡。」

我坐著伸出手，越過桌子揪住年輕人的長褲，就好像在懇求他別走。

「什麼事？」

「我有問題要問你。」

「我知道，可是這樣不太好吧？那個女警從剛才就在看我們耶。」

不管了。

已經無所謂了。

只要能破案，怎麼樣都行，反正我已經被人厭惡到底了。那麼不管是被嘲笑還是被輕蔑都隨它去了。

這個人——

「你到底是討厭什麼？」

「討厭？」

「噯，我想警察的工作是很辛苦，可是這很奇怪啊。怎麼說，你嘴上的說法跟你的感受，根本相差十萬八千里嘛。」

「我沒有什麼感受可言。」

那種東西。

怎麼可能沒有？渡來說。

「你是人吧？」

——你還算是個……

「我、我當然是人啊。我是人，可是——」

可是，

「我不能是人啊。我也是很難受的啊。看到有人哭會覺得可憐，看到瘋子也會覺得討厭。我也會生氣，當然也有想要一拳揍下去的對象。我很傷心很難過很痛苦啊，可是我不能那樣想啊。我是在壓抑啊，就算被厭惡被責怪，我還是忍耐下來啊。我必須當那個煞車才行啊。可是結果呢？說什麼我冷血無情、只知道公事公辦、不知通融、只會照章辦事，這樣哪裡不對了？」

「沒什麼不對啊。」

「那——」

那爲什麼——

「爲什麼每個人都討厭我？輕視我？到底是爲什麼？他們以爲我在這裡吃了多少苦？幫底下的人收拾過多少爛攤子？怎麼樣到處跟人磕頭陪罪？他們以爲我是爲了什麼才這樣做的？爲了我自己？不對。這一切不都是爲了市民好、爲了社會好嗎？所以我才一直忍耐啊。爲什麼我、就只有我——」

不只有你啦——渡來聲音陰沉地說：

「每個人都差不多啦。」

「或許吧。或許是吧，可是——」

不，不對。

每個人都大放厥詞。

民眾犯罪者被害者警察。

部下上司同僚媒體。

就連在那邊看著的女職員。

你們說。

你們說誰不是人？

循規蹈矩正經過活的我嗎？違反規則破壞法律無視道德踐踏倫理恣意妄為地過活的他們，那種人才像人嗎？

「我也想要一腳踹飛不像話的醉漢啊。我最痛恨那種人了，像是那些殺人犯，眞的想一槍斃了他們，可是我不能那樣做啊。不管是哭是笑還是生氣，我都不能表現出來啊。你說我還能怎麼辦？」

「你想怎麼辦？」

「我還能怎麼辦？我根本莫可奈何啊！」

「既然如此，」

——**你怎麼不去死了算了**？

「你說什麼？」

「因爲你不是無可奈何嗎？如果眞的無可奈何，就只能忍耐，忍不下去的話，就只能去死了啊。」

「你說什麼？」

「所以啦，你啊——或許不只有你啦，可是你怎麼連那麼簡單的事情都不了解？一直說不能怎麼辦不能怎麼辦，哪有什麼事是眞的不能怎麼辦的？一定有辦法的嘛，只是你**不去**想辦法罷了。」

不去想辦法？

「討厭的話，辭職就好了。不想辭職的話，改變就是了。如果不能改變，就妥協，不想妥協就對抗。總有辦法的。如果什麼都不想做，關在家裡不要出來也行啊。」

這表示你是個連龜縮在家裡都辦不到的廢柴——渡來說：

「什麼不想被瞧不起、想要出人頭地、想要錢，拿這種理由發牢騷、埋怨，都只是在耍任性而已。那樣的話，乖乖關在家裡的人還更有自知之明多了。他們把這些有的沒的全部拋棄，乾脆選擇關在房間裡呢。」

可以在外頭晃來晃去，有飯吃，就少在那裡埋怨啦——渡來丟下這句話，甩開我的手。

「如果眞的沒辦法了，也眞的受不了的話，那就只好認命去死了嘛，如果不想死就忍耐啊。只能二選一吧？」

「去死嗎——？」

「是啦。告訴你，亞佐美對我說她想死呢。她沒有那麼不幸，也沒有那麼走投無路，不傷心也不難過，可是她還是說她想死。亞佐美對任何事情都不抱希望了，而且她也沒怎麼抱怨。就我聽到的來看，亞佐美比我這幾個月之間遇到的任何一個人都還要不幸，她卻沒有半句怨言。可是她只是說她想死。」

「她——想死？」

「所以我才會想要了解她。可是其他人，都只會滿嘴牢騷個沒完，說得好像自己是全天下最不幸的人一樣，可是又沒有一個人說想死。聽了都覺得要是眞的不幸到那麼無法忍耐，怎麼不趕快去死一死算了？」

「你——」

「我覺得你是個好人啦，可是已經可以了。」

因爲殺了亞佐美的就是我。

渡來健也這麼說。

第六人。

關於你跟鹿島亞佐美小姐的關係──

我不管聽上多少遍都無法理解。不，與其說是無法理解，更應該說是無法適當翻譯吧。不是翻譯成外國話，而是變換成一般世人廣為知曉的、一般世人容易了解的語言。

無法變換為一般世人的語言，意味著一般世人不具備可以接受它的概念框架。

這樣的話，事情就非常棘手了。

挑選出一般世人寬鬆框架中所規定的曖昧概念，將之移動到仔細篩選過的明確框架內，再更進一步精鍊──這是第一步。

我覺得這很像精鍊礦石、萃取金屬的作業。從石塊中取出黃金的作業很不容易。似乎有很多人認為將金礦裡挖出來的金礦石融化再凝固，就會得到一根金條，那是錯的。

剔除雜質的過程複雜而纖細。過程中也可以採到銀。但在淬鍊純金的作業中，銀也是雜質。要精鍊出高純度的金，就連銀也必須剔除才行。

細心地進行這樣的作業，金礦就會變成純金。

才能完成**可以說**「這是金子」的東西。

接下來，金子才會擁有做為金子的價值。含有金的礦物，雖然具有礦石的價值，但沒有金子的價值。

所以難以判斷精鍊前的礦石價值。

與其說是難，更應該說是曖昧不明。因為難以正確看透究竟具有多少價值，即使加以分析，也只能做出推測。

可是淬鍊後的純金，價值簡單易懂。它的價值會依據純度、重量和行情來決定，不會更多，也不會更少。沒有爭論的餘地，也不需要推測，因爲規則就是如此。

然後若是捨棄金而取銀，儘管一樣簡單易懂，但價值就大不相同了。選擇了其他的金屬也是一樣。選擇，精鍊並提升純度，價值自然就會變得簡單易懂。若不這麼做——

不管擁有再多量的金銀，也只是一塊石頭。不，只是一塊**可能**會有價值的石頭。若是沒有加以挖掘，就連這個價值，也不會產生。

礦石埋在地底的時候，甚至連普通的石頭也不是。

現實——也是如此。

無論任何發生過的事，都是尚未挖掘的礦石。被採掘出來，置換成話語，才能成爲礦石。

可是——在這個階段，價值還不確定。做爲礦石的事情，是非常曖昧的。無論是事實還是眞實，都矇矓不明，所以必須加以精鍊。

必須置換成話語，選擇，記錄於文書，推敲，提升精度，提高純度，精鍊成名爲「事實」的礦石。

如果不這麼做，事情的價值就不會明確。

我認爲這份工作，正是這樣的作業。如果選擇金，就會有金的價值；選擇銀，就會是銀的價值。如果淬鍊出不具價值的成分，就會失去價值。

我淬鍊的是犯罪。

罪是對照法律來決定的，基準清晰明快。

這就是規則。

可是如果不將之精鍊到可以拿來對照規則的水準，就得不到那種明快。

即使是溫馨的好事，如果觸法，那就是違法行爲。

縱然是令人作嘔的過分行爲，如果在法定範圍內，那就不構成犯罪。

必須區分清楚。必須愼重、縝密、精細地加以區分才行。

不能是「不要感情用事」、「要考量一下當事人的心境」這種粗糙的區分方法。不能在初步的入口處就迷惘徘徊，那種東西應該在原石的階段就已經做好某程度的區別了。簡而言之——

金、銀還是鐵？金的話，純度約是多少？

如果不縮小到這樣的範圍，就無法拿來對照規則。即使對照，也得不到明快的解答。

在精鍊過程中要選擇哪一樣？選擇的金屬，能提高其純度到什麼地步？

這就是我——律師的工作。

是殺人，還是過失致死？有殺意嗎？犯行時具有判斷能力嗎——？

無論如何，都一樣是已經發生的事。死人無法復生，時間也無法倒轉。

但是**非選擇**其中之一不可。

否則無法定出量刑，必須遵循原理原則。罪刑法定主義，是自由主義和民主主義的根基。規則必須永遠明確。而要對照規則，就必須做出選擇。必須選擇，並加以研磨。

這個選擇是正確的嗎？加以細審、判定的，就是審判。

然而，

「我們認識。」

渡來健也這麼回答。

「不，等一下，你那句話沒有任何意義。順帶一提，我跟你也認識吧？」

「是嗎？」

「難道不是嗎？」

因為有人說不是——渡來說。

「不是？」

「哦，就我來說，見過、然後知道名字就算是認識——我的認知是這種程度，可是有人說那樣的話，跟常去的便利商店店員也算是認識了。」

「不算嗎？」

「不曉得耶。那個人說那只能算是面熟的客人跟店員。還說如果那樣就算認識，全世界都算認識了。」

「唔，是啊。所以我才會問你，你跟被害人是什麼樣的關係？」

渡來陷入沉思。

「比方說，我和你認識，但我們是委託人與當事人。」

「委託人？我是客人嗎？」

「跟客人——又有點不一樣。」

我並沒有接到他的委託，我是他的公設辯護人。

「總而言之，請好好回答我。」

渡來露出困窘的表情。

你看起來很為難？我說，渡來說：「我是很為難啊。」

「有什麼好為難的？只要坦白回答就行了。」

「我坦白說，又會被否定，所以才爲難啊。」

「坦白，是嗎……？」

爲難的是我。

很棘手，非常棘手。

有些當事人什麼都不肯說，也有人會撒謊，也有人說如果可以讓罪責輕一點，就算是胡說八道也願意。也有人是眞的什麼都不記得。

可是如果對方不說，就只好讓他說。

只要找出對方不肯說的理由——接著解決這個癥結，大部分的當事人都會開口。

撒謊的話，揭穿就是了。如果無法識破謊言，那就是我輸了。

若是心存不軌，就訓誡對方；忘掉的話，就要對方想起來。

大部分的情況，當事人與律師的利害關係是一致的。如果說利害這樣的形容有語病，也可以說是前進的方向相同。不，非往同一個方向前進不可。

至少律師是站在客戶這一邊的。

即使是被告完全無法指望獲得減刑的情況也一樣。客戶的說詞是否正當，必須充分琢磨。即使客戶認罪悔過，也不能就這樣全盤接受檢方的求刑。必須經過嚴正且詳盡的審議，才能做出正確的量刑。

無論如何，我是站在被告這一方的。

可是這個人——

難以應付。

他會回答問題，既沒有撒謊，也認罪了。

而且渡來健也是自首——被視爲自首。他自白了，知道許多只有兇手才知道的事實，也有物證。供述沒有謬誤或隱瞞，看起來也不像在包庇什麼人，也沒有粉飾或作假的樣子。

渡來健也毫無疑問就是兇手。

他沒有主張無罪，也不要求減刑，非常坦白。可是，

他難以理解。

像是動機。

渡來健也爲什麼要殺害鹿島亞佐美——？

我完全不懂這一點。

檢方大概也不明白。只是本人這麼承認，也有物證，所以橫豎他就是兇手沒錯。因爲這一點無庸置疑，所以檢方才會決定起訴，而且實際上他也絕對會被判有罪。

可是，

「可以請你合作一點嗎？」

「哦……」

我要怎麼做才好？渡來健也說。

「不，就是——照這樣下去，怎麼說，會無計可施，簡單地說，會無法決定罪責啊。」

「我不是殺人犯嗎？」

是這樣沒錯。

「殺人也有很多種啊。不小心誤殺、扭打的時候失手害死對方、有害意但沒有殺意，也是有

正當防衛這種情形的。況且還有酌情量刑這回事，如果能明白地表現出反省的態度，對量刑也會有影響。除此之外，比方說還有心神喪失狀態——」

好麻煩唷——渡來說。

「什麼麻煩，喂——」

「不，請別把這話當成負面的意思，我認為五條先生的工作非常了不起，也沒有批評你的工作的打算。而且這些事情，唔，這些程序我也覺得是沒辦法的事，可是我殺了亞佐美，所以應該受到相應的懲罰，不是嗎？這樣就行了。」

「不行。我之所以問你話，就是為了衡量你說的相應的刑罰啊。」

「殺人不是都判死刑嗎？」

「你啊……」

「哦，我知道不會那麼容易判死刑啦。我沒有學識，腦袋也不好嘛。會是無期徒刑嗎？」

「不是那麼隨便的，渡來先生。就像我剛才說的，同樣是殺人，也有許多不同的情況。必須討論適合各種情況的量刑才行。審判就是為此而存在的，請你理解。」

「可是殺人不就是殺人嗎？」

「殺人——」

就是殺人，沒錯。

「是壞事吧？」

「當——」

當然是壞事。

「我有自己做了壞事的自覺。反省這回事我還不是很懂，可是我理解自己做了不可挽回的事。人是怎麼殺的，我全都告訴警察了。我沒有隱瞞任何事，所以希望可以就這樣決定。」

「決定什麼？」

「罪有多重。」

「你啊……」

他的坐相邋遢。

如果在被告席也是這種態度，會給人不好的印象。

必須提醒他。說什麼都不聽的人就不會聽，但這個人似乎也不是痞子無賴，忠告他或許會懂。

不能就這樣決定——我說：

「舉行審判，就是爲了決定罪有多重。我們必須提出足夠的材料，使審判能夠周全進行。」

渡來露出爲難的表情。

「我不知道在決定之前要怎麼做才好。因爲如果不決定，我也不能反省。就是，假設我打破盤子，被要求賠償，一千圓的盤子和一百萬圓的盤子不是不一樣嗎？假設時薪兩百圓，一千圓的話只要工作五小時就可以還清，但一百萬的話，就算一天工作七小時不休假，也得花上兩年，不是嗎？而決定這件事的不是打破盤子的我……」

「人命不是盤子。」

我語氣有些嚴厲地說：

「不是可以用金錢換算的。」

我知道啦——渡來健也說，攤開雙手。

「只是比喻嘛。可是不是有什麼損害賠償嗎？就算是人命，也是要賠錢的，對吧？那不就要進行什麼審查嗎？工作能力愈好的人，得賠得愈多，不是嗎？」

「渡來先生。」

對死者太不敬了。

「你……稍微認清楚自己的立場……」

不，我就是想要認清啊——渡來說：

「我希望你們告訴我要怎麼弄清楚。我是犯罪者，是殺人犯。亞佐美已經不會復活了，所以這已經是不可動搖的事實了。我就是不太了解對於這個事實，我該採取什麼樣的態度。我猜我應該會被判相當重的刑吧。對我來說，那就是死刑啊。」

「所以說，極刑不是——」

不，不是那樣——渡來擺擺手。

「我是說對我來說啦。我覺得既然我殺死了一個人，如果用等價交換的話，應該就是死刑。不過也有人認爲我這種廢物人生，跟亞佐美的人生才不等價，對吧？可是我又想不到還能有什麼比這更重的賠償，是死刑外加賠償金嗎？」

「所以金錢——」

不，也不一定嗎？

所謂賠償——具體來說就是勞動，而勞動會被換算成金錢。保釋金、損害賠償金、和解金——大部分都會換算成金錢，或許這個人的觀念並不算特別異常。

「可是啊，」

渡來一臉不滿。

「大家都說不會判死刑，所以我想那應該不會吧。這我就不懂了，我到底要怎麼辦才好？也不曉得該用什麼態度面對整件事。」

「那是，呃，」

怎麼樣呢？

「你應該表現出更服從的態度，這樣法官對你的印象才會——」

「嗄？」

「嗄什麼？」

「呃，這不關法官的事吧？法官又不在這裡。還是那邊那個像警察的人會跟法官告狀？說『那傢伙是白痴，快點把他處死』嗎？」

「不，不是那樣，你呢，你把好好一個人——」

我是殺了人啊——渡來說。

「那——就應該表現出更爲反省的態度，或是贖罪的樣子。」

「對亞佐美，是吧？」

「咦？」

「還有對跟亞佐美有關的人，不是嗎？我想對爲了亞佐美死掉而傷心的人道歉跟賠償啦，因爲是我害他們傷心的。」

「既然如此——」

「不，可是五條先生你跟亞佐美沒關係吧？亞佐美死掉，你並不覺得傷心吧？如果你爲她傷心，就不會幫我辯護了吧？」

「就是說，問題不在是不是傷心難過——」

「所以就不是這些問題嘍？那我覺得就算我對五條先生低頭懺悔也沒意義吧？我做了什麼非向五條先生道歉不可的事嗎？如果有的話要告訴我唷。我這人很粗心大意，很多時候都不會注意到。我沒有給你添麻煩吧？你這樣爲我辯護，我可以理解成是因爲工作吧？那樣的話，這也不算給你添麻煩吧？」

「是沒有添麻煩，可是——」

也差不多了。

我不會因爲是國家的委託就有差別待遇，可是這樣下去，差不多就是麻煩了。

「那樣的話，我不懂爲什麼要在五條先生前面表現得乖乖的。只要殺了人，連對沒有關係的人也要道歉嗎？明明沒人在看，卻表現出順從的樣子，在無關的人面前裝出消沉的態度，這到底有什麼意義？」

「意義……就是在審判的時候——」

「可是這裡是拘留所，不是法院啊。這是會面，不是審判吧？再說，我又不想要減刑。」

「這跟那——」

是同一回事——嗎？

「我知道自己態度很差，可是大人物不是都說不可以用外表去判斷一個人嗎？」

那是騙人的嗎？渡來健也問。

「應該……也不是騙人吧。可是啊，就是——」

我知道的句法中沒有可以回答這個問題的解答。

「喏，像我是個廢物，別人心裡怎麼想，我完全不懂，所以我只能用外表來判斷。可是大家都說不可以那樣，所以我以爲正常的人只看外表，就連內在都可以判斷呢。」

沒那種事。

應該沒有。正因爲沒有，所以——我才會一直叫他注意態度。

用態度和外表來決定內在，唔，是一種幻想吧。

實際上別人心裡打什麼算盤，旁人不可能知道。就算是律師還是法官，也不可能看得出來。事實上就有個被告依照我的指導去表現，聲淚俱下地道歉，成功獲得減刑，結果——當場笑了出來。

也就是說，一切都是演的。不，或許不是演的，只是那一瞬間眞的太高興而笑了。但就算是這樣……

不，正因爲這樣，所以事實的累積才重要，從累積的事實中汲取出什麼才重要。汲取出來的東西適用什麼樣的法律才重要，不是嗎？從名爲發生的事情的礦山中，將挖掘出來、叫做事實的礦石加以精鍊，淬取出名爲犯罪的金屬。

是金？是銀？還是鐵？

印象、感情這些東西，就像是捺在這些金屬條上的刻印。

可是在這個案例中，刻印才是關鍵。

因爲橫豎一定是有罪。

應該說服他嗎？

「你說的或許沒錯，人光憑外表是看不出來的。雖然看不出來，但還是想要了解，才會觀察外表。雖然外表與內在不一定契合，但外表仍然可以做爲判斷的材料之一吧，畢竟態度也是意志表達的一種，就和話語一樣。如果把態度視爲想要如何表現自己、想要別人如何看待自己的自我表現手段之一，那麼你的態度……應該不算討喜吧。」

「是嗎？」

是這樣唷？渡來健也歪著頭說：

「我就是我啊，我這樣就好了。什麼想怎麼表現自己……我只要看起來像殺人犯就行了。因爲我就是犯罪者。」

「就算是這樣，你也應該表現出爲你的罪懺悔的樣子——」

「不是說後悔莫及嗎？」

「是這樣沒錯，可是身爲一個人，或者說從倫理上來看——」

「哎唷，太深奧的事我不懂，我也沒有信教啊。」

「就算沒有信仰，也該顧慮到世人的眼光吧？」

「唔，要是叫我向亞佐美道歉，我覺得是該道歉沒錯；可是叫我跟世人道歉，總覺得哪裡不太對耶。世人……」

到底是誰啊？渡來健也說。

是誰呢？

「呃……世人是一種模糊的說法。可是犯罪會對社會造成莫大的影響，對吧？而且如果我是你，實在沒辦法維持平常心，會受到罪惡感煎熬——」

或許他也以他自己的方式受到了煎熬。

只是難以理解而已嗎？

「你——很難理解啊，渡來先生。」

「我單純得要命耶。嗳，我很笨，很多事情都不知道，所以只能像這樣一一問清楚啦。」

「在發問的是我呢。」

那句話我常說耶——渡來健也應道。

他看起來有點開心。

「你常說？」

「是啊。我想知道自己做的事情有多嚴重——或者說，我想了解亞佐美這個女人究竟是什麼，所以到處拜訪跟亞佐美有關的人。」

資料上也有這件事。

「我跟他們說，什麼事都好，請告訴我關於亞佐美的事，可是卻沒有半個人跟我說她的事。每個人都只談自己，滿口『我怎麼了我怎樣了』，然後反問我一大堆，明明是我在發問啊。」

亞佐美——

到底是什麼呢？渡來說。

「這話是什麼意思？」

「好女孩、蕩婦、累贅、所有物、狗、孩子、被害者、屍體，她不是這些東西吧？亞佐美是人啊。她是人，所以我才會是殺人犯吧？如果她是那些莫名其妙的東西，就算弄壞她、殺死她，也不會有人生氣吧？可是沒有一個人肯告訴我她的事。不管是上司、朋友、男朋友、母親，就連刑警先生，也都沒說亞佐美是人。」

然後大家都回過頭來反問我呢。

「五條先生……也是在問我，對吧？」

「是——是啊。」

我本來想問他什麼？

原來是這樣。

我問錯問題了。

「先不問你的事了，可以請你告訴我亞佐美小姐的事嗎？哦，你知道的亞佐美小姐就行了。」

「我知道的……亞佐美？」

「對。就是——」

渡來健也和鹿島亞佐美——加害者與被害者的關係。

我說我想先問這件事。

「你在車站前面救助了被倉田崇摟抱、糾纏的被害者——亞佐美小姐，對吧？」

「也不算救啦——」

「先不研究這個。不管你怎麼想，亞佐美小姐都認爲是你搭救了她。然後……你們去喝茶了？」

「也不是喝茶，我喝的是哈密瓜蘇打。」

「這部分——」

不，應該很重要。

「那亞佐美小姐喝了什麼？」

我想應該是熱咖啡，渡來回答。

沒錯，就是這樣。

「然後——你們情投意合？」

「也不算情投意合……我什麼都沒說呢，那個時候。因爲剛認識，沒什麼可以說的，而且手又好痛。我是個小人物，想到那個人可能會回來報復，內心忍不住七上八下。那個糾纏亞佐美的男人眼神很不正常，我覺得他很危險，整個人提心吊膽，所以幾乎都是亞佐美在說。唔……主要是說那個糾纏她的男人——叫倉田來著嗎？說他的事。我聽了有點吃驚。」

「對什麼吃驚？」

「因爲亞佐美說她被那個人強姦了呢。剛認識的女人這麼說耶，你不會吃驚嗎？」

「會啊。」

這個人很正常——我心想。

與其說正常，倒不如說普通。非常普通，一定是的。是被告與律師——或者說犯罪者與守法者？——總之是這類特殊的關係掩蓋了他的普通。不，在這種環境下，能夠保持普通才是異常的。如果不是在拘留所隔著這種玻璃會面的話，或許他是個可以普通交談的人。

我爲什麼會有這種感覺？

不，不對，這個人畢竟是——

是殺人犯。應該劃清界線，要不然，我幹不下去。

怎麼了？渡來**一派自然地**問。

「沒事……然後你把手機跟信箱告訴她——是嗎？」

「她叫我告訴她。早知道就不該告訴她呢。」

「是啊。」

應該是吧。

「然後她找你出來，是用電話嗎？」

「是電話。」

「她是怎麼說的？」

「這個嘛……」

渡來聳聳肩，輕咬右手姆指。

「說什麼來著？很普通啊。在那之前，她也打過四、五次電話給我。可是我只接到一、兩次。因爲那時候我剛找到一份打工。」

「她……怎麼稱呼你？」

只能從這些細節慢慢深入吧。

檢方會以什麼爲根據、準備求處什麼程度的刑責，完全無法預測。所以任何事情都得了解才行，否則無法反駁。

追根究柢，事件的核心在哪裡？光看資料完全無法掌握，路煞隨機殺人還更容易了解。

她叫我健也，渡來回答。

「那是——像這樣聽來，感覺是很自然的稱呼，可是有點太親密了。你們只見過一次面吧？」

會嗎？渡來說，身子略爲後仰。

「呃，我剛進咖啡廳的時候，因爲她叫我渡來先生，我跟她說別這樣叫。什麼渡來先生，我實在很不習慣，聽了渾身發癢，好像什麼大人物似的，不適合我。所以我跟她說叫我健也就行了，所以她才這樣叫。」

原來如此。

你問這幹嘛？渡來說。

「這——」

當然是爲了釐清他們的關係。

渡來說他跟被害者**認識**。

他一再重申他們不是朋友，只是認識。那麼是哪種程度的認識？是如何認識的？

渡來說他和被害者見過四次。這個主張似乎一致，沒有變過。此外，他也供稱他們不是所謂的戀愛關係，沒有任何肉體關係。但被害者已經過世，這一點無從確認。

假設全面相信渡來的自白——

即使沒有肉體關係，也不能說完全沒有戀愛感情。縱然渡來心中絲毫沒有這樣的情愫，也無法忖度被害者怎麼想。

從書面資料來看，鹿島亞佐美的人生絕不能算是順遂。不，毋寧是一連串的不幸。與其說是不幸，更應該說是沒有道理。鹿島亞佐美的一生只是受到難以抗拒的外界壓力所擺布，與自己的意識無關地不斷沉淪，沒有任何道理。

自稱男友的佐久間淳一是暴力集團的準成員。說白點，就是黑道組織裡的小嘍囉。

被害者被那個小混混包養——不，應該說被**吸血**嗎？

她不可能幸福，不可能滿足，就是這樣一個女人。

即使她受到這個萍水相逢的年輕人吸引也不奇怪吧。據我觀察，渡來這個人很遲鈍，有可能沒注意到她那種傾慕之情。若是如此，有可能產生感情上的磨擦，進而埋下殺機。

就是要詢問細節，我回答。

「她第一次找你出來的時候……你們是去紅葉咖啡聽，這是你們剛認識時去的咖啡廳嗎？」

渡來點點頭。

「你們聊了什麼——不，你們點了什麼？」

「一樣啊。只要菜單有，我幾乎都點哈密瓜蘇打。亞佐美……可能是點紅茶吧，不過我不記得了。附帶一提，我們六成是閒聊，三成是亞佐美談她的身世，我主動說話不到一成。就算有說什麼，也是打工被開除的事。」

「她的身世指的是？」

這是重點吧。

「她說她被賣了。」

「被賣了？」

「剛聽到的時候我不知道她在說什麼，以爲是一種比喻。一般人都會覺得是開玩笑，對吧？可是好像是眞的呢。亞佐美的母親……」

「哦，那個——」

過分的女人。鹿島尙子是被害者的生母——唯一的親人。儘管她是犯罪被害者的家屬，我卻怎麼樣就是無法同情她。坦白說，我對她有一種比眼前的殺人犯更深的憤怒。她不只殘酷，還是個討厭的女人。

鹿島尙子不工作，靠玩股票、賭博以及舉債維生。

被害者被抓去抵押母親的欠債——似乎是這樣。

渡來說的**被賣掉**，應該就相當於這個事實。

不過，抵押欠債這樣的說法並不正確。根據資料，當時鹿島尙子的債務包括利息在內，似乎是二十萬圓左右。

二十萬圓這個數字是多是寡——在這個情況並不是問題。

因爲一個人値多少錢這種想法根本上就是錯誤。不管是一百萬還是一億，販賣人口的行爲無論如何都不應該存在。

就算是這樣——就算承認拿女兒抵押欠債這種陋習——二十萬也未免太廉價了。

實際上，後來鹿島尙子也以幾百萬爲單位不停地借錢。既然能不停地借，代表她還得出來。

沒道理必須拿女兒去還那區區二十萬的呆帳。

那二十萬的欠款應該有人幫她還淸了。

替她還錢的是地下錢莊的討債人。

簡而言之，鹿島尙子並不是還不出那二十萬，而是爲了討好討債人，以便在往後的融資和還錢時圖個便宜罷了。她爲了示好，居然把女兒**送**給了黑道流氓。

若不這麼想，這段經過實在令人無法釋然。

不。

若說無法釋然，最無法釋然的是被害者的態度。

她爲何要對母親唯命是從？爲何甘受那般屈辱的對待？鹿島亞佐美不是小孩子了，她不可能無法判斷那是多麼不合理、多麼吃虧的事。

全爲了母親——不可能用這樣一句話帶過。

如果是眞心爲母親著想，就應該阻止母親像那樣自甘墮落下去才對。就算不是，也沒有法律規定一定要聽從父母的命令。不論是父母還是親戚的命令，不對的事情就是不對，不行的事就是不行。

應該可以討論，要不然就是逃跑。

再說區區二十萬，憑鹿島亞佐美自己的經濟能力，應該不必多勉強就能清償。她也有積蓄。死亡的時候，鹿島亞佐美有自己名義的定存，餘額超過兩百萬。

方法再多都有。

她爲何卻這樣束手待斃？

只能認爲她們母女之間的關係有異常之處。

我大概了解狀況了——我說。

「不。」

「啊，說的也是呢。」

「嗯。那麼……你們劈頭就聊那麼沉重的話題嗎？」

「沉重？」

「呃，因爲你說……」

一點都不沉重啊——渡來說。

「不沉重？——意思是她在逞強，或是故意表現得很明朗嗎？」

「那是故意嗎？」

渡來交抱起雙臂。

「是……故意嗎？感覺並不像啊。」

「可是你想想那內容啊，自己可是被母親賣掉呢，而且是賣給黑道。這種時代錯亂的事情，現在難得一見吧？而且對女性來說，那是非常屈辱的境遇啊。我覺得那可不是可以平靜述說的事情。」

「是故意嗎？」

渡來露出無法信服的表情。

「或者說，那種事情，她有必要甚至勉強故作開朗地說出來嗎？」

「咦？」

「那個時候我跟她才第二次見面呢。而且我是或許再也不會見面的、就像你看到的這樣一個輕浮的傻瓜呢。她何必故作開朗告訴我那種事？」

沒——沒錯。重點是，爲什麼是他？

「你覺得是爲什麼？」

「我覺得也沒爲什麼啊。」

「不可能沒有什麼吧？事實上她就對你吐露了那麼重要的事。不管怎麼想，那都是一般人應該會想保密的事吧？」

一般都會隱瞞起來。

就算曝光，也會設法矇混過去。

是這一類的身世。

「是……祕密嗎？嗯，我也覺得這不是什麼可以到處跟人吹噓的事，應該也不是可以在職場上宣傳的事啦。可是在職場這類地方，就算是一般事情也不會想要說出來吧？在工作的地方到處講私人事情的人，實在教人看不下去呢。亞佐美不是那種不會看場合的人啊。所以會不會正好相反，她其實很想告訴別人？」

「我不懂你說的相反是什麼意思。」

「哦，就是即使她想要說，也沒有地方可以傾吐。」

「想要說？」

我無法理解。

「那——不是會想要隱瞞起來的事嗎？」

「如果想要隱瞞，就不會主動說出來了吧？我什麼都沒問她唷。或者說，我對我不太了解的女人的來歷沒興趣。坦白說，不管她說什麼，我都沒什麼反應，她說什麼我都應：『噢，這樣啊？』」

這個人——

沒有任何感觸嗎？

「聽到這麼悲慘的事，你一點感覺都沒有嗎？」

「感覺嗎……可是這也不是我能怎樣的事吧？倒不如說，五條先生，」

仰著身體的渡來，突然把身子往前傾。

「我覺得啊，會不會是因爲我**這樣**，所以亞佐美才會告訴我？」

「你**那樣**？」

「就是啊，我不管聽到什麼事，不都是**這副德性**嗎？我沒有內涵啊，幾乎對所有的事情都無所謂。我是個笨蛋嘛。然後亞佐美也是，要是別人沉重地看待她的身世，她也會覺得很不舒服吧？所以她就算想說，也沒辦法告訴任何人。如果是像我這種人，因爲我看起來傻傻的，所以她才能放心說吧。」

「等一下，你說的是有道理，可是——」

怎麼會想要說出來？

「是類似——炫耀自己的不幸那樣嗎？」

「她沒有炫耀啊。這怎麼能拿來炫耀嘛？而且——」

亞佐美不是不幸啊——渡來說：

「她好像有很多難過的遭遇，可是她沒有說自己不幸。」

「不是不幸？你在說什麼？要怎麼理解，才能做出她並非不幸的結論？聽好了，鹿島亞佐美小姐被母親爲了金錢上的方便，送給了暴力團體的準成員當女人，而且還被轉送出去。跟她有特殊關係的佐久間，接收了大哥玩膩的她。聽好了，她可是被當成東西對待呢。鹿島亞佐美本身並沒有欠債，也不是保證人，絲毫沒有道理碰到這樣的遭遇。然而實際上，被反社會人士給玩弄、壓榨，你卻說這不算不幸？」

「怎麼回事啊？」

你激動個什麼勁啊？渡來說：

「不，我了解五條先生很厲害。畢竟你是律師嘛。在很多方面，你都很聰明，而且是正確的。可是本人沒有說自己不幸，看起來也不像在勉強假裝幸福啊，我也不覺得她是在故作開朗。噯，我沒有看人的眼光，就算像平常那樣聊天，也看不出對方的心情，所以實際上怎樣我是不曉得。可是亞佐美沒有那樣說，我也不這麼覺得，所以我就照實說而已。」

「或許吧，可是──」

「我沒有撒謊唷。我可沒聰明到會撒謊的地步。」

「不，我沒有說你撒謊。可是──」

「請問，要是我附和說『就像五條先生說的』──」

那就會變成眞的了嗎？

「眞的？」

會變成眞實？

「聽好了，渡來先生，眞實不是**變成**的，眞實本來就是眞實。只是有些眞實難以看清，而我們就是要把它──」

挖掘出來。

「或許只是你沒看見而已，不是嗎？你看到、聽到的事，對你而言或許是眞實，但對你以外的人或許不是。你的主觀應該受到尊重，但還有你以外的別人的主觀。要聆聽許多人的說詞，讓許多的主觀彼此接近，加以斟酌，像這樣找出客觀的事實，這才是眞實。」

然後，

到了這個階段，總算能夠將眞實放到台子上加以料理，能夠進入該如何解釋這個眞實的階段。所以……

不。

以這個意義來說，眞實——或許是**人工**的。

俎上的魚，端看是鯉魚還是鯛魚，料理方法也各不相同。而魚是鯉魚還是鯛魚，並不是一開始就決定好的，而是由人來決定的。所以即使檢方主張那是鯛魚，還是可以把它**說成**鯉魚。只要提出它是鯉魚的證據，然後眾人接受，它就會**變成**鯉魚。

這才是眞實。

「是啊……」

會變成眞實——我改口說。

「這樣啊。那……我還是只能說不是。」

「你是說，鹿島小姐並非不幸？」

「我這麼覺得啦，因爲，」

她很普通啊——渡來說。

「她還滿積極向前的，也滿常笑的。她講話的感覺是『其實我被我媽賣掉了呢』，也不是說所以就怎麼樣。該怎麼說，就不是哭哭啼啼的感覺啦。」

是嗎？

會不會只是他感覺不到？

第一次就只有這樣而已——渡來說：

「然後我們在店門口道別，結束。大概兩小時吧。」

「還沒弄懂她爲什麼把你叫出去就結束了嗎？」

「爲什麼嗎？應該是很閒吧？」

「什麼閒……」

亞佐美好像沒有朋友嘛——渡來說：

「所以，應該是累積了很多鬱悶吧。」

「也就是她想訴苦？不找個人傾訴，實在撐不下去？」

「也不是啦。」

渡來蹙起眉頭。

「五條先生，如果只是想要發洩，不會避開陰暗的話題嗎？應該反而會說些無聊的話好大笑一場吧？就是那種感覺。不沉重啦。」

「可是，內容很沉重吧？」

「輕重要看人吧？對肌肉男來說輕而易舉，但老太婆提不起來之類的，很多種啊。心靈健壯的人，意外地對什麼事情都看得很輕唷。亞佐美就是那種感覺。所以其他的遭遇也差不多，就跟工作上的事、派遣很辛苦什麼的話題半斤八兩。然後其他談到的……就是鄰居很厲害之類的。」

「鄰居指的是篠宮小姐嗎？」

「佳織小姐。」

「篠宮小姐似乎非常厭惡被害者。」

「亞佐美好像很尊敬她唷。」

「尊敬？可是聽說篠宮佳織小姐對被害者做出相當惡質的騷擾——」

警方查出她無端生恨，傳了許多毀謗中傷的簡訊給被害者。無論是質或量，似乎都大大超出了純粹騷擾的範疇。要是對方提告，她應該逃不過懲罰吧。

「亞佐美好像不知道是誰幹的。」

「那當然吧。如果她知道，應該早就提告了。」

「會嗎？」

「怎麼不會呢？因爲對方甚至寄黑函到職場去了，不是嗎？這可是侮辱罪呢。觸犯了名譽毀損、信用毀損、妨礙業務等罪名。我想她應該不是不知道，只是不確定而已吧？」

「你的意思是，雖然亞佐美察覺了，但沒有證據，所以不吭聲嗎？」

「不是嗎？」

會沒有注意到嗎？

由於幾乎都刪除了，無法確定，但篠宮佳織寄出去的中傷簡訊，內容似乎非常不堪入目。

雖然是找錯對象，但她對鹿島亞佐美相當懷恨在心吧。即使外表僞裝得很好，但這類感情總是會滲透出來的。如果恨得如此入骨，就更難徹底隱瞞了。而且，篠宮沒必要非隱瞞這種感情不可。就算有，頂多也只是避免跟鄰居起糾紛比較明智這點程度的必要性吧。

「我覺得她應該隱約察覺了。」

「我倒不覺得。」

「不，她應該是察覺到，只是沒說出來吧？」

「亞佐美沒有隱瞞啊。我明明沒問，她卻大力稱讚鄰居非常了不起、佳織小姐很厲害，還說想要變成像她那樣。因爲我對她鄰居沒興趣，所以只是傻笑著聽她說而已。」

「不不不，」

人會刻意去稱讚別人嗎？

渡來是無關的陌生人，向他傾吐怨言還可以懂，但就算在他面前稱讚別人，也不會有任何好處。

「她會說尊敬什麼的，不是爲了掩飾那微妙的臆測的權宜之計嗎？她一定是不斷地再三隱忍吧。」

「隱忍……嗎？」

我倒覺得那是眞心話耶——渡來不服氣地說：

「她是眞心稱讚耶。」

「什麼稱讚，向毫無關係的你稱讚別人也不能怎麼樣吧？即使她隔壁住著一個了不起的人，她很崇拜那個人，告訴你又能如何？那種事也沒法拿來炫耀吧？炫耀自己的事姑且不論，對你稱讚別人也沒有意義啊。」

「因爲沒意義，所以她才沒法跟我以外的人說吧？」

「她爲什麼要把不能跟別人說的事情告訴你？」

「哦，因爲我是完全無關的陌生人嘛。因爲是我才能說吧？或者說，亞佐美沒有朋友啊。」

「或許吧，可是——」

也有可能不是那樣。

「會這樣想，是你的主觀吧？你怎麼能斷定沒有其他的可能性？」

渡來的表情益發困窘了。

「我覺得鹿島小姐一定非常厭惡。普通人的話，要是持續受到那樣的中傷騷擾，絕對會受不了的。我認爲她遭受了無可估計的精神傷害。她收到的簡訊內容似乎非常不堪入目呢。」

「嗯，」

我看過了——渡來說：

「雖然不是全部，不過刪除的時候我看到了。就算不想看，還是會看到一些字眼嘛。要是被人當面那樣講，包準會打起來的，要不就是哭出來。真的很難寫到那種地步呢，或者說，那麼噁心的字眼，一般人根本想不到吧。」

沒錯。

「是啊，所以我想聽聽這部分的事。你——爲什麼要把被害者的電腦和手機資料刪除？」

並不是……爲了湮滅證據。

資料裡應該根本沒有提到渡來健也這個人。他們好像完全沒有互傳簡訊，相約的時候，似乎也是使用職場的電話，甚至找不到寫下渡來電話號碼的便條紙。號碼很容易記，所以被害者背起來了吧。

「呃……可是兇手就是我啊。」

「是這樣沒錯——所以呢？」

「所以要是害無關的人被懷疑，不是很過意不去嗎？事實上亞佐美就碰到過跟蹤狂，男朋友好像又不是什麼正當人士，她說職場有下流的歐吉桑，還收到騷擾信件。要是那種紀錄留下來，那些人絕對會被懷疑吧？不出所料，她留下了一堆日記跟簡訊。」

「也就是說……你絲毫不想隱瞞自己是兇手的事實，反倒說，你刪除那些資料，等於是在留下自己才是兇手的訊息——我可以這樣理解嗎？」

這可以視爲消極的聲明——是罪惡意識的顯露。

「不是什麼訊息啦。」

「也——可以算是吧？」

「不。」

我不懂你的意思欸——渡來的表情變得更加爲難。

「與其留下那種訊息，我乾脆自首還比較快吧？或者就當場叫警車還是救護車啦。事實上我沒叫啊，因爲亞佐美已經死掉了，是我殺的。幸好我沒被懷疑，所以我就這樣普通過日子而已，要是被通緝，我可能早就逃亡嘍。我很膽小的，是膽小的罪犯啊。」

「可是你也沒有隱瞞罪行，比方說進行僞裝工作吧？」

「我沒聰明到能撒謊還是隱瞞、騙人啦。只是這樣而已。」

他很不靈巧。

這個人是眞的過於正直了吧。

「只是沒有曝光而已。」

他這麼說。

「雖然你這麼說，但如果殺了人，不管怎麼樣都沒辦法如常生活的。會逃走、會隱瞞、會撒謊。即使沒有耍手段隱瞞，人也會先矇騙自己。」

「矇騙自己——？」

「是的。沒辦法像平常那樣生活的。即使看起來完全沒有受到影響、照常過日子，但那也只是表面上而已。世上沒有冷血無情的殺人魔。不，反過來說——」

如果能夠一如往常，

一如往常本身就是一種欺瞞。

任何事情都會影響到生活和心情。無論是再怎麼微不足道的小事，都一定會帶來某些變化。殺人應該不是微不足道的小事。

至少一般來說不是。殺人被視爲重罪。既然是重罪，應該可以視爲悖離日常。應該不會有人主張這種悖離日常的事情稀鬆平常。要是有人如此主張，在日本這個法治國家，還是不得不說那是**異常的主張**。那完全是反社會、不道德、不人道的主張。

發生了悖離日常的事，日常卻沒有任何變化的話——我認爲那依然是一種欺瞞。

不管是有意識，還是無意識，都在佯裝日常。沒有任何變化才不自然。那只是不自然地僞裝出來的日常、虛假的日常。

所以——

「一定會有哪裡扭曲才對。你的情況——你不是到處訪問跟被害者有關的人嗎？就好像在宣傳我是兇手、快來抓我一樣。」

「這——」

不是的——我打斷渡來的話。

「不管你自己怎麼解釋都一樣。那確實是一種贖罪心理的扭曲表現。」

如果不這麼想。

如果不選擇這個解讀。

就只剩下渡來是個殺了人以後，毫無悔過之意，出於好奇接觸被害者家屬並觀察其反應，是罪不可赦的極惡之徒這個解讀了。同樣的行爲、同樣的事實，根據不同的解讀，能夠導出一百八十度不同結論的證據。

「請──這麼想。」

「什麼意思？」

「就是說──你是有罪惡感的。」

「不，我當然有罪惡感啊。我只是怕被抓，或者說錯失了說出來的時機，不曉得該怎麼過日子，也不明白自己的罪有多重，所以想應該先從那樣開始吧，只是這樣而已。」

「所以說，」

就是**這麼回事**──我說。

這樣嗎？渡來不服氣地說。

「只是你不了解自己而已。」

「哦，我是覺得我不懂自己啦。」

「就是吧？所以我覺得鹿島小姐應該也是一樣。」

「一樣？唔，我覺得沒有人眞正了解自己啦。」

「應該吧。可是我們也不能忘記，大半的人都是明明不懂，卻**不認為**自己不懂。她精神上應該相當痛苦，而且是痛苦不堪。她——鹿島亞佐美小姐非常難受，她很不幸。」

肯定是的。

我倒不這麼感覺耶——渡來說。

「所以她才會選擇你做爲發洩的對象，不是嗎？」

「我是沒有這種感覺啦。」

「除此之外，我不明白她刻意再三把你找出來碰面有何意義呢。她找你並沒有什麼事吧？後來也是。」

「沒事啊，因爲我是個沒有任何用處的廢物嘛，對社會一點貢獻也沒有。雖然現在已經成了社會的害蟲了，所以不會有人再找我了。啊，而且我連一次都沒有付過帳呢，全都是亞佐美請客。第二次見面的時候我們吃了飯，也是她出的錢。」

「明明也沒什麼事嗎？」

「沒有吧。那個時候也沒聊什麼。第三次亞佐美找我去她的公寓，那個時候也沒特別聊到什麼。」

「你說的公寓，指的是被害者的住處，對吧？」

也就是犯罪現場。

「那天你們爲什麼會去公寓？」

那家店沒開——渡來當場回答。

「臨時公休。然後我像個傻瓜似地站在店門口等，亞佐美晚了一點過來，然後她說『對不起，那去我家好了』就是這樣。」

「她引誘你。」

「也不是引誘那麼奇怪的事。我說過很多次了，那種豔遇我無福消受。」

「就算你是這樣，對方不一定也是啊。」

「不，不是啦，而且我感覺亞佐美不喜歡比她小的。再說，她從來沒有說過她很難過、很傷心之類的話。我想她應該是不好受，但那只是我自己這麼覺得，本人感覺很自然，眞的只是閒話家常而已。」

「只爲了閒話家常，就把你找出來那麼多次，請你吃飯，甚至請你去她家嗎？如果她對你有意思——啊，抱歉，如果說她對你有特別的感情，那還另當別論。」

「這絕對不可能。」

「你怎麼敢斷定？」

「因爲她跟我炫耀佐久間先生——她那時沒跟我說名字——跟我炫耀她男朋友呢。說男朋友什麼東西都買給她。說因爲男朋友職業的關係，不太能向他撒嬌，而且他對她也不溫柔，可是就是這點好什麼的，還說他很適合自己。現在想想，佐久間先生是黑道，不過那個時候我不知道，所以只覺得，噢，這樣啊。」

「可是，對方是黑道耶。」

是社會敗類。

「雖然你一直說自己是廢物——確實，你犯了罪，可是在犯罪之前，你是個善良的一般市民吧？就一般社會來說，他們比你更——」

不能說人渣。

「——是比你更不好的人。而且佐久間先生好像是接收了他的大哥不要的亞佐美小姐，不是嗎？還說他付了十萬圓。等於是用錢買了亞佐美小姐，把她當成東西看。他可是把人當東西看的人呢。」

那根本就是人渣。

「被那種男人包養，不可能幸福啊。」

「這誰知道呢？」

「不是知不知道的問題。佐久間先生的工作，是社會觀感上無法接受的行業。相對地，鹿島小姐是個善良的市民。對於伴侶的那種身分，她不可能毫無感覺吧？」

如果無動於衷，那就是問題了。

「她是被人用錢買下的呢。又不是奴隸制度橫行的未開發國家，遭到那種對待當下，她的人權就已經遭到踐踏了。不——要說的話，她的母親也是一丘之貉，不是嗎？」

「或許是吧，可是——」

「如果你是廢物，那麼那個母親——」

就是人渣——我說。

「五條先生也會說那種話啊。」

「什麼叫那種話？」

「就人渣之類的話。可是亞佐美沒有說母親的壞話唷。她說母親一個人把她養大，她覺得很感謝，還說母親爲了她而吃了很多苦。我是沒聽說她爸媽是離婚了還是死掉了，我自己以爲是離婚啦。我爸媽也是離婚了，在我國中的時候。」

這一點我已經確認過了，我見過他母親。

「因爲我爸經常毆打我媽，不過最根本的原因好像是因爲我媽外遇，所以算是兩敗俱傷吧。我這樣說，結果亞佐美——」

她哭了耶——渡來說。

「哭了？這——」

是不是表示她情緒很不穩定？

「不，她是同情我。我又沒有說到痛哭流涕還是怎樣——會不會是哪裡戳到她的哭點了？」

「哭點？」

「就是會不會是哪裡讓她有同感。說到我媽挨打的時候，她露出好難過的表情。當我說到我媽被打傷哭了的時候，亞佐美就哭了。我跟別人講這件事的時候，他們都露出厭惡的表情，要不然就是笑，可是亞佐美好像很有感觸。」

這是因爲，

「她也遭到相同的暴力對待吧？被母親或佐久間。」

有這個可能。

那個母親的話，有可能虐待幼童。若是那個男人，應該會對女人拳腳相向。

「你想太多了啦。」

渡來一下子否定了。

「佐久間先生再怎麼說都是喜歡亞佐美的，他很珍惜她。因爲是黑道，或許有可能動手動腳，所以我是說以黑道來說很珍惜啦。亞佐美的母親——唔，雖然是那副德性，可是一定不會打小孩的。」

不是只有暴力行爲才叫虐待。

「她應該是不幸的。被那種母親扶養，而且還被賣掉，被黑道買去，任意玩弄，被鄰居的前男友強姦，甚至被跟蹤，又被那個鄰居執拗地騷擾，在職場又被性騷擾——」

「等一下，五條先生。」

渡來打斷我的話。

「欸，我從剛才一直聽你說，你是不是希望亞佐美不幸比較好啊？我覺得你無論如何都想把亞佐美弄得很不幸。」

「沒錯。」

這個問題應該坦白回答比較好。

「她已經不幸到無法承受的地步了——難道不是這樣嗎？」

應該是的。如果看起來不像，表示這個人有眼無珠。這個渡來健也，是不是只是太遲鈍了？只因爲遲鈍，而即將被問罪。

難道不是嗎？

「會不會是你判斷錯了？其實她是在向你求救。她對自己地獄般的人生絕望，一直在等待有人伸出援手，然後你出現了。她相中了你。這麼想的話，一切都合情合理了，對吧？」

「爲——什麼？」

「你第四次跟她見面的時候——是她直接找你去家裡吧？」

「對啊。」

「她用什麼理由把你找去？」

「哦，也沒有什麼理由啊。她打電話過來。」

「電話裡怎麼說？」

「唔……」

也沒說什麼呢——渡來說：

「因爲已經是第四次了，所以我也沒有特別覺得怎麼樣。大概類似『你上次來過，知道在哪裡吧？』、『比在咖啡廳見面自在多了，咖啡愛喝多少就喝多少，不錯吧？』所以我很自然地就去了她的公寓，不過冷靜想想不太妙呢。不應該傻傻地跑去一個人住，而且有男朋友的女生家裡呢。」

「雖然也不是不行——不過的確是有些魯莽吧。」

沒錯，太魯莽了。

「我說，渡來先生，你是不是**被陷害**了？」

「什麼？」

沒錯。

就算不是，也只能主攻這條線了。

「不管怎麼想都很不自然。」

「哪裡不自然？」

「鹿島亞佐美小姐的態度。就算你是她的恩人，但你又不是救了她的命。如果要道謝，請你喝杯茶就很足夠了。如果說要改天道謝，應該是送盒點心還是包個紅包就可以了。然而——明明也沒什麼事，卻一而再、再而三地邀約根本是陌生人的你，這件事本身就很不自然吧？就算見面，也只是閒聊。如果是委託你當她的保鑣還是跟蹤狂被害的證人，那還可以理解，可是卻又不是，你說你們只是閒話家常。而閒聊的時候，她對自己不幸的人生、悲哀的過去也不隱瞞，明示暗示，並且表現開朗，極不自然。儘管如此，聽到你的過去卻又流淚。這應該只能解釋爲情緒不穩定吧？先是喝茶，再來是吃飯，然後邀你去她家，一步步把你引誘過去。」

「引誘——嗯，或許算吧。」

「你第四次去她的公寓時，她是什麼樣子？」

「什麼樣子唷——唔，感覺已經習慣了，很放鬆。然後，嗯，聊的內容還是差不多啊，沒什麼。」

「不可能沒什麼吧？」

「就算你這麼說——」

「可是那個時候，你在那裡**殺了她**耶？」

殺了她——

沒有任何動機。

唯有動機，警方和檢方仍然尚未釐清。

這個人爲何殺害被害者，唯獨這一點，沒有人知道。

「你殺了她吧？」

「我殺了她。」

「爲什麼？」

「那是——」

「她不是說她想死嗎？」

「是啊。」

「一個並非不幸的人，會說什麼想死嗎？雖然工作很辛苦的時候、出了大糗的時候，人會說想死，但那都不是認眞的。一般人說的想死，只是難過的比喻，不然就是開玩笑。她也是在開玩笑嗎？」

我覺得不是玩笑——渡來說：

「我感覺她是認眞的。」

「爲什麼她會說想死？」

「這——」

我就是不懂這一點，

「所以才到處問人。」

渡來這麼說：

「我眞的不懂。我從出生到現在，連一次都沒有想過要死。或許是因爲我腦袋這麼笨，才不會想到那麼纖細的事也說不定，可是就算是我，如果跟從來沒吃過苦的有錢人家大少爺比起來，還是有過很多遭遇的。我小學的時候被欺負得很慘，老爸又很兇，動不動就打人，國中的時候爸媽離婚，家裡很窮。然後我又是這副德性，在高中也被人盯上，過得滿慘的，可是也沒有什麼好死的，所以我從來沒有動過那種念頭，沒想過要死。」

這——很正常。

「沒想過要死——這是很正常的。人會有尋死的念頭，原因之一是因爲生病。這需要治療。另一種是因爲——被逼到近似生病的狀態。精神上、肉體上、經濟上、社會上，被逼到無法承受的地步時，人就會想死。這已經不正常了。如果有正常的判斷力，就可以明白死並不能解決問題，應該可以了解才對。人也是生物，生物是爲了生存而活著，是不會主動尋死的。可是有些情況會讓人無法做出這樣的判斷。那種情況下，人會誤以爲死掉是最輕鬆、最快的解決方法。」

「是……誤會嗎？」

是誤會。

「比方說，碰到霸凌很難受，對吧？家暴也是嚴重的問題，照顧病人和老人也非常辛苦，被討債也很痛苦。生病、窮困、人際關係，世上充滿了絕望的種子。可是——一定都有出口的，絕對沒有沒救這回事。但有時人會認定已經沒有出路了。問題就在這裡。死了就輕鬆了、死了就結了，沒有這種事的。因爲死掉而使得狀況好轉——絕對不可能有這種事。」

可是，

「的確會有忍不住這麼想的瞬間。憂鬱症之類的情況，會讓人毫無理由地這麼想，但人類原本就很軟弱，變得那樣也無可厚非。」

「嗯，是啊。」

應該是吧——渡來說。

「可是鹿島小姐不太可能是憂鬱症。她過去的記錄找不到這樣的病歷，看來也沒有就醫治療。即使從鹿島小姐生前的言行舉止來看，我也認爲那樣的可能性微乎其微。也就是說，她不太可能是突發的、毫無理由地想死。」

正因爲如此，

「她——是不是被逼到走投無路？是不是苦惱到甚至想死？」

只有這個可能了。

「你說不是，但她是不是在你面前僞裝而已？一方面故意讓你知道她很不幸，卻又強調她並非不幸。聽了你的話，我有這種感覺。」

哎呀——渡來發出慵懶的聲音。

「是這樣嗎？如果是的話——又會怎麼樣？」

「她想死，至少她對你透露她想尋死。」

「這我說過啦。」

「也就是說，她有自殺願望，而且是強烈的自殺願望。考慮到她的遭遇，以及現在的生活，推測她陷入那種視野狹隘的自殺願望也不算突兀。可是——」

「可是？」

「她一個人沒辦法死。」

「什麼？」

「所以她利用了你。是不是這樣？」

「利用？我不懂你的意思。」

「渡來先生，你被鹿島亞佐美的話巧妙誘導，被她利用爲自殺的兇器——是不是這樣？也就是說，你所犯下的罪，不是殺人罪也不是暴行致死或過失致死，而是幫助自殺——是不是這樣？」

「幫助自殺？」

「對。你協助她自殺——參與了她的自殺。這種情況，因爲沒有被害者積極的委託，所以沒辦法視爲委託殺人。不是同意殺人，完全是參與自殺，你協助了鹿島亞佐美的自殺。是不是這樣？」

「協助？呃，我還是不懂。人是我殺的啊。」

「是的，可是你並沒有動機。」

「沒有——嗎？」

「沒有吧。說得簡單一點好了，如果被殺的不是她——這種情況，有殺意的是鹿島小姐，提供協助的是你——渡來先生。執行殺人的是你，但計畫殺人、**指使**你殺人的是鹿島小姐。也就是說，你們是共犯關係，主犯是鹿島小姐，你是從犯。」

「這哪裡簡單？如果是這樣，又有什麼不一樣？」

「完全不一樣。」

「所以是哪裡不一樣？」

「罪責的程度不一樣。」

這傢伙，都說得這麼白了還不懂嗎？

「我是在說，你的刑罰會變得比較輕。」

「我又沒拜託你這麼做。」

「就算你沒拜託，但眞相就是眞相啊。」

「那才不是什麼眞相。」

渡來厲聲說。

「不，那只是你不這麼想——」

「也不是該由你來決定的吧？」

「決定的人不是我，是法官。我只是主張應該這樣解讀才正確。」

「爲什麼？」

「什麼爲什麼——」

「欸，你爲什麼要幫我辯護？我是殺人犯耶？我做了壞事喔？不管誰來看，這一點都不會改變。不管是倒過來看還是反過來看，事實就是事實。時間不會倒轉，亞佐美不會復活。就算讓我的罪輕一點，又有什麼意義？」

「我——」

我啊——

討厭你的那種態度——我有些大聲地說：

「什麼犯罪者犯罪者，沒錯，觸犯法律的人就是犯罪者，所以會受罰。這是沒辦法的事。雖然沒辦法，可是不需要因此而過度自卑。只要好好反省贖罪，不再犯錯，就可以堂堂正正做人。眞誠地悔改與一意妄自菲薄是不一樣的。」

「我又沒有妄自菲薄。」

「明明就是。你照這樣下去，會**被當成**一個毫無動機地殺害跟自己沒什麼關係的女人的兇手，是變態殺人狂。但從會面的感覺來看，你很正常，沒有異常的地方。」

「正常跟異常要怎麼區分？」

「你通達事理。你理解我的話，可以自己思考咀嚼，讓對話成立。你可以好好判斷事物，可以無礙過著社會生活。雖然你說自己是傻瓜、廢物，可是渡來，你很正常。不是知識或學識的問題，你——」

我哪裡正常了？——渡來說：

「我可沒過什麼社會生活唷。我只是活著而已。」

「但你不是混得很好嗎？或許你認爲自己無法適應社會，但社會並沒有排擠你。我認爲，渡來，你很善良。我出於職業關係，見過形形色色的人，但水準比你更低的人多不勝數。這跟學歷還是頭銜無關，我說的是做爲一個人的水準。」

「然後呢？」

「什麼然後？」

「我是在問你爲什麼要幫我辯護。因爲有錢賺嗎？」

「有錢賺？我嗎？我是公設辯護人，是國家爲了沒錢請律師、或因爲某些理由無法委託律師的被告而派遣的律師。」

酬勞——很低。

不是爲了錢而做的。

「我呢，原本是涉外律師，專長領域是企業法務。唔，現在國內案件變多，已經不能說什麼涉外律師了。簡而言之，主要是負責企業的海外案件，但現在已經完全不幹這部分了，收入呢，是當時的百分之一，一點都不賺。」

「那你爲什麼要做這種事？」

「你聽好，不守法是壞事，不管誰說什麼都是一樣的。守法是法治國家的基本，沒有道理可以不守法，絕對沒有。話雖如此——」

也不是只要守法就好了。

絕對不是。

「我第一件負責的刑事審判——也是殺人命案。不，我判斷應該算業務過失致死才妥當，並且如此主張。我到現在仍然認爲那才是正當的罪狀。可是呢，輿情譁然。」

「譁然——？」

「因爲被害者是小孩子，一對三歲跟五歲的兄弟。而且是很可愛的小孩。我受到強烈的抨擊，說我居然要爲殺害那些可愛小孩的冷血殺手辯護、爲那種禽獸開脫。我還眞的被人扔石頭了，家裡也接到恐嚇電話。」

——爲了錢，什麼骯髒事都幹得出來，簡直禽獸不如。

——你居然幫忙壞人嗎？你這樣還算是個律師嗎？

——你這種行徑，跟殺人犯不也是同罪嗎？

——你也想想被害者家屬的心情啊，畜牲！

每個字句，都烙印在我的耳底。

「爲了錢？錯得離譜。而且那兩個被害者的小孩生前遭受父母殘酷的虐待呢。愈是調查，就愈發現他們的處境堪憐。父親不顧家庭，母親放棄照顧孩子。他們居然能平安長到那麼大，甚至令人覺得不可思議。」

即使如此。

「那些事跟案子完全無關。因爲不管被害者是怎麼被養大的，都跟案子本身無關。孩子的父母積極地接受採訪、上電視，扮演痛失愛子的可憐父母。完完全全就是扮演，然而私底下他們卻是領了保險金，逍遙度日。」

——被害者家屬就不能有娛樂嗎？

——父母親幫小孩子保險錯了嗎？

——再說，小孩子又不是我殺的。

——倒是你，別妨礙我們報仇。

——那種人，當然要判死刑吧？

「一領到保險金，那對夫婦立刻把錢分一分離婚了。就好像沒了礙事的小孩，無事一身輕。但是看在世人眼中，卻不是如此。」

一口氣失去兩個寶貝兒子，夫妻之情也因此被切斷了——我記得當時世人是這樣說的。總而言之，他們持續扮演這樣的角色。

輿論無論如何都想把兩人塑造成悲劇角色。

那樣比較容易懂。

而當事人也選擇了搭順風車。

那樣對自己比較有利。

他們沉醉在被害者家屬的境遇裡。

「加害者呢，生活過得非常困苦。母親臥病在床，太太的身體也搞壞了。但他還是拚命工作，搞到過勞。公司顯然也違反勞基法。」

可是，

「這——也被判斷跟案情無關。加害者連續工作了很久，已經撐不下去了。他瀕臨極限，然後結束工作，在回家途中發生事故。沒錯，那是事故。可是……卻不被當成事故處理。」

「怎麼會？我不懂，不是交通事故嗎？」

「沒錯，是交通事故。雖然是在回家路上，但仍然算是業務過失致死。他過度勞動，雇主也有責任。可是呢，他在回家之前剛辭掉工作了。」

「什麼？被開除了嗎？」

「不是。」

再給我多拚一點、效率再提高一點、有怨言就別幹了——他一直承受著這樣的壓力。體力上似乎也到達極限了，失誤愈來愈多，公司的對他的批判也愈來愈強烈。最後他終於不支倒下了。他判斷如果再繼續工作下去太危險。他沒辦法在這種狀態下駕駛。身爲一個駕駛，這是正確的判斷。然而公司卻不允許他暫時停職或休假甚至是休息。所以，

「他主動離職了，就在事故發生那天早上。如果是被開除，應該就是不當解聘，但他是主動離職的，公司主張與他們無關。那家貨運公司應該只是不想負起責任而已……可是如果採納他們的說法——」

至少就不能算是工作期間發生的事了。以常識來看，這實在太荒謬了，然而這件事不被當成事故。雇主沒有責任。

即使如此，事故還是事故。所以應該是業務過失致死。然而，

「加害者的證詞成了關鍵。那個人居然供稱說，他意識模糊，覺得一切都無所謂了，也不管

紅綠燈是什麼顏色，明知道前方有小孩，還是撞了過去；但事實並不是這樣的。他是受不了良心的苛責，他已經痛苦到失去了理智，所以才會說是**他殺的**。」

就跟眼前這傢伙一樣。

——那兩個孩子不會活過來了。

——不管怎麼樣，人都是我殺的。

——無論被判什麼刑我都會接受。

——請判我死刑吧。

「這番話被媒體扭曲報導，把他說成遭公司開除，自暴自棄，把氣出在無辜的孩童身上，撞死他們。不，不只是世人這麼說，公審也幾乎要朝這個方向發展。我呢，只能主張事故發生當時，被告陷入譫妄狀態，毫無判斷能力。結果——」

世人對我撻伐得更厲害了。

他們說，爲了包庇殺人犯，你居然扭曲事實到這種地步？我每天收到恐嚇信，叫我去死、威脅要殺了我。

當時被害者的母親正出國旅遊。

父親沉溺賭博。

加害者的妻子自殺了，臥病在床的老母無人照顧。雖然有些親戚，但每個人都以身爲犯罪者的親戚爲恥，與他斷絕了關係。

加害者更加絕望，說一切都無所謂了。

不停地說著殺了我吧、判我死刑吧。

判決結果是有罪。

判處二十五年徒刑。

沒有人將被告「殺了我吧」的發言視爲反省。世人認爲，他是自暴自棄殺死了那兩個孩子，然後直到最後都自暴自棄而已。

確實，他是自暴自棄了。

可是眞的這樣就好了嗎？

「怎麼可能好呢？我勸他上訴，但他不肯。他服了十年刑，在獄中過世了。他臥病在床的老母沒有人照顧，孤單地死了。」

無人知曉，悄悄斷氣了。

「你怎麼看？他的確奪走了天眞幼童的性命，是犯罪，是應該贖罪的行爲。可是虐待呢？過勞呢？這些事眞的無關嗎？不不不，這個案子是個極端的例子。雖然我對判決結果非常不滿，但這是例外，這種事不常有。可是只因爲是被害者家屬，就將之神聖化的風潮根深柢固。而一些怪物就躲在這樣的風潮背後，披著被害者家屬的皮橫行霸道。我覺得這太不公平了。可是不管他們再怎麼差勁，只要沒有犯罪，就無法告發。即使再怎麼愚蠢、卑鄙也一樣。只因爲是被害者的家屬——」

「你說的那些，」

不都是理所當然的事嗎？渡來說。

「理、理所當然？」

「因爲就是理所當然嘛。不管是被害者家屬還是加害者家屬，都跟事情無關吧？不管是誰，只要守法，就不能胡亂懲罰吧？只要是在法律範圍內，愛做什麼都可以吧？」

「沒有那種事吧?你在說什麼?」

「沒有那種事?欸，沒有違法的話，就是守法，不是嗎?要是懷疑這一點，連根本都亂七八糟啦。」

「不，我不會去質疑法律。我會好好遵守法律。我相信法律。所以，我是要救助那些在法律規定的範疇中受到不當欺凌的——」

「你在說什麼啊?」

渡來——瞪了我一眼。

「誰被欺凌了?犯罪者不就是犯罪者嗎?除了犯罪者還能是什麼?然後不是犯罪者的人就不是犯罪者啊。不，所以說事情更單純。教訓、矯正法律不能制裁的人，並不是你的工作吧?雖然看到那種人的囂張行徑眞的很教人生氣，可是就算是這樣，讓犯罪者的罪行變輕也沒用啊。在那種地方加減又有什麼用?」

「加減?」

「不就是嗎?我說啊，你處理的那個案子，那個犯人的確是很可憐。而且那個被害者的父母、還有公司跟犯人親戚都很壞，對吧?對，他們眞的很過分，連我聽了也覺得他們眞是垃圾，可是他們並沒有犯法吧?」

「沒錯，所以——」

「所以犯人很可憐?是啦，跟那種人比起來，犯人看起來或許更像話了。可是就算再怎麼可憐，犯人不就是犯人嗎?最可憐的不是殺人的傢伙，而是死掉的小孩吧?」

人都死了欸。

「你說的是沒錯，可是——」

「還有什麼好可是的？那個犯人雖然可憐，可是還是應該受到制裁啊。不管是被判五年、十年還是無期徒刑，都是沒辦法的事。都是一樣的。因爲這不是他能決定的，是由你們這些厲害的人來審判的。然後呢，警告父母、公司還是親戚那些人，不是你們的工作嗎？」

「可是世人——」

「世人你個頭啦。欸，本來就不能制裁沒有破壞法律的人，所以少在那裡嘰嘰歪歪的，好好把這些事情告訴世人，這不就是你們的工作嗎？只要好好進行審判，就應該了解這些才對啊。」

「我、我好好——」

好好完成工作了。

「應該是吧，可是你還是無法接受，不是嗎？」

「也沒有什麼接受可言，審判本身公正地進行了，只是即使如此——」

「看吧，你不要什麼都想在自己的地盤裡面解決。告訴你，因爲有不是犯罪者的人在逍遙，所以就想讓犯罪者的罪變輕，這樣還是太奇怪了啦。」

「我、我並沒有這麼要求。我只是想要公平地、盡量公平地——」

「你說的公平，什麼時候被掉包成相對的東西了？你只是因爲在那場審判吃了虧，所以覺得不甘心罷了吧？法官會差勁到被媒體還是那對呆瓜夫妻的演技給左右嗎？法官是很嚴格的吧？是很了不起的吧？判決會因爲世人這些莫名其妙的意見而變來變去嗎？審判我們的，是那麼沒節操的東西嗎？」

「這——」

不是的。

沒那種事。

「那樣的話，官司之所以會輸，不是你的主張有問題，就是你辯護得太爛了吧？還是法官不能信任？五條先生？」

「沒、沒有那種事。要是懷疑法官——」

「啊，可是法官就算很了不起，也不是完美無缺，應該也是有搞錯的時候吧，你說呢？」

「就算問我，要是質疑這一點，就等於質疑現在的司法制度——不，法律本身了。會讓司法崩潰的。」

「那樣的話，就是你本領太差嘍。如果判決都出來了，而你無法接受，但你還是正確的話——那就是你辯護得太爛吧？」

少爲了那種事情生氣，好嗎？渡來健也說：

「把你的私欲強加於人，很麻煩耶。雖然你說亞佐美的母親是人渣，可是她並不討厭亞佐美，也沒有虐待過亞佐美，她只是不曉得該怎麼去愛小孩而已。佐久間先生也是，雖然他是黑道裡的小嘍囉，可是好像非常喜歡亞佐美，很珍惜她的。跟亞佐美上床的歐吉桑們也是，雖然都是些好色又其貌不揚的傢伙，可是也都各有各的苦衷，每個人都不討厭亞佐美。佳織小姐也是，雖然她做了那種事，可是她也是有她自己的辛酸跟苦處的。每個人處境都不同的。人都很傻，所以會做錯事，會跌倒，會墮落，不就是這樣嗎？每個人都廢到連自己都討厭自己嘛。我爲了了解亞佐美的事，到處問人，可是每個人都淨是談論自己。所以我終於明白了。」

每個人都差不多啦。

「差不多——嗎？」

「差不多啦。你也是。偵訊我的刑警、檢察官，每個人都差不了多少。你呢，五條先生，你一定是正義的一方。你的心中有正義，這我非常明白，可是我還是覺得你只是不甘心而已。你因爲不甘心輸了那場官司，所以眼睛才被蒙蔽了。」

「被蒙蔽？」

「你把每個有關的人都說成壞人，把亞佐美塑造成不幸的女人，這有什麼意義？我就說亞佐美並沒有不幸了。直到──」

被我殺掉。

「可是那她怎麼會說她想死？這說不通啊。爲什麼你殺了她？這沒有道理啊！」

「爲什麼亞佐美會說她想死，是嗎？」

「除、除非不幸，否則怎麼會那樣說！」

「這很簡單啊。」

渡來健也微笑了。

「亞佐美說她的人生雖然這麼古怪，可是她很幸福。她說男朋友的工作很危險，母親也有問題，工作和收入都不穩定，但她依然稱不上不幸。然後她問我：『我想要像這樣永遠處在幸福當中，我該怎麼做才好？』所以我就跟她說了。如果妳那麼幸福的話，怎麼不趁著這麼幸福的時候──」

──**死了算了**？

「你說什麼？」

「我告訴她，在還沒有變得不幸之前死掉就好了。結果亞佐美就回答說：『是啊，我眞想死。』一瞬間我不懂她說什麼。因爲一般人不是都會回答說，我不想死嗎？如果幸福的話，更不會想死了。可是亞佐美一本正經，說——」

——是啊，我想死。

「她這麼說呢。所以這——」

不就代表她眞的很幸福嗎？

她說她什麼都不要了。

她這樣就很滿足了。

「所——所以你殺了她？這、這——」

「也是有**這種荒唐事**的。不，我一點都不認爲我就可以殺了她。我說，那我要殺妳嘍，掐住她的脖子，結果她默默閉上眼睛，然後那張臉——」

已經，

已經可以了。

「你、你——」

「我這樣還算正常嗎？你說我很正常，可是眞的是嗎？我不覺得唷。我到處問話的那些對象，我對他們每個人都說怎麼不去死算了，但每個人都說不要呢，這才是正常的反應吧。因爲每個人都想活著嘛。對世上有所留戀，依依不捨。每個人都不滿足嘛。大家不是都東拉西扯一堆理由，說自己有多不幸嗎？這是理所當然的啊。人啊，每一個都是廢物，是人渣，但還是活著啊。就像你說的，是爲了生存而活，所以才不會想死呢。然而亞佐美不一樣。有這種事嗎？我啊——」

忍不住害怕起來了。

這樣啊。

原來是這樣啊。

「你——是怕了啊。」

「居然眞的不怕死，那已經不能算是人了。所以我在掐她脖子的時候，愈來愈怕，愈來愈怕，然後漸漸地覺得自己正在殺的不是人，而是什麼更可怕的東西，然後，可是——」

亞佐美還是笑著。

「笑——？」

「世上有這種事嗎？亞佐美到底是什麼人？因爲這樣下去她眞的會死掉呢。不，不是死掉，是被我殺死。我是清楚明白地想要殺她才殺死她的，所以這不是心神喪失也不是幫助自殺，是殺人。所以請用殺人罪制裁我吧。眞正該死的是我才對吧？」

「不——」

沒那種事。

沒那種事，可是，

渡來健也注視著我——一逕低著頭。原來我先前完全、絲毫不了解。

「你是個殺人犯。」

我說，渡來健也總算放心地垂下視線。

（完）

解說

辻村深月

劈頭就說私事，實在惶恐，不過我從來沒有接過比這次的解說更令人猶豫的工作了。

一開始接到委託的時候，我在電話這一端發出「咦」加上濁音般，不存在於日語發音的怪聲，緊接著一股近似焦急的驚駭一點一滴湧上心頭。我覺得被京極先生看透了一切，再也無處可逃，回過神時，我已經做出了回答，「沒問題。」我擦掉瞬間狂噴出來的汗水，以大受動搖的腦袋思考著，怎麼會有人知道我喜歡這部小說？別人發現了什麼？

二〇〇九年，看到出現在《小說現代》三月號封面的這行文字時，我受到的衝擊無法言喻。

新連載《怎麼不去死》　京極夏彥

在結尾安排大逆轉的推理小說，經常會使用「世界在最後一行徹底顛覆」的文案，但這是我頭一次體驗到連第一行都還沒有看到——在標題的階段——世界就遭到顛覆。

我拋開工作和娛樂，立刻拿起雜誌讀了〈第一人。〉我顫慄了。京極先生，我等了好久了，這就是我想讀的！——我當時那種甚至是感激涕零的心情，想必眾多讀者都能體會。

〈第一人。〉從似乎對別人、社會和周遭不滿的男人不悅的口吻展開故事。他似乎是一個叫亞佐美的女人的上司，而那個女人似乎在自家神祕死亡。出現在他面前的無禮年輕人健也自稱認識亞佐美，想要打聽過世的她的事情。我很笨，也不會用敬語——健也以毫不矯飾的詞彙與男人對峙，男人被打亂步調、嚴詞逼問，很快便因爲自己充滿社交詞令與歪理的言語暴露出了祕密與馬腳。乍看之下，這也像是毫不矯飾的年輕人以純樸的話語做爲武器，擊倒充滿虛榮的大人的爽快故事。

健也接著訪問了〈第二人。〉、〈第三人。〉住在亞佐美公寓隔壁房間的女人、包養亞佐美的黑道、亞佐美的母親……健也以打聽亞佐美的事的名義，坐在他們面前。在短暫的會面中，彷彿驅逐對方的附身魔物般，道出這樣一句：

——那你怎麼不去死了算了？

雜誌的連載只到〈第五人。〉加入全新創作的〈第六人。〉以單行本形態出版時，據說許多讀者都和我一樣，在感想裡談到了書名的衝擊性，像是「好殘忍的書名」、「怎麼可以說這種話」、「衝擊性十足的書名」等等。

我不否定書名的確相當衝擊，但我總覺得這些形容有點不太對。因爲對於當時二十多歲的我來說，「怎麼不去死？」這種話，從十幾歲的時候就非常貼近生活。而且如果不怕誤會，我得說那完全是十分**輕巧**的一句話。

我們經常把「怎麼不去死？」掛在嘴邊。

沒有「你去死啦！」那麼強烈，也沒有「我希望他死掉。」那麼迫切。

這樣寫，或許會被誤以爲我是個蛇蠍心腸的人。可是我們對撞到自己肩膀卻不道歉的行人、或是在擠得像沙丁魚的電車裡覺得別人礙事時，也都會不負責任，不帶任何積極意味的脫口而出這樣的話，因爲那些人對自己無所謂。

十幾歲的我們對每天的各種不耐毫不猶豫地吐出這種話，引來許多大人的警告。「隨隨便便把『怎麼不去死？』掛在嘴上，是很危險的。」我們嘲笑這些警告，對於大人把我們根本不當一回事的言詞當眞，還正經八百提醒感到滑稽地度過青春時期。我們繼續在私底下輕巧地呢喃，「那些王八蛋，怎麼不去死？」

對於我們——當時的殘忍孩子——而言，「怎麼不去死？」完全是發洩用的爽快詞句。

可是我們一直沒有發現，其實我們都只會在背地裡偷偷說這些話，絕對不敢當著對方的面講出來。過去動輒如此喃喃細語的人生中，不管剪下任何一個場面，叫我在對方聽得到的地方說出來，我一定會嚇到渾身發抖，哭著抗議說我實在辦不到。

但我終於發現了。

就像我對許多人說過「怎麼不去死？」其實別人也私下這麼詛咒過我。明明不是眞的如此希望，但自己也被數不清的對象輕巧地一路詛咒至今。

我陷入驚慌。

埋怨、辯解，滿口自己的理由跟自己的苦衷，明明一定對不曉得多少人惡罵過「怎麼不去死？」卻認定唯獨自己不會被如此詛咒，這群自私的登場人物。碰上健也造訪，遭到他以一句「怎麼不去死？」掐住咽喉的人們，跟我自己，其實沒有任何不同。

健也說，

每個人都只談論自己。

當我發現這本書失去「審判自私的他者」這種爽快故事的框架，自己也是遭健也推入地獄深淵的一方時，這本書以及京極先生之所以選擇這個標題的可怕與駭人再次逼近我。更可怕的是，即使如此我還是無法克制往下讀。健也**輕巧**的敘述，不允許我闔上書。

大人禁止孩子輕易掛在嘴上的「怎麼不去死？」原本就是句只能輕巧說出口的話吧。絕不能正視著對方嚴詞厲色地說出這句話。在本書中，健也極爲絕妙拿捏住了輕巧與沉重的距離，當讀者注意到時，他已經深深潛行至我們身邊。此時，聽到那句「怎麼不去死？」的我們，已經沒有退路了。

本作同時也是精巧的推理小說。與健也的對話中，由於被戳中心虛之處，祕密遭到揭發，有些人驚恐，有些人醒悟，有些人號泣，有些人被拋下。

緊接著浮現的亞佐美的死亡眞相衝擊性十足。在看見眞相的瞬間，我們的地基崩塌，再次失去了眞實。她死去的理由、兇手的動機——這眞的能叫做動機嗎？那眞的能叫兇手嗎？「怎麼不去死？」京極先生明確地刻劃出了這句話的輕巧與沉重。

如今的我已經不會輕易說什麼「怎麼不去死？」不是因爲這本書，讓我對語言有了反省，或是促使我檢討自己的生活方式。而是以某個意義來說我有個最單純的理由。因爲現在「怎麼不去死？」除了這句話本身的意義外，又多了另一層意義：這是京極夏彥的作品。

這部傑作在出版單行本時，由於「紙本與電子書版本幾乎同時推出」的史無前例的作法成爲「話題作」，它的書名與內容同時滲透進許多人心中。

像過去那樣隨口說說的「怎麼不去死？」這句話背後又多出了本書中的亞佐美、健也這些角色的影子，既然如此，話語的意義也不得不隨之改變了。我確實感受到我們無法再次輕易將這句話說出口。

京極夏彥以不至於像封印這般強烈、而是介於輕巧與沉重之間的力道束縛了我們，將我們釘在活著的一方。

一度因爲本書掉入深淵的我，從谷底戰戰兢兢地交出這篇文章。對必須道歉的對象道歉、哀求必須哭著哀求的對象、明白承認那些非珍惜不可的事物，從拋棄了羞恥與保身之處，我投降了。

身爲一個遭到本作強制救贖的人，我想要活下去。

作者介紹：

辻村深月（1980-），二〇〇四年以《時間靜止的冰冷校舍》獲得三十一屆梅菲斯特獎出道，二〇一二年以《沒有鑰匙的夢》獲得第一四七屆直木獎。

E FICTION 08／怎麼不去死

原著書名／死ねばいいのに
作　者／京極夏彥
原出版者／講談社
翻　譯／王華懋
編輯總監／劉麗眞
責任編輯／張麗嫺
特約編輯／林平惠
總 經 理／陳逸瑛
榮譽社長／詹宏志
發 行 人／涂玉雲
出 版 社／獨步文化
城邦文化事業股份有限公司
104台北市中山區民生東路二段141號5樓
電話：(02) 2500-7696　傳眞：(02) 2500-1967
發　行／英屬蓋曼群島商家庭傳媒股份有限公司
城邦分公司
104 台北市中山區民生東路二段141號2樓
網址／www.cite.com.tw
讀者服務專線／(02) 2500-7718：2500-7719
服務時間／週一至週五：09：30～12：00　13：30～17：00
24小時傳眞服務／(02) 2500-1900：2500-1991
讀者服務信箱E-mail／service@readingclub.com.tw
劃撥帳號／19863813
戶名／書虫股份有限公司
香港發行所／城邦（香港）出版集團有限公司
香港灣仔駱克道193號東超商業中心1樓
電話／(852) 2508-6231　傳眞／(852) 2578-9337
E-mail／hkcite@biznetvigator.com
馬新發行所／城邦（馬新）出版集團
Cite (M) Sdn Bhd
41, Jalan Radin Anum, Bandar Baru Sri Petaling,
57000 Kuala Lumpur, Malaysia.
Tel: (603) 90578822
Fax:(603) 90576622
email:cite@cite.com.my
封面設計／小子
印　刷／中原印刷傳媒股份有限公司
排　版／浩瀚電腦排版股份有限公司
●2014（民103）11月初版
●2014（民103）12月5日初版三刷
售價380元

 ISBN 978-986-5651-05-3

國家圖書館出版品預行編目資料

怎麼不去死／京極夏彥著；王華懋譯．–初版．– 台北市：獨步文化，城邦文化出版：家庭傳媒城邦分公司發行，民103.11
面；公分．--（E fiction；8）
譯自：死ねばいいのに
ISBN 978-986-5651-05-3（平裝）

861.57　　103019063

獨步文化
APEX PRESS

廣　告　回　函
北區郵政管理登記證
台北廣字第000791號
郵資已付，免貼郵票

104台北市民生東路二段 141 號 2 樓

英屬蓋曼群島商家庭傳媒股份有限公司
城邦分公司

請沿虛線對摺，謝謝！

怎麼不去死回函
抽京極夏彥簽名板

請於此處用膠水黏貼

獨步文化 APEX PRESS

《怎麼不去死》回函
抽京極夏彥簽名板！

謝謝您購買獨步出版的書籍！請費心填寫此張回函卡，
於2015年1月16日前(郵戳為憑)寄回，
就有機會抽中簽名板！

真實姓名：＿＿＿＿＿＿＿＿ **性別：**□男 □女 **年齡：**＿＿＿＿

聯絡電話：＿＿＿＿＿＿＿＿ **電子郵件：**＿＿＿＿＿＿＿＿

收件地址：＿＿＿＿＿＿＿＿＿＿＿＿＿＿＿＿

❶什麼原因讓您購買此書？(可複選)

□作者名氣 □書封設計 □書籍文案 □聳動的書名

□ 其他＿＿＿＿＿＿＿＿＿＿＿＿＿＿＿＿

❷您是如何得知此書出版訊息？＿＿＿＿＿＿＿＿

❸和我們簡短分享您的《怎麼不去死》讀後感。

＿＿＿＿＿＿＿＿＿＿＿＿＿＿＿＿＿＿＿＿

＿＿＿＿＿＿＿＿＿＿＿＿＿＿＿＿＿＿＿＿

＿＿＿＿＿＿＿＿＿＿＿＿＿＿＿＿＿＿＿＿

❹您平時喜歡閱讀哪一類小說？＿＿＿＿＿＿＿＿

❺您有使用Facebook臉書的習慣嗎？□有 □無

❻您已加入獨步文化粉絲團了嗎？□有 □無

歡迎加入獨步文化粉絲團：https://www.facebook.com/APEXPRESS

【活動贈品】京極夏彥「怎麼不去死」親筆簽名板乙份(共三個名額)
bubu貓記事本乙份(共五個名額)

【活動時間】即日起至2015年1月16日前(郵戳為憑)

【得獎公布】活動得獎名單將於2015年1月23日公布於獨步部落格、臉書粉絲團。

【活動注意事項】1. 本活動限台澎金馬地區讀者參與。2. 參加者請務必留下有效郵寄地址，若贈品無法投遞，又無法聯絡到本人，恕視同棄權，並不再替補。3. 獨步保有認定參加者資格與修改活動方式權力。4. 本活動卡影印無效。5. 請勾選個人資料蒐集同意欄。

【個資蒐集聲明】為提供訂購、行銷、客戶管理或其他合於營業登記項目或章程所定業務需要之目的，家庭傳媒集團(即英屬蓋曼群島商家庭傳媒股份有限公司城邦分公司、城邦文化事業股份有限公司、書虫股份有限公司、墨刻出版股份有限公司、城邦原創股份有限公司)，於本集團之營運期間及地區內，將以mail、傳真、電話、簡訊、郵寄或其他公告方式利用您提供之資料(資料類別：C001、C002、C003、C011等)。利用對象除本集團外，亦可能包括相關服務的協力機構。如您有依個資法第三條或其他需服務之處，得洽詢本公司服務信箱cite_apexpress@cite.com.tw請求協助。相關資料不提供亦不影響您的權益。

□我已詳讀權利義務之相關條款，並同意遵守。

請於此處用膠水黏貼

獨步文化
APEX PRESS

廣　告　回　函	
北區郵政管理登記證	
台北廣字第000791號	
郵資已付，免貼郵票	

104台北市民生東路二段 141 號 5 樓

英屬蓋曼群島商家庭傳媒股份有限公司

城邦分公司

獨步文化　　收

請沿此虛線剪下，將活動卡對摺、黏貼後寄回即可

黏貼處

獨步文化 APEX PRESS

獨步 2014 集點送！
推理御貓 bubu 的獻身

10點 bubu 貓環保筷

15點 bubu 貓馬克杯

20點 bubu 貓書衣（2014 年新款）

你是個超級日本推理迷嗎？每年總是大手筆購買一脫拉庫的獨步好書嗎？那你就是 bubu 貓要獻身的對象啦！獨步自 2012 年始，新書書末皆附有 bubu 貓點數，集點可兌換 bubu 貓的周邊贈品！

【活動辦法】：即日起至 2014 年 12 月 31 日期間，獨步出版新書書末附有「推理御貓 bubu 的獻身」活動卡一張，每卡附贈一枚 bubu 貓點數（見右下角），將點數剪下貼於下方黏貼處，即可依點數兌換 bubu 貓周邊禮品哦～

◎ 2012、2013 年度所發送的 bubu 貓點數也可參加今年的集點活動哦！
贈品照片及更詳細活動規則請上獨步部落格：http://apexpress.blog66.fc2.com/

【兌獎期間】：即日起至 2015 年 1 月 31 日（郵戳為憑）

【點數黏貼處】

請沿此虛線剪下，將活動卡對摺，黏貼後寄回即可

【聯絡資訊】（煩請以正楷填寫以下資料，以免因字跡辨識困難導致贈品寄送過程延誤）

姓名：＿＿＿＿＿＿＿＿ 年齡：＿＿＿＿ 性別：☐ 男 ☐ 女

電話：＿＿＿＿＿＿＿＿ E-mail：＿＿＿＿＿＿＿＿

獎品寄送地址：＿＿＿＿＿＿＿＿＿＿＿＿＿＿＿＿

【個人資料蒐集告知事項】為提供訂購、行銷、客戶管理或其他合於營業登記項目或章程所定業務需要之目的，家庭傳媒集團（即英屬蓋曼群島商家庭傳媒股份有限公司城邦分公司、城邦文化事業股份有限公司、書虫股份有限公司、墨刻出版股份有限公司、城邦原創股份有限公司），於本集團之營運期間及地區內，將以 mail、傳真、電話、簡訊、郵寄或其他公告方式利用您提供之資料（資料類別：C001、C002、C003、C011 等）。利用對象除本集團外，亦可能包括相關服務的協力機構。如您有依個資法第三條或其他需服務之處，得洽詢本公司服務信箱 cite_apexpress@cite.com.tw 請求協助。

☐ **我已詳讀權利義務之相關條款，並同意遵守。**

黏貼處

【注意事項】 1. 本活動限臺澎金馬地區讀者參與。 2. 參加者請務必留下有效郵寄地址，若贈品無法投遞，又無法聯絡到本人，恕視同棄權。 3. 本活動卡及 bubu 點數影印無效。 4. 欲看贈品實物圖請上獨步部落格：http://apexpress.blog66.fc2.com/ 5. 兌換贈品數量有限，如於活動期間內兌換完畢，將以等值贈品替代，訊息將會於獨步部落格公告。

歡迎加入獨步臉書粉絲團 獲得最快最新的出版資訊！bubu 在臉書等你呦～
獨步粉絲團：https://www.facebook.com/APEXPRESS

◀ 歡迎剪下我